罗伟章 著

四川文艺出版社

图书在版编目（CIP）数据

凉山叙事 / 罗伟章著. — 成都：四川文艺出版社，2022.6
 ISBN 978-7-5411-6359-3

Ⅰ.①凉… Ⅱ.①罗… Ⅲ.①纪实文学－中国－当代
Ⅳ.①I25

中国版本图书馆CIP数据核字（2022）第072276号

LIANGSHAN XUSHI
凉山叙事
罗伟章　著

出 品 人	张庆宁
策划组稿	张庆宁
责任编辑	路　嵩
封面设计	叶　茂
内文设计	史小燕
责任校对	段　敏
责任印制	桑　蓉

出版发行	四川文艺出版社（成都市锦江区三色路238号）		
网　　址	www.scwys.com		
电　　话	028-86361802（发行部）　028-86361781（编辑部）		
排　　版	四川最近文化传播有限公司		
印　　刷	成都东江印务有限公司		
成品尺寸	145mm×210mm	开　本	32开
印　　张	10.5	字　数	240千
版　　次	2022年6月第一版	印　次	2022年6月第一次印刷
书　　号	ISBN 978-7-5411-6359-3		
定　　价	48.00元		

版权所有·侵权必究。如有质量问题，请与出版社联系更换。028-86361795

《勒俄特依》[①]：支格阿尔走到四方边界，张弓搭箭，以测天地，"东西两方交叉射，两箭齐中久拖木姑；南北两方交叉射，仍然射中久拖木姑"。

久拖木姑位于今凉山州昭觉县境内，因此，昭觉被彝人视为大地的中心。

——题记

[①] 彝族创世史诗。"勒俄"意为耳闻、传说，"特依"意为书。

目录 /

第一章　他们是谁　/001

第二章　川无停流　/026

第三章　遍地英雄　/053

第四章　第二性　/083

第五章　准备好了吗　/112

第六章　舌尖风波　/131

第七章　血统暗流　/154

第八章　脸和脸面　/175

第九章　神秘通道　/196

第十章　切肤之痛　/219

第十一章　渊面之下　/232

第十二章　半边天　/260

第十三章　语言桥　/278

第十四章　日月为明　/294

附：全国模范教师先进事迹报告（节选）　/315

结　语　/328

第一章

他们是谁

一、新动向

我这里下雪了。

2019年11月26日,夜里10点过,听见窗外细响,以为是蚊虫或风声,结果是落雪的声音。雪花干爽、结实,坠地后竟能弹跳,可待我洗漱过来,窗台上的积雪已能陷一个指节。由此我相信了古书对凉山的描述:"群峰嵯峨,四时多寒。"

何况已是菊老荷残时节,且是在大凉山腹地昭觉县。

我的意思是,单说凉山,无法理解真正的凉山。西昌作为凉山州首府,昨天我从那里过,可谓秋色宜人,城郊的尔舞山,苍松翠柏,日光透林,停车观景台,回头看邛海,海面如太极图的那条阳鱼,在蓝天白云下闪着银光,渐次低垂的黛青色山脊,颔首两岸,层层远去,与天相接。感觉天里天外,都被太阳照耀着,尽管有风从北面吹来,穿一件薄薄的抓绒外套,还是嫌热。然而,浅浅地打个盹,翻山过去,到解放沟,气温便陡然迭落。解放沟是西昌和昭觉的温差带。过了七里坪,一路东行,只见苍灰色的山体和悄无声息的河面,愈来愈深地横着冬日光景。

001

这是我第二次到昭觉。

五天前，我随广东佛山电台的袁小园、林靖、大田、杨峰等，从西昌过来，采访了昭觉回乡创业并到佛山接受过免费培训的大学生，住一夜后，穿越深长的峡谷，向北，向西，经越西，入喜德。在喜德县人民医院采访了佛山帮扶队，他们便回广东，我又经西昌到昭觉。这次是要在昭觉住下来，具体住多久，并无周密计划，可能一个月，也可能两个月甚至更长些。你若在这期间回蓉，我们是见不上面了。我也不要你来昭觉看我。成都到西昌的火车，道路塌方后一直未通，通了也要九个钟头。汽车有高速路，正常六小时能到，但不是每天都正常，我过来坐了八个半钟头（从西昌到昭觉，又花去将近三个钟头，虽然只有百公里）。飞机倒是快，但班次少，而且贵，五十分钟航程，有时比去北京还贵。你放心，在昭觉期间的所见所闻，我会写信告诉你。

听刘华说，你怪我前几天在电话上也没告诉你我的这个"新动向"——你老爱问我有什么新动向，其实我不喜欢这个词，"新"是自觉的但也是自然的过程，随时向"新"索要，既是对过去的轻易否定，也违背常识和规律。当我看到某些地方到处刷着"把创新当成本能"，就为那地方感到焦虑。

不过我这次出行，倒真有那么一点新动向的意思。我是要写一部有关昭觉县脱贫攻坚的纪实作品。尽管我做过记者，但长篇纪实作品并没写过；关键还在于，昭觉是我完全陌生的土地。凉山州的十七个县市，除八年前到过西昌，别的我从未涉足，也几乎一无所知。

要说知道一点，是从奴隶社会博物馆，全名"凉山彝族奴隶社会博物馆"，位于西昌东南郊，是世界上唯一反映奴隶社会形态的专题博物馆。奴隶社会,听上去多么古老,再厚的历史书,也会放到前面几章。可凉山不同,1950年之前,那里的山山岭岭,还"闪动着奴隶主黑色的鞭影"。它是从奴隶社会直接进入社会主义社会,所谓"一步跨千年"。

再就是从电影上,二十年前看的《彝海结盟》。彝,本为夷,1956年,毛泽东主席和彝族干部商量,建议更夷为彝,说房子底下有米有丝,意味着有吃有穿,象征兴旺发达。这一改,四两拨千斤,将强弓硬弩化为细雨和风:夷的造字,乃"一人弓",猎者之义,既表明以狩猎为生,也表明好战。1935年之前,兵行凉山而不战,史书无闻。但红军没战,刘伯承和小叶丹歃血为盟,红军顺利通过彝族聚居区,直插大渡河,飞夺泸定桥,使蒋介石让红军"重蹈石达开覆辙"的计划落空。这成为红军长征史上十大事件之一。其间,近万名彝族子弟参加了红军。

正因此,习近平总书记说:"彝族兄弟对中国革命是有重要贡献的,要继续加强政策支持,加大工作力度,确保彝族聚居区与全国全省同步实现全面小康。"[1]并在2018年年初赴凉山视察时进一步指出:"让人民过上幸福美好的生活是我们的奋斗目标,全面建成小康社会,一个民族、一个家庭、一个人都不能少。"[2]2019年的新年贺词中,习总书记又说:"我始终惦记着困难群众。在四川凉山三河村,我看望了彝族村民吉好也求、节列俄阿木两家人……新年之际,祝乡亲们的生活蒸蒸日上,越过

---

[1] 《凉山日报》2019年1月14日。
[2] 央视网2019年4月12日。

越红火。"①

以上，差不多就是我关于凉山的全部知识。

也是我关于彝族的全部知识。

就连凄婉美丽的《阿诗玛》，以前我也不知道是彝族的叙事长诗，更别说深藏在昭觉县的博什瓦黑岩画和三比洛呷恐龙足迹化石。

二、锁孔窥人

虽不知道，却听过不少传言。

或者说，正因为不知道，传言才格外茂盛。

昭觉东部的支尔莫乡，有个悬崖村（本名阿土列尔村），因一个网络视频和《新京报》的报道出了名，全国各地游客蜂拥而至；包括我身边的几个熟人，他们回来说尔舞山是条时间隧道，这边和那边，是两个世纪。接着就说悬崖村的险、昭觉县的穷，说脱贫攻坚在彝族聚居区，是虎牙也啃不动的骨头，因为彝人"懒、愚和不可救药"。比如不管地上多脏，都是一屁股坐下去，给他们凳子，却劈来烧了锅庄（火塘），或火把节投入了篝火；比如大面积吸毒；比如邻居得了艾滋病，受到政府救济，便想方设法也去得上，好一年领几百块钱；比如在人前放个屁，会自羞得进屋吊死，却在成都、重庆等多地，不断抓获从彝族聚居区去的小偷……

就在昨天，我从《凉山日报》看到，洛古乡正开懒汉整治

---

① 《2019新年贺词——聆听习近平主席的"知心话"》，中国网2019年1月16日。

班，破解贫困户精神贫困、看不见贫困和眼球贫困等难题，请来退伍军人，为懒汉担任体能训练师，还让懒汉随乡干部走村入户，互换体验。洛古乡并没在昭觉，是在布拖县，但布拖和昭觉同属凉山东五县，均为国家级深度贫困县，且边界接壤，情形相类。当然，懒汉不只彝族有，也不只凉山有，懒汉在精准扶贫中得到的实惠，让非贫困户不服，给扶贫工作带来极大困扰。但相对于其他传言，"懒"真还算不上什么，尽管卡夫卡称它为"万恶之源"。至少，懒还可作另解，比如懒得爬楼，就发明了电梯；懒得走路，就发明了车子。而脏、毒品、艾滋病之类，就像一加一等于二，只能得出唯一的结论，没有另解。

是谣言还是事实？

或者，谣言谈不上，事实也谈不上，只因为他们与我们"不一样"，就把那种"不一样"当成了"事实"且是"反面事实"？

要求证或证伪，昭觉可谓最佳窗口，它是凉山州的腹心，东五县的中心。东五县是指金阳、布拖、雷波、昭觉和美姑。其余四县，像两道栅栏，竖在昭觉的东、南两面。昭觉又北靠越西，西接西昌和喜德，既是东五县交通枢纽，又是彝地方言汇聚之所，还是全国最大的彝族聚居县，彝族人口占98.4%；这是资料上显示的，副县长王凉萍说，实际有98.6%，我相信她说的，不仅因为她是副县长，还因为她老公是县志编撰者。

因此有句话：到凉山不到昭觉，不算到凉山。

我现在到了，却一片迷茫。

走在昭觉城中，眼里所见，多是身披斗篷的男女，那斗篷俗称擦尔瓦，羊毛编成，无领无袖，像一口钟，下缀长穗，深过膝盖。这是彝人特有的服饰。四十年前,昭觉曾做过州府,至今残留着州府气象,比普通边地县城更见规模,街道横一条、竖一条,横竖都有深度,也有坡度,是个"坝子里的山城"。彝人就在这山城里,披着擦尔瓦,步态舒缓,来来去去,仿佛没有任何目的,且多是几人或十余人同行,却很少交流,连点个头、咧咧嘴,都难见到,脸上的表情始终如一。除疾徐不定的车声和商店电喇叭克制的吆喝,这是一座沉默的城。某棵道旁树下,或宾馆、店铺外的墙角,会突兀地蹲着一个老人,有时蹲着一排,擦尔瓦遮了全身,只露出头来,大多双唇紧闭,目光平视前方,形成更深的沉默。

他们是谁?

他们在想些什么?

不认识这个民族,我的书写将毫无意义,这是我深刻感觉到的。

词典上说,民族是指在文化、语言、历史等方面与别的群落有所区分的族群。既有所区分,当然就不一样,而人们想事说事,往往站在自己的角度。晋惠帝闻奏百姓没饭吃,问为什么不吃肉;荒野山民担心皇帝吃不上地瓜,都是从自己出发。我的意思是,当一个汉族人去言说彝族的时候,心里是否只有汉族的标准?汉族的标准是否就是最好的标准?对此,史学家翦伯赞的回答是:"所谓汉族者,并不是中国这块历史地盘上天生的一个支配种族。"民族是个动态概念,汉朝开国,羌夷戎蛮融合而成汉族,因此,毛泽东不仅指出汉族是长期以来许多民族混血形成，还严厉批判过存在于党群中的大汉族主义思想[1]。"大"，表面是自我中心主义，其实是变相的"唯我主义"。但没有"他者"，就构不成"自我"，更没有"唯我"。萨特"锁孔窥人"[2]的比喻，证明"他者"既是"自我"存在的先决条件，也是对"自我"的唤醒和照耀。

虽如此，我们又必须承认的是，世界发展不平衡，一国之内的各个地区、各个民族，同样如此，有先进，相应地就有落后，谁是标准并不重要，重要的是，后进向先进学习，代表着人类文明发展的趋势。适应和学习，既是对整体的贡献，也是保存自我的根本途径。广东佛山禅城区委常委徐航，2018年来到昭觉，挂职县委常委、副县长，他说："不学习就要落伍，这是规律。我们沿海地区的发展，也是不断学习和吸收别人先进经验的结果。谁好，谁就是我们的老师。"

三、不想就不会有

到昭觉后，我听得最多的话，是移风易俗。

就是说，他们需要改变。

不是年收入从五百块增加到五千块之类的改变，而是要改变风俗习惯，改变意识和观念，是从根子上改变。所谓风俗习惯，是特定地理和社会文化区域内历代形成并遵守的行为范式，自然

---

[1] 参见毛泽东为《批判大汉族主义》所做的党内批示,《毛泽东选集》第五卷。
[2] 我通过锁孔偷窥别人，别人成为我的意向对象，这时我身后响起脚步声，我感到有他人注视我，"羞愧"向我揭示我。正是因为他人，让我感觉到了自我的存在。参见《存在与虚无》。

环境造就的为"风",社会文化造就的为"俗",二者合力,强制于人,也内化于人,成为意识和观念的重要部分。

因观念形成的长时性和内在性,改起来很难。可不改更难,因为不改就意味着被淘汰。认定了水只能往低处流,世上就不会有抽水机,大片农田将无法耕种。也由于观念的内在性,改变首先要立足自身,"时代在前进,我在干什么?"无论对谁,这都是一声断喝;其次是要有方向感,变是必然的,可怎样变,朝哪里变,又十分考究,所以才说:大船行稳致远,方向至关重要。

当今的中国,让一个地区从物质上脱贫并不太难,尽管我给你写这封信时,昭觉还没有脱贫,凉山州的十一个贫困县,也仅有四个县脱贫。但就我所见,经过若干年特别是近两年的努力,彝族聚居区"两不愁"已经做到,"三保障"也已部分做到;还没做到的,正在做的途中;我目前走过的村寨,都做得相当出色。如期脱贫,上下都有信心。可是今天脱贫了,明天呢?虽然从中央到省市,都一再强调要"回头看,回头帮",但究竟说来,扶贫力度不可能经年保持,帮扶干部不可能永远不走,要是力度一减,人员一撤,又返贫了怎么办?即使物质上不返贫,却还是像先前,只求生存不求生活怎么办?

贫困的内涵,生存问题只是比较低端的指项。生存不单是人的渴望,生活才是人特有的追求。习总书记在十九大报告中说,我国社会的主要矛盾,"已经转化为人民日益增长的美好生活需要和不平衡不充分的发展之间的矛盾",这表明,人们所要的,不仅是"生活",还是"美好生活"。要是相对发达地区这样想,贫困地区尤其是深度贫困地区不这样想怎么办?

不想,就不会有。

精神贫困可能带来物质贫困，必然带来文化贫困；文化贫困又必将制约社会发展，最终造成全面落后于人。如果贫困是脓疮，精神贫困及其具体表现——信念消极、意志薄弱、安于现状、目光短浅、急功近利、面子心重、嫉妒心强等，则是"脓芯"；脓疮破了，挤出些乌血，却没挤出脓芯；今天看上去消了肿，止了痛，明天又会红肿发炎，又痛，甚至更痛。

分明知道结果，但要下狠手把脓芯挤出来，却极其困难。人身上有种很奇怪的特性：越是毛病，越能挑动记忆，越能"持之以恒"。其实也不奇怪，人在意识深处，往往驯服于自己的弱点。

当驯服成了习惯，就让头脑生锈，形成更深的精神贫困。

对此，毛泽东早在1926年就有洞见，尽管那时候许多人还吃不饱饭，可他在广州农民运动讲习所和湖南农民夜校上都说：我们脑子的饥荒大于肚子的饥荒。作为当时最具影响力的全国农民运动权威，毛泽东不仅旗帜鲜明地指出，"农民问题乃是国民革命的基本问题"，还在脑子和肚子的辩证关系中，把能够想、应该想、必须想的"脑子"，提升到比"肚子"更重要的位置[①]。

这是从根本上确证人何以为人。马斯洛的需要层次理论，前两项，甚至前三项，即生理需要、安全需要、归属需要，其实都是天生的、本能的，只有深入后两项，即尊重的需要和自我实现的需要，也就是精神层面的需要，人才能给自己定义。因为在生物圈的所有居民中，只有人类才既是物质王国的居民，"同时又是另一王国——非物质的、无形的精神王国——的居民"[②]。

我老家大巴山区，1990年代初，外出打工形成潮流（比凉山早

---

① 参见毛泽东《国民革命与农民运动》等。
② 阿诺德·汤因比：《人类与大地母亲》。

了10—15年），其中有些人还当了老板，他们挣了钱回来，把先前的木瓦房改成青砖楼，两层三层，有的修到四层，后来干脆抛下祖居，去镇上甚至县城买房，铺了花岗石地板，摆上实木电视柜、大理石茶几、带宽大扶手的布沙发。他们的日子，和城里人是一样的。他们要的，就是这个"一样"。可遗憾的是，其内在生活没有丝毫提升，依然是赌博、喝酒、随地吐痰、高声骂街。不同之处，是把赌博喝酒吐痰骂街的地方，从村里搬到了镇上或县城。除了钱，他们对别的一切都不感兴趣，而且认为世间除了钱和钱带来的物质利益，别的一切都不存在，即使存在也没有意义。因此，孩子读完初中，就买个高中毕业的假文凭，或托关系去高级中学办个又真又假的毕业证，送上去外地务工的火车。

1926年至今，将近一百年过去，依然是脑子的饥荒大于肚子的饥荒。

尤其是，当肚子不再饥荒，脑子的饥荒就越发突显。

所以要换脑子，要移风易俗。

四、青铜上的荣光

全国各地脱贫攻坚，都提移风易俗，但大凉山彝族聚居区提得最响。

是因为最迫切。

这话并不受听，因此阿尔拉莫要辩解，他说："我们彝族不是最先进的民族，但我们是最神秘的民族。"

阿尔拉莫经营索玛花天然燕麦酒，是昭觉最有实力的企业家，在整个凉山州也赫赫有名。1994年从西南政法大学毕业后，他考取律师资格证,在成都一家律师事务所为普通百姓特别是彝族同胞讨公道,很多时候还不收劳务费。"行善是幸福,申冤是更大的幸福",这句话他不一定知道,但我听出他是这样想的,并且干得颇有成效,南下广东,北上山西,先后为凉山农民工讨回4000多万元拖欠工资。可他慢慢感觉到,这种做法,只能帮到个体,于是毅然辞职,回到昭觉,接手古里酒厂,并做深度改革,成立公司,以"公司+农户+基地+生产"的模式,组建"壹品合作社"。加入合作社的,从几十户到几百户,现已超十万户,遍及昭觉、布拖、美姑、金阳等八县,成为四川省百强合作社、省级示范社。他本人也获称四川省优秀民族企业家、全国"明日之星"优秀民族企业家。但他并不满足,"我要做的是全省最大的合作社",他说。

对自己民族,阿尔拉莫充满热爱,并因热爱而自豪。在他坚毅、安详却又略显沉郁的目光里,映照着昔日的辉煌,刻写着骨子里的骄傲。这是彝人的普遍特征。但他所谓的"神秘",逻辑的成分少,玄学的成分多。有时候,玄学是对未知的敬意,但在另一些时候,是对已知的遮掩。这"已知"就是:彝族非但不是"最先进",而且远远落后了。

可他们曾经是先进的。

彝族学者且萨乌牛在其《彝族古代文明史》里,对此做过详尽陈述。且萨乌牛认为,彝族至少有万年历史,彝文则有九千年。长期从事古文字研究的刘志一说,世界上最早发明的文字,就是长江中游地区的古彝文,"在一万年前左右",初用于巫术祭祀，到九千年前，向世俗转化，成为王权统治工具[①]。钟鸣在《南方周末》（2009年8月10日）撰文，称彝族曾是夏朝统治者，彝文也是夏代官方文字。夏王朝覆灭后，彝族被逐步驱赶至云贵川高原山区，彝文才走向没落。如今被称为刻符或图谱的，比如广汉三星堆、成都金沙遗址，许多铭文都是彝文。殷商汉甲骨文以及先秦六国古文里，也存在大量彝文。1990年11月12日的《人民日报》，还有过《半坡刻符是彝文始祖》的报道。

相对于三千六百年前的中原甲骨文，彝文早得太多了。即便再往前推，如有些学者所言，汉字产生于大汶口文化时期，也无非四千多年，彝文同样早很多。

这似乎并非妄论。

2011年8月，中国地质博物馆举办"中国古玉文明探索暨民间收藏精品展"，有人提供了龟驮碑三十六字碑文，这些来自五千年前的远客，人皆不识，但老板萨龙认识："要坐此神船，去找库土人……"[②]他的破译得到公认，是因为与情境契合，也能和虞夏时期的文明形成对应。文字的魔力，于此尽显：它可以保存记忆，并赐给我们一个故事。从古至今，人们创造着自己的故事，却始终追寻着别人的故事，由此形成戏剧性人格，也见证远方和梦想的价值。彝经《物始纪略》更是说："在天下凡间，若不造文字，苍天不光彩，大地无光明，人难保性命。"有了文字后，"苍天有光彩，大地见光明，人生根势大"。且对文字做了形象描述："像太阳，放光芒，明晃晃。"

需要说明的是，老板萨龙不是老板，他就叫老板萨龙。他对

[①] 《中华民族万年史源流探根——评芒·牧林教授〈犬鹿说概要〉》。
[②] 彝学网2011年9月23日。

我讲，是他小时候念书，母亲领他去学堂，报了个名字，老师没听清，顺手这么写了，也就这么叫了。由此可知，彝族本无姓。这人平时不大开腔，谈到喜欢的话题，却连续三个多钟头，滔滔不绝，水也不喝一口。只是他的汉话糟透了，我必须把所有感官都变成听觉，才能从被彝腔淹没的汪洋里，打捞出他要表达的意思。

跟他交流后，我想到我老家的罗家坝遗址。因"揭开了古代巴人的神秘面纱"，罗家坝遗址成为当年十大考古发现之一，被认定为中华文化遗产和全国重点文物保护单位。但所谓"揭开"，无非是试探性发掘出的近千件文物，文物上的图章和铭文，因年代荒远，成为"盲文"，只能归入"巴蜀图谱"系列。老板萨龙能否破译？以后若有机会，真可以请他去看看。我有一种感觉，那个和彝族一样生活于莽莽群山、剽悍勇猛、浪漫疏阔，把消失也弄成千古之谜的民族，说不定到了真正可以"揭开"的时候。何况且萨乌牛还从巴人悬棺葬入手，言之凿凿地指证：巴人和彝人不是并列关系，巴人就是"彝族先民的一部分"。

即使这种结论存疑，两种文化存在着深刻联系是定然的。据香港世界文化地理研究院报告，全中国29个省、市、自治区，覆盖90%以上国土，都从出土文物中发现了古彝文。就是说，那个而今700余万人口，深隐于云贵川桂的高山大谷，尤以大凉山区作为安身立命之地的民族，曾经从南到北地影响过中华民族的文明进程。难怪《华阳国志》谈到当时人们的言论时说："虽学者亦半引彝经。"

——还不止于此。

我独自回到昭觉的当天，文联主席马海里根请来副县长王凉萍，文化广播电视和旅游局副局长木帕古体，彝族文化专家俄比解放、阿吉拉则和企业家阿尔拉莫等，陪我吃晚饭，他们全是彝族。彝人碰面，仿佛出于生理反应，都用彝语交流。语言是水，也是墙。对我而言，这时候是墙，古老沉厚，把我严丝合缝地隔绝开，一缕风也吹不进来。听着那些完全不懂的"声音"，我怎么觉得与日语有几分相像？

竟然不是错觉。

近半个世纪以来，有日本学者通过对稻作农耕文化的研究，剖析彝族传统，包括语言、服饰、用具、心理及宗教，认为日本人的祖先发源于云南高原，也就是彝族[①]。1989年，日本访祖团到凉山访问，发现彝人头上的天菩萨[②]（英雄髻）、作斋仪式、起居方式和语音语法，都和自己十分近同。代表团回国，消息悄然而走，民众哗然而动，掀起一场寻根热。他们来到中国，奔赴四川大小凉山及云南楚雄、红河等地，与彝人欢聚，"舞姿配合如笋接榫，服饰同样短衣肥裤，乍眼望去，很难分清哪是日本人哪是彝人"[③]。

彝人不仅通达越南和日本，还跨过北方的更北方，成为部分因纽特人的祖先，并渡过白令海峡，远赴美洲，成为印第安人的始祖。这是美国学者赫尔德利奇卡的研究成果。他发现，印第安人的生活习俗，与中国彝人相似，便第一个提出，美洲印第安人，是一万年前越过白令海峡进入美洲的中国人；当时正值冰川期，那些远渡重洋的中国彝人，利用了白令海峡的"冰桥"。

[①] 彝人认为，他们的根在云南元谋地区。
[②] 彝人男子剃发，唯于额前留一束，谓之"天菩萨"。
[③] 《晚报文萃》1994年第2期。

易中天在其《中华史·国家》里，也谈到这一话题，不过透露出的观点与前述略有不同：彝人并非夏王朝的统治者，而是商王朝的统治者。或者说，彝人既是夏王朝的统治者，也是商王朝的统治者。因为，无论是武王伐纣，还是周公平叛，胜利了的周人都没把殷商贵族当成战俘和亡国奴，"那些不愿意臣服于周的，则任其远走他乡。其中一部分，据说跨过白令海峡，成为印第安人的先祖"。殷商六百年，现今出土文物多为酒器，且殷商特别重巫，似为易说提供了佐证。何以如此，我后面会谈到。

五、书卷好比日生辉

这些大大小小的事件，彝文经书里都有记载，但能读彝经的不多，能读古彝文的，更是罕见。"年轻人中，只有我一个"，出生于1978年的老板萨龙说。说着用手指比比画画，在空气里给我写着古彝文的字形。

虽不认识，却感觉到一种美。

有人说，在西方，建筑是国家思想的象征，而代表东方思想的，是线条，这线条既包括绘画，也包括文字。文字从被创造那天起，就不只是为了实用，文字的结构，本身就是一种美。因其美，令许多人对文字的产生着迷。关于文字起源的书籍，几乎遍及有自己文字的民族，甚至由国家机构设立专奖，征求语言和文字产生的最佳答案[①]。其实这种事情，根本不可能有什么最佳答

---

① 1769年，柏林普鲁士皇家科学院曾为此设奖。

案，都是依照现有智慧，对遗留下来的蛛丝马迹加以假说，将蛛丝马迹发挥成通衢大道。

彝经《创世志》里，说是一个名叫尼什搓的人，自幼立下宏愿，要发明文字，从七岁起，四季勤作，栽花种树，经十年八载，"金花一千五，银花一千五，金银花三千，朵朵开得艳"。尼什搓请来东西南北中五方的五位友人，"一起来赏花，两眼仔细看，画笔手中拿。一千五金花，朵朵逗人爱，一朵一个样，照样描下来。三千金银花，变成三千字。写在竹片上，编成六本书"。

相对于仓颉造字的"下粟如雨，鬼神哭泣"，这样的表达还"老实"了些。比较起来，我更喜欢阿吉拉则的说法：远古时候，有一位妈妈，见儿子天天往森林里跑，问为什么，不答，去找，又找不见。某天，妈妈拿个线圈，悄悄拴在儿子腿上，儿子走，她也走，走到森林中，见儿子头上一只鸟，正朝他身旁的石板上吐血，他照着血迹纹路，写写画画，母亲问他在干啥，鸟儿闻声惊飞，文字中断。"所以彝文不够用。每本经书的最后两页，也都留下空白。"

两种说法，都表明了彝族与大自然的关系。

老板萨龙提供的说法，则从大自然中分离出来，进入神界和人间。他说，彝族重巫，从事这一职业的，一是毕摩，二是苏尼。毕摩只有男性才能担当，有经书，有师传，需学习；苏尼男女均可，不得传授，亦无经典，常人因得了失神疾病等症，说苏尼鬼魂附体，用白羊、白鸡在林中祭之，病愈后即成苏尼。毕摩祈福，苏尼驱鬼。毕摩念经，苏尼击鼓。毕摩静，苏尼动——作法时全身战栗，旋转跳跃。苏尼从职前，须请毕摩开光，否则毕摩行下诅咒，苏尼那羊皮鼓一敲即碎。总之，毕摩高于苏尼。毕摩"做毕"时，用稻草编成各种形状，每个形状就是一个字，比如编的人没鼻没眼，就是坏人，字也表达那么一种意思。还有像三星堆和金沙遗址出土的文物，每个文物就是一个文字，或者一个成语。

他说的毕摩和苏尼，是神秘的职业，也是神秘的群体。苏尼相当于我老家的巫婆和端公，小时候见得多，倒不觉神秘，也不太感兴趣，但我对毕摩很有兴趣。他们对彝人巨大的心灵护佑或者说笼罩，让我不得不感兴趣。具体地说，在大凉山彝族聚居区脱贫攻坚当中，毕摩也是一个至关重要的因素。

11月30日下午，我去大坝乡科且村，看利利土司衙门遗址，见那遗址只剩了四根石柱，柱顶雕着雄狮，中部均凿孔洞（一说用于挂旗，一说为捆绑罪犯），旁边堆了柴草，台子底下一头黄牛，想喝铁皮桶里的水，头埋进去，却取不出，焦虑地扭着脖子，使劲甩，残水在桶里晃荡出响声。回程中坐在车上，心想那利利土司，位居凉山四大土司之首，且借朝廷格式，背山面水修了衙门，可到而今，万般风流，都被雨打风吹去。正这样想，见前方走着一位老者，步态庄严，身体消瘦，腰板挺直，遍身黑衣，背着个斗笠似的帽子。同行者告诉我，那是个毕摩，那帽子是他的法帽。毕摩占卜，是泄漏天机，戴上这帽子，把脸藏住，天上的神仙就看不见他，他就能免受处罚。说的人声音低沉，满脸崇敬。在彝人看来，毕摩犯险作法，是为施惠于众生。

这话以后再聊。我现在要说的是，彝文包括彝经能传到今天，毕摩居功至伟。"毕"是念经之意，"摩"为有知识的长者。事实上，长时间以来，毕摩接受着彝族唯一的严格教育，独占经书，掌握着哲学、伦理、天文、医药、礼俗、工艺等全部知识，并在彝人婚丧、生育、疾病、节庆、出猎、播种等日常生活中，负责沟通天地与鬼神，从而成为彝族民众的精神统治者。

但在彝族文明的黎明时期，知识不是独占的，是敞开的。《彝族源流》说，原始母系社会的第十代女君王，名叫娄师颖，因创写了"书卷好比日生辉"的经文，被奉为圣贤和明君，"明君住丽地，丽树花盛开，白鹤鸣声脆，白鹤传知识，发展了知识"。而娄师颖本人，"心里想知识，口里讲知识，手里写知识，快速写知识"。被称为彝族古代百科全书的《西南彝志》，也有类似记载。

这些历史和典籍，让彝族人骄傲。另一个让他们骄傲的，是十月太阳历。他们说："四大文明古国，中国本来排在最末，后来知道彝族有个十月太阳历，才排到第一去了。"其实无所谓第一第二，但他们要这样说。

不管哪种历法，三百六十天好说，三百六十五天不好说。那五天怎么讲呢？詹姆斯·弗雷泽在其《金枝》里，是这样讲的，希腊神话中，奥锡利斯是地神塞伯和天神娜特的私生子。当太阳神得知妻子娜特对他不忠，就发出诅咒：娜特在任何年月都不能生出这个孩子。他不知道娜特还有个情人，名叫索思。索思同情情人的困境，便和月亮下棋，赢得每天七十二分之一的时间，他用这些时间，拼凑成五个整天，这五天太阳神是不知道的。娜特潜入时间的空当，顺利生下了儿子。后来，将这五天加进希腊年历，三百六十天就成了三百六十五天。老板萨龙是这样讲的，彝族历法，以土、铜、水、木、火五元素配"公母"，即土公、土母、铜公、铜母、水公、水母、木公、木母、火公、火母，这样配齐十个月，成为十月太阳历，每月三十六天，一年就是三百六十天，还有五天，是用来过节的，过节的时间是在时间之外的，也就是没有时间。两种传说，精神实质是多么相似。都是在规范时间，同时又是对时间的逃避。人类早期，许多东西都同根同源。

老板萨龙是研究十月太阳历的专家，俄比解放称他是国内顶级专家。此人是1998级西南民族大学毕业生，求学期间，"读了很多莫名其妙的东西"。他指的是彝经，说莫名其妙，是因为不懂，比如为什么有十二月历，又有十月历，问同学和老师，都不明白。毕业后他到凉山大学教书，偶然间发现毕摩明白，他就把工作辞了，专找毕摩请教，计划三年：凉山一年，贵州一年，云南一年。结果，不知不觉间，将近二十年过去了。其间，他遍访云贵川桂，一个片区一个片区走，见经书就收罗，收罗来就读，读了就用对比法研究，由此成为彝族著名的文化流浪汉。最近两年，昭觉县将其作为人才引进，才得了个正式的饭碗。

六、骨头

你说的只对了一半，因为等级观念不是某个民族的专利，但比较而言，彝族确实有其特殊性。在先前，如果土司也算一个等级，那么土司之下是黑彝、白彝、呷西、阿加。人类学家林耀华说："凉山的奴隶制不仅带有浓厚的原始公社残余，而且有着鲜明的种姓制度特征。黑主白奴之间，有一条不可逾越的血统鸿沟。黑彝永远是奴隶主阶级的成员，而白彝无论多么能干，多么富有，也永不能升入黑彝所属的高贵等级。"（《凉山彝族今昔》）彝族谚语说："牛再有力气，也跳不过坎子。"意思是：不能越过等级界限。彝族由盛而衰，原因很多，等级固化，不能激发内生动力，是原因之一。

为了维护等级以及等级的"纯正"，是可以啥也不顾的。民主改革宣传动员期间，黑彝奴隶主表示，只要不许黑彝和白彝通婚，他们就可以接受。后来有黑彝白彝私下恋爱，黑彝联名给政府写信，要求制止。民改复查时，一些被错划为奴隶主的"干黑彝"（家道中落以至破产的贫穷黑彝），坚决不愿摘去奴隶主帽子，害怕帽子一摘，自己就跟白彝没什么区别了，就成为劳动者了。

以前讲等级，现在呢？

大约是2017年，我去北京开会，回来的飞机上，与省某艺术团副团长邻座，她是彝族，且是黑彝血统。开会期间，就有人向她打听过黑彝白彝的事。这时候我问她："现在你们还讲那个吗？"

她郑重回答："嘴上不讲，心里讲，心里比太阳还亮。"

来到昭觉，我才明白了她那句"比太阳还亮"的分量。

时至今日，彝族依然忌讳等级外通婚。黑彝首先就不愿跟白彝通婚，与之相应，通常情况下，白彝也不愿跟黑彝通婚。这是因为，若白彝嫁了或娶了黑彝，将在黑彝白彝间都失去朋友，两边都不讨好。以前，同一等级间的两个男人，几杯酒下肚，其中一人就可能指着自己只有几个月大的女儿说："我这个女儿就是你家的人啰。"自然，那另一人有个年龄相仿的儿子。这样，婚就订了，再杀个猪儿庆贺一下，就变得很正式了。现在这样的事很少了，指腹为婚更是绝迹，但讲等级这一点，虽有松动，却无根本性改变。同时，在彝人当中，自己或兄弟对舅表姊妹有优先择偶权，舅表兄弟对自己的姊妹也有同样的权利。表哥表弟没点头，表姐表妹就嫁与他人，是要拿话出来说的。他们的婚姻，爱情实在次要，次要到可以抹掉爱情这个词。

血统才重要。

家族才重要。

他们把家族叫家支。

以前我读艾特玛托夫的书，惊异于他说自己的民族，人人都可清清楚楚上数七代，在路上遇到个小孩子，问他父亲是谁，爷爷是谁，爷爷的爷爷是谁，爷爷的爷爷的爷爷从事什么职业，邻居对他有什么评价……要是这家伙回答不出，他的父母就要被指责，说教子无方。当时读到那里，我如芒刺在背。

我以为艾特玛托夫那个民族就是最把祖先当回事的了，谁知在彝族面前，只是小儿科。昭觉东部的龙沟乡，与悬崖村所在的支尔莫乡挨界，龙沟乡党委书记马比伍哈告诉我，他能说出自己十三代祖先——果真流利地说出来了。

这也不算。

某些黑彝，能背出八十代祖先。

彝族虽无姓，但三百多代以前，就实行父子连名制，实行这一制度的初衷，很可能就是为了便于铭记。

如此较真，是对祖先的缅怀吗？是缅怀，更是崇敬。彝族不敬天，不敬地，敬祖先。他们是祖先崇拜。李泽厚说："新石器时代考古发现，中国文化无可争辩的重大原始现象之一，是祖先崇拜。"（《说巫史传统》）这似乎帮助证明了彝族曾是华夏早期的统治民族。彝人不怕死，认为死无非如竹笋脱箨，认为不病不痛的只有大地，不老不死的只有日月。可即便是日月，茫茫阴天,被云雾遮盖,也就算死了;即便是大地,朔风凄紧,百草萎息,也就算死了。

因这缘故,彝人不以寿命计算时间,除了此时此刻,不承认有别的时间。他们对寿命的看法,在过去,活到三四十岁还不死,就觉得很不像话,觉得自己是个懦夫——那时候战争频仍,十几岁参战,打一二十年,居然还活着,证明不够勇敢,没有冲锋在前,因此很丢脸;同时,自己不死,也挡了后人的路,并真诚地感觉到,自己活累了,也活够了,希望回到祖先温暖的怀抱了。死是回到祖先怀抱的唯一途径。视死如归这个成语,虽出自《韩非子》,但我怀疑首先是彝族人说出来的。这种对待死亡的态度和观念,在彝人生活中举足轻重,他们的一系列行为,包括对毒品的放纵,对艾滋的无惧,都与此有关;延伸开来,对脱贫攻坚的开展、推进、决战和成果保持,同样有关。

这封信我不就此多说,我想指出的是,他们对祖先较真,既有信仰关系,也有现实考量:记住血统,记住家支。他们把血统叫骨头,黑骨头、白骨头、黄骨头……家支在彝人的世俗世界,就如同毕摩在他们的精神世界,具有巨大的护佑和笼罩之功。记住了血统和家支,择偶时就不会搞混。混了可是大罪。

七、一个成语背后的故事

内部那么讲等级,可其中的最低等级,也对汉人"另眼相看"。

以前,汉人是他们买来或抢来的奴隶,称为"娃子"。

即使那些被抢去的汉族娃子,时间稍长,也自称彝族,拒不承认自己的汉根，以免遭到轻视。昭觉县医院健康教育科科长吉木子石有个婶婶就如此。那婶婶自然不是她的亲婶婶，婶婶的丈夫，是国民党胡宗南部队的一个"落难兵"，被吉木子石的爷爷买来，做了娃子，后从汉地抢来一个女娃子配给了他，育两男一女。因为婚姻，大儿子和女儿先后自杀，小儿子死于艾滋病，然后男人也死了，只有这个婶婶至今健在。婶婶只会说彝话，不会说汉话，即使会说也不屑于说，且跟别人一样，把汉族叫"索"，就是娃子，而彝语的汉族叫汉呷。吉木子石是个开明而勇敢的彝人，她的故事很特别，到时候我会讲给你听。她告诉婶婶，说人家是汉呷啊不是索啊，要把汉族和娃子分开啊。但婶婶分不开。

这表明，就在半个多世纪前，彝人还入汉族地区抢汉民为奴。

四川作家高缨有个小说，叫《达吉和她的父亲》，讲人民公社时期，一支工程队到凉山彝族聚居区，帮助尼古拉达公社修水库，其中有个老技师任秉清，总觉得彝人马赫的女儿达吉，是自己十多年前被抢走的女儿，多方查证，果然不虚。林耀华1947年出版的《凉山彝家》，对此做了实证并有生动描述，书中说，彝人抢人，多搞夜间突袭，杀掉一二，掠走其余，掠去的就充作娃子。有些汉商入凉山做生意，找黑彝家支头人作保，称为保头，若保头中途"反保"，汉商也被掠为娃子。娃子命运凄苦，可买卖，可杀戮。

事实上，中华人民共和国成立后，照样有抢夺汉民为娃子的，甚至把进凉山工作的汉族工程师和干部抓去当了娃子，且在娃子身上肆意行使"主人的权利"。《凉山彝族自治州概况》载，仅1955年，就发生百余起杀害奴隶事件（当时为稳定凉山，暂未提解放奴隶）。普雄（今越西县境内）一个奴隶主，为表示蔑视政府不许虐待奴隶的法令，重申奴隶是自己任意处置的财产，竟用十锭银子，专门买来一个奴隶，要杀给人看。次年，奴隶主米阿火说："共产党就像涨水样，时间不会长，水流过了石头还在，奴隶主就是石头。"古之夜郎国，即属彝人政权。《史记·西南夷列传》中的夷，泛指西南少数民族，随着诸弱势民族融入夷，夷做大做强，才专指夷（彝）。司马迁对夜郎国的描述极简短，却弄出个千古流传的成语："夜郎自大"。这种由识见引发的观念和心理，依然潜伏在我们的意识深处。

"我们"，是指所有人，当然也包括彝人。

有人从服饰寻找证据，证明彝族不是劳动民族，是曾经的统治民族。证据很方便就能找到，比如，彝人不惯着鞋。昭觉冷成这样，就算不下乡，待在县城整理我的采访记录，全副武装地出门买包烟，还冷得双脚跳，却几次看见有彝人光脚走路，不光脚也只趿着凉拖。他们可以赤脚在冰天雪地里呼呼大睡，头裹严实就行。不惯着鞋，自然表明不是下田地耕种的，也不是进林中打柴的。所谓"彝人重头，藏人重腰，汉人重脚"，也旁证了汉人是跑腿的角色。

前天，我跟阿吉拉则和俄比解放去昭觉服饰研究中心，见收藏的男人头饰蓬勃高耸，女装舒展华美。其中一件百褶裙，长4.3米，直径8.6米，用100公斤羊毛和膨体线，动用999名彝族织女，历时33天完成，据说是世界上最大的百褶裙，蓝黄红绿，穿在塑胶模特身上，每年火把节，就用大车拉去现场展示，成为火把节标配之一。普通男裤，也就是生活中穿的，大多比汉裤宽2至5倍，4尺宽是常事；阿吉拉则说，还有2米宽的。这么夸张，显然不便于钻林莽；旧时的凉山，处处林莽，不钻林莽也就是不参与劳动。同时，衣服是财富的象征，能穿大裤脚，证明有钱，因为当时布少。即使穿小裤脚，也配排扣衣，纽扣是银子做的，每颗纽扣大如鸡蛋，甚至大如拳头。

很明显，这都是彝族统治者的排场，与百姓没多大关系，但统治者的心理必然影响百姓的心理，久而久之，形成稳定的观念。

不仅稳定，还根深蒂固。令人无法想象的是，到了1982年，某村因村中无黑彝，也就是没有可做心理依傍的"黑骨头"，竟集体出动，去远处迎来一个黑彝遗孀；自那妇人进村，村民常为她凑集钱粮，让她衣食无忧，而自己还可能衣不蔽体，食不果腹；并每户分摊五元钱，为她请来毕摩，做亡魂归祖仪式。三年后，即1985年，那邻近一村，将数十年前迁往他乡的一个黑彝奴隶主请回，村民自愿割让已承包到户的土地给他，村干部还组织群众，为他修房造屋[①]。其中因由，背景复杂，但有一点是肯定的，千百年的某些东西，已深入骨髓。

再举个现实的例子，昭觉县去上海发展得很好的一个演员，到了婚配年纪，就跑回故乡，找了个彝族姑娘；他的"骨头"是黑的，姑娘的"骨头"自然也需是黑的。他自己承认，这当中没有爱情的因素，只是按祖制行事。祖制让他不找汉族，他就不找汉族；祖制让他不找白彝，他就不找白彝。

由此你就知道，要在彝族聚居区"移风易俗"，会有多难。

---

① 参见林耀华《三上凉山》。

第二章

川无停流

一、苦恼

脱贫攻坚在凉山，习总书记视察凉山后，这里战鼓催征，成为真正的热土。四川省委省政府出台了《关于精准施策综合帮扶凉山州全面打赢脱贫攻坚战的意见》，从12个方面，采取34条政策措施，精准支持凉山，并选派5700多名干部，组成综合帮扶工作队，分赴凉山州11个深度贫困县。2018年6月20日，"四川省综合帮扶凉山打赢脱贫攻坚战动员大会"在西昌召开，省委书记彭清华向11个综合帮扶队授旗并下达动员令：攻克彝族聚居区深度贫困堡垒的战役，不仅要打赢，还要高质量完成任务！四川省政协副主席、凉山州委书记林书成在发言中，表达了感恩奋进、攻坚克难、背水一战的态度和决心[①]。

中西部合作项目中来的佛山帮扶队干部，要求须有基层工作经验，须是现职的、一线的，当然也要是干净的、优秀的。徐航说，他们出征那天，广东省委为他们壮行。"省委为一支帮扶队

---

① 参见《四川在线》2018年6月20日。

壮行，以前从没有过。"

这首先是因为中央重视。习总书记对彝族聚居区脱贫工作多次批示，并如前所述，亲赴凉山考察，且在新年贺词中特别表达了对彝族聚居区群众的牵挂。还因为，如彭清华所说，凉山的脱贫攻坚"事关全国全省决胜全面小康大局"，是"影响四川乃至全国夺取脱贫攻坚全面胜利的控制性因素"[①]。

全国深度贫困地区，集中在三区三州，其中以凉山州为最。我上次去喜德，见到黄礼泉，他从佛山过来，挂职县委常委、副县长。2019年，他利用彝族火把节和国庆节假期，去了西藏、新疆南部四地州和川西藏族聚居区，他的同事去了甘肃临夏州、云南怒江州，收回的意见是：条件都比凉山好。

上述地方，大部分我也去过，我觉得它们不仅比凉山好，许多村寨比我老家还好。比如甘肃临夏，大河奔流，鲜花遍地，果树成为风景，村庄如同花园。怒江地区虽和凉山州一样，峻岭深谷，但那条发源于青藏高原流经缅甸注入印度洋的河流，足以让山里山外的人们和广大的世界发生联系。至于川西藏族聚居区，"单看建筑，就能给人丰衣足食的安详感"。

昭觉县乡下的老房子，多为土坯房，低矮，无窗，弯腰进去，若是生客，两眼一抹黑，不辨东西，且闻到烟熏火燎的气息和浓烈的牲畜味儿：房是通屋，靠壁一个锅庄（火塘），左侧栏里养着鸡鸭牛羊。如此人畜混居。他们相信，住在有窗的房子里，灵魂会在睡梦中溜出去。出去逛逛就回来也好，有时候回不来，人就死了。竹核乡一个村民告诉我，有天他睡到半

[①] 《川报观察》2019年1月2日及《求是》2019年第16期。

夜，灵魂偷偷跑了，从排烟洞跑的，虽然及时回来了，他浑身上下却痛不可忍，是他的灵魂出去跟别的灵魂打了架。说着，他戳戳自己耳垂。那耳垂上有穿孔，说彝族男女，本来都戴耳环，就是为了把灵魂管束住。"现在戴的少了，"他摇摇头，"我也取了，结果我的灵魂就被打了。"除相信窗子会放跑灵魂，同时还相信，牲畜不和人住一起，闻不到人的气味和锅庄的烟火味儿，就长不壮。

除人畜混居，还没厕所。我在资料上看到，说彝人认为，修厕所会死人，但这说法我没在彝人那里得到证实。只得到一个事实，真不修厕所。日哈乡列托村的驻村队员郭红霞，从"天府南来第一州"邛崃过去的。她说，刚去的时候，遭遇的最大尴尬就是上厕所。她在村民家走访，时间长了，想上厕所了，问厕所在哪，村民朝屋后一指。屋后是一座山。

而今，彝人住上了新房子，新房子不仅家家修了厕所，每个村还修了公共厕所。但戴自弦说，有些村民解手，照样是提着裤子往野地跑。戴自弦是塘且乡党委副书记，兼呷姑洛姐村第一书记。

其实，早在1982年，胡耀邦视察凉山时，就指出了彝人住宅问题，要求修一批新式住宅。昭觉南坪乡根据指示，建了新村，群众搬进去后，却又把窗子堵上，又把牛羊猪鸡鸭兔，统统栏进屋里。

如今的彝人新村，那种情况不存在了，窗子有了，人畜分开了，屋里也不再像熏腊肉。特布洛乡谷莫村，也就是电视剧《索玛花开》取景的那个村子，引进藏式的炉子，取代了以前的锅庄，更多的地方修了灶，烟囱直通屋顶。过上这种整洁的生活，彝人是欣喜的，但内心的阵痛也是外人无法体会的。

"我们的上辈人，精神上很苦恼，"电视台记者海来呷呷说，"突然遇到现代化的冲击，不适应。"他们宁愿住在山上，日出而作，日入而息，春天播种，秋天收割，同时也希望能像先前，一家人围坐在锅庄旁，吃荞粑粑，喝酸菜汤，讲古老的故事，所谓"荞粑粑，酸菜汤，火塘旁边话家常"。他们实在离不开锅庄，说彝人是生在锅庄旁，长在锅庄旁，死在锅庄旁。当初新居不修锅庄，非但普通民众，就是干部也深感不安。有些彝族文化专家更是觉得，这是破坏了彝族传统。

二、消极与积极

对任何一个民族而言，传统这个词，不仅赋予了文化含义，还赋予了沉重的道德含义，具有强大的吸附力，人之于传统，犹鱼之于水，能从中获得归宿感。中华人民共和国成立初期，反叛黑彝打出的口号，不是保护其阶级利益，而是"捍卫彝家传统"，因此才有了迷惑性。可见"传统"已内化于风俗、性格和日常生活，《左传》这样的典籍也才说"于斯为重"。

彝族诗人吉狄马加，耳闻目睹自己民族传统的渐次流失，忧心忡忡，说："担心有一天我们的传统将离我们而去，我们固有的对价值的判断，也将会变得越来越模糊。"这种担心是诗人的职责，似乎也有理由。昨天我去看了场晚会，是成都金堂县和前沿生物药业（南京）股份有限公司、四川万象引力文化旅游有限公司联手，来昭觉做捐赠，晚会名叫"为爱前行"。请来的歌唱演员多为彝族，观众大半是学生，有小学生，也有中学生。他们报以热烈欢呼的，是去山外打拼的成功者，这些人多唱流行歌曲，边唱边跳，满场溜达。只有一个身材高壮的男歌手，端端正正立于舞台中央，以辽阔幽远的嗓音，深情演绎彝族老歌，但学生们并不喜欢，掌声既不热烈，更没像对别人那样高喊"再来一首"。老实说，为他遭受的冷落，我也感到伤心。

只是，我不知道吉狄马加指称的传统，是全部还是局部。从"固有的对价值的判断"来看，应该是指全部。但任何民族的传统，都有积极的，也有消极的，文化的多元，毫无疑问不是鱼龙混杂，而是发展各民族传统中积极的部分，将传统的变成现代的，也只有这样，才能真正实现多元，因为各民族文化如果不能自我修正并始终保持更新能力，就会被淘汰，从而使世界演变为一元。

但另一方面我们又不能不说——

何为积极，何为消极？我们能说文学、音乐、服饰是积极的，锅庄就是消极的？有没有可能得出这样一种公式：我们（不是他们）需要的就是积极的，不需要的就是消极的？比如锅庄，修在新村，会很快把房子熏黑，就不好看，而我们展现成绩，需要它好看，所以它是消极的。这其中，被我们有意无意忽略掉的是，传统的伟大生命力，正在于它不是挂在墙上，它活着，并且流淌在具体而微的生活之中。传统是人和环境长时间相互渗透、争吵和商量的结果，是彼此妥协和适应的结果，好不好看都在心里。单纯为了好看而撇开生活本身，既不可能维持长久，也可能变得更不好看。

彝人的分布区域，多在金沙江两岸的高寒山区，对火和火塘，都有深度依赖。现在的情况是，新村里的炉子和灶台，比锅庄更清洁，烧煮食物也更快，烤火却不成。尽管炉灶的烟囱能有效提升室内温度，但到底不及明火暖和。于是，在乡间，我数次见到这样的景象：屋子外烧着劈柴，男男女女坐在风中向火。

这是现实层面。精神层面，彝人崇拜火。他们崇拜祖先，也崇拜火。彝人认为，"火由人的祖灵变来"，神圣而深具力量。新娘嫁到新郎家，须跨过门槛边的火堆或火把；身体完整、灵魂洁净的死者，才有资格火葬升天；发生争吵需明心见性，都爱朝对方吼一句："当着火讲！"由此，锅庄被崇拜，就是自然的了。诗人兼学者流沙河说："旧时吾蜀凉山彝族家有火塘，视为神所凭依。"（《白鱼解字》）彝人还从锅庄衍生出五行说：土（火塘）上烧木，木上生火，火上烧"铜"（锅），锅上烧水。这与自然主义哲学家恩培窦可里斯的表述有几分近似。他认为木材燃烧时，火明白可见；发出噼啪声响的，是"水"；随烟雾上升的，是"气"；火熄灭后所余灰烬，是"土"。随着五行的变化，既形成天体的变化，也形成人体的根本。

由此看来，彝人对锅庄的不舍，不是用"落后"就能粗暴解释的。

不能粗暴解释，并不意味着不能变，也不意味着不该变。我们需要考虑的，只是怎样变才更合理。

因为世间唯一不变的，是变，因此不存在不变的"固有"。"林无静树，川无停流"，一切都在运动当中。

如果说存在那种"固有"，只可能存在于意识和观念之中。

三、离昨天太近

"我们离昨天太近了。"阿皮几体说。

阿皮几体是昭觉县扶贫开发局副局长。书上对彝人的描述，往往赋予这样的词语：高鼻，深目，粗眉，宽唇，肤黑，身高。这些词语用在阿皮几体身上，大多管用，但"身高"不管用。他不高，比普通汉人也稍矮些。他用"离昨天太近"，来解释站在现代化的门槛面前，为什么许多彝人不愿，也不能进来。

"昨天"，是指奴隶社会。

按且萨乌牛的定义，凉山奴隶制是封建土司制下的家族奴隶制。进凉山之前，他们早已迈入封建土司制，后来六祖分支，古侯、曲涅两支人马，渡过金沙江，深入凉山境内，才发生了向奴隶制的倒退。

这首先得因于凉山特殊的地理环境，雅砻江、金沙江、大渡河绕其外，小相岭、碧鸡山、黄茅埂盘其里，地形崎岖破碎，峻谷深崖，造就天然壁垒，外面的想进来，难，包括朝廷政权。被朝廷任命的土司，因此衰微。维系政权，须有军队，可凉山养不活一支军队，一应所需，都从山外运来，成本剧增，于是把军队撤走，土司成了光杆司令，致使政令不出衙门。随土司势衰，黑彝崛起，而黑彝可以抢黑彝，却不能从隶属关系上"吞并"黑彝，既不吞并土地，也不解除身份。彝谚说："鸡蛋鸡蛋一般大，黑彝黑彝一般大。"意思是，哪怕这个黑彝穷愁潦倒，独门绝户，或在争斗中成为对方的俘虏，也不归另一黑彝收编统辖。正因此，凉山家支林立，始终不能形成统一政治，直到中华人民共和国成立。

与"昨天"靠得近的，不仅是制度，还有观念。

这是我一直强调的。

这里再强调一遍。

你问大小凉山如何区分，问得好，这正可用来说明观念的重要。翻阅凉山地方志，都说，以黄茅埂为界，西为大凉山，东为小凉山。林耀华的《凉山彝家》也说："俗以黄茅埂为大小凉山的划界线。"仿佛很清楚，但我们不是国土官员，绝大多数人也没到过凉山，不知黄茅埂，更不知黄茅埂的位置，因此事实上很不清楚。更主要的在于，在实际生活中，那种划分说明不了什么。许多时候，地理界线只是"表面真实"，最深的真实，也就是进入人们心里的真实，是文化。林耀华作为学者，深知其味，因此加了"俗以"二字。

为此，我走访了昭觉的几位文化人。

他们有个共同意见：大小凉山划界，与汉族地区的关系是重要标准。

老板萨龙认为，思想相对开放，观念相对先进的，是小凉山；离汉族地区远，代表贫穷落后的，是大凉山。阿皮几体说，小凉山自古和汉民族来往密切，跟汉人学到很多先进理念；大凉山相反，所谓"一步跨千年"，主要是指大凉山。深度贫困地区以凉山州为最，凉山州又以昭觉、布拖、美姑等大凉山为最。比如昭觉，271个行政村，191个都是贫困村，所占比例达70%以上。习总书记来凉山，没走别处，专看昭觉，就因为昭觉贫困面积大，贫困人口多，也因为这里观念落后。

彝族的一些有识之士，对自我局限已有充分认识。

阿尔拉莫直接说："汉族有那么多优秀的东西，我就特别想借鉴过来。思想禁锢，排斥文化，彝族没有任何出路。"

即使那些观念相对保守的，也在努力做自我调整。比如俄比解放。俄比解放是一位令人尊敬的长者，他和阿吉拉则二人，是昭觉文化界的"老宝贝"，学问渊博，深重礼节。我们第一次见面时，俄比解放穿着加什和瓦拉，那是彝族的盛装，他以这样的方式表达对客人的尊重和欢迎。但他也是个守旧的人，特别是喝下二两酒后，声音高亮，大谈彝族这也好，那也好，这也不能动，那也动不得，"不动就一切顺当，动就要出事！"他有个侄儿叫英布草心，汉名熊理博，小说家兼诗人，我认识而且熟悉。俄比解放对我说："我给熊理博讲，啥子汉族的书、西方的书，你通通不用读，你就读彝经，你把彝经读通了，你就是最厉害的！"我估计熊理博不会听他的。

就是这样一个人，也在调整。

上次我跟他和阿吉拉则去服饰研究中心——这方面阿吉拉则是专家，他个人的服饰收藏，比普通博物馆更丰富，电视剧《奢香夫人》拍摄时，还来找他租用。找他租用的剧组不少。但让他不满的是，有些影视剧把彝族铠甲都穿反了，还在马背上耀武扬威地比画，很英雄的样子。中国各大剧派，历来对衣着有严格规定，行道上讲究"宁穿破，不穿错"，这也是文化，未必电视剧就可以不要文化了？更何况，彝族服装是"穿在身上的历史"，服装饰物，包括战袍铠甲，不能乱，乱了是打历史的脸。阿吉拉则不满，是从尊重历史的角度，其实他是个非常包容的人，笑的时候多，生气的时候少。

那天阿吉拉则接电话时，俄比解放跟我聊，他津津乐道于彝族的百褶裙：比苗族的长，穿起来有飘逸感，有下坠感，走起路来一摆一摆的，摆的时候上身不动，是审美的。除了审美，还显现彝族的道德感，比如不能随便露，女人还包括不能随便露头发，尤其在公公婆婆面前；独自在家，你尽管披头散发，听见公公婆婆回来，要立马将头巾包上，头饰扎上，不然放在先前，是要吊死的。他见不来现在那些年轻女娃儿，袒背露腿，还内衣外穿。"简直伤风败俗！"他这样下了断语，嘴角翘起来，眼睛瞪起来。连跳舞摆动裙子，他也认为伤风败俗。说有个舞蹈老师抱怨，原来跳舞是甩帕子，后来甩擦尔瓦，再后来甩裙子，以后不晓得甩啥子了，甩完了，这舞蹈没法编了。

"甩啥都可以，不能甩裙子！"俄比解放做了总结。

总结过后，他陷入沉默。

沉默一阵，他说："以前那种露了头发就吊死，也未免过于严苛。"

又说："传统文化的东西肯定要变，因为时代变了，生活方式变了，固守传统，就只有出局。"

他同时承认，彝族服饰有个演变过程，有个与别的民族相互学习的过程，并非彝族独有，只是彝族传了下来，成为了活的历史。

我能体会到他说这些话时的内心悸动。

作为彝族文化的守护者，他的可敬和可叹，都在里面。

四、朝里看和向外看

对自己民族有着深刻认识和反思，以开放的胸襟面向山外的世界，子克拉格算是一个典型。子克拉格是凉山州副州长、昭觉县委书记，他对前去扶贫的汉族干部说："你们到彝族聚居区来，就是要保持看不惯的心态，要是你们都看惯了，你们的作用就没有了。"这话我没亲耳听到，但我听徐航、徐振宇、鲜敏等好几个帮扶干部对我说起，证明给他们都留下了深刻印象。

这段时间，昭觉来了大批检查组，从全省抽调来的，主要来自绵阳。绵阳定点帮扶昭觉。检查组成员和我住同一家宾馆，见他们每天顶风冒雪，早出晚归。为工作方便，子克拉格也住在这里。昨天夜里11点多，我去宾馆底楼和他见面，先一起看了宣传艾滋病预防的微电影《山那边》（县委宣传部部长张敏策划，文联主席马海里根统筹、编剧），然后谈了一个多钟头。尽管是随意摆谈，却涉及很多层面，对民族、传统、扶贫和时代，他都有自己的理解。他读过很多书。四开乡党委书记克惹伍沙，之前任县委办副主任，对拉格书记熟悉，说他家里全是书，过道都占满了。读书的意义，在于能在日常细节中融入社会理性，并引导人承担共同的社会义务。"这两年太忙，"子克拉格说，"读得少了，思考得也少了。"这话反倒证明他确实是一个勤于读书，也勤于思考的人。读书和思考，赋予他情怀和信念，做事但求无愧于心，生怕今天得了上级表扬，明天却自己看不起自己。"自己表扬自己，才是真表扬。"他说。他被表扬过很多次，但也被批评得不少。

批评他的主要问题是：慢。

这牵涉到移民。

昭觉将4000多户共2万余村民移进了县城（其中贫困户3921户，18547人），来了住楼房，不能种庄稼，不能养鸡鸭，不能喂牛羊，而这些东西，在农民那里不仅是用来过日子，还是日子本身。安排就业，即使可能，也需漫长的等待。昭觉的原始企业，就是一个规模很小的金鑫水泥厂。四川省委省政府出台的扶持政策意见里，有"加快推进佛山—凉山农业产业园、成都—凉山等'飞地'园区建设"。其中佛山方面，2019年，邀请了30余家广东省企业及行业协会赴昭觉考察，最终4家落地，投资3700多万元，是在凉山11个国家级贫困县落地企业数量最多、实际投资额最大的县。但对搬进县城的村民来说，去产业园就业不现实，路远，且用工极其有限。他们的生活来源，基本靠家里年轻人出门打工。而打工造成的农村人才流失，曾经是一个国际性难题，最近几十年来，成为中国的难题。

对此，子克拉格是这样解释的：

"彝人的生活方式，是最后一道跨越。虽然找不到几个投资者，县城没有工业，但搬迁进来，消费人口增加了，也能创造一些机会。对脱贫攻坚，国家就一句话，两不愁三保障，为这句话，就有不同的做法，只说其中的安全住房保障，你把房子给他们修在山里，雨漏不进风吹不倒水冲不垮，也算有了保障。但我们是弄进城。尽管有争议，有风险，可我认为是最好的。俗话说一方水土养一方人，这里一方水土养活不了一方人，那就进城来。进城过后，很多老习惯旧观念，就会逐步改变。哪怕这代人吃些苦，下辈人就好过了。"

三峡移民举全国之力，搬迁人口113万；昭觉33万人口的一个小县，搬迁2万多，是四川全省最大的扶贫搬迁工程。安置点的楼房白墙灰瓦，融合现代元素与民族风情，绿化、路灯等配套设施齐备，且要在附近修建7所学校，扩建3所医院，确实难，免不了慢。为这个"慢"，首先遭批评的是州领导，州长苏嘎尔布被找去约谈,"很没面子",但他没责怪子克拉格。一味求快,就可能敷衍甚至作假。党中央国务院2018年6月下发的《关于打赢脱贫攻坚战三年行动的指导意见》,也明确要求,在争时间抢进度的同时,"坚持把提高脱贫质量放在首位。牢固树立正确政绩观,不急功近利,不好高骛远,更加注重帮扶的长期效果,夯实稳定脱贫、逐步致富的基础"。

在子克拉格看来,下级服从上级,是没价钱可讲的;但如果你发现上级的指示明显有脱离实际的地方,你为投上级喜欢,完全服从,既是对事业不负责任,也是对上级和自己不负责任。古语说"千人之诺诺,不如一士之谔谔"。当然不能随便"谔谔",得讲策略,迂回地表达你的想法,有胸怀的上级听了,会再做权衡。为处理火普村和三河村老房子的事,子克拉格就这样给上级领导提过建议。按上级领导的意思,村民都搬入了彝家新寨,老房子只留下总书记到过的两家,其余都拆掉。但子克拉格觉得,那荒山野岭,孤零零留下两间房子,不好看,不如将旧址都留下,做成实景博物馆。为此他请来专家论证。他提醒自己,并不是做了领导,就能自动什么都懂,不懂的,向专家请教。专家实地考察后,提供了与子克拉格意见一致的方案,子克拉格把方案报告给上级领导,上级领导尊重专家的意见,点头同意了。"那是我最高兴的一天。"子克拉格说。

为改变自己也改变身边干部的观念,子克拉格带着5套班子,去沿海考察。徐航说:"凉山州11个贫困县,拉格书记是第一个带5套班子去的。"看企业,看项目,并深入腾讯和华为。这些改革开放的前沿阵地,以前都是在网络和新闻上看,现在亲眼看到,触动很大。"回来过后,"徐航小声而喜悦地说,"大家在食堂吃桌餐，就知道用公筷了。"

这是多么小的一件事情，但对于移风易俗，又真的是一件事情，而且是件大事情。杭州市疾控中心健康危害因素监测所曾做过一个实验，对使用公筷和不使用公筷餐后细菌进行对比，结果发现，"非公筷"组的菌落总数至少是"公筷"组的3倍，某些菜肴达250倍。不用公筷非只彝族聚居区，许多汉族地区也一样，只是彝人更强调"兄弟情谊"，为显亲密，吃桌餐时，在一个碗里夹菜，你一筷子，我一筷子；喝汤是用马匙子，一种木挖的长柄小勺，讲究些的漆了花纹，每人面前放着一只，也是你一马匙子，我一马匙子。有时酒杯还共用。这很不卫生。

不卫生是彝族聚居区顽疾之一。因为不卫生，和鼠疫并列为甲级传染病"罪犯"、本以为早被"处决"的霍乱，1998年在昭觉暴发。吉木子石说，她那年正好从凉山卫校毕业，还没到工作岗位，就被抽到地莫乡治霍乱，义务干了整整一年，在山上搭帐篷，给老乡输液。"那回死的人有点多。"她说。霍乱是偶尔暴发，肺结核却是常见病，徐航说疾控中心掌握的数据，发病率很高。这个我在陈立宇那里得到了证实。陈立宇从四川大学华西医院过去，挂职昭觉县人民医院副院长，他说："这边肺结核有点严重。"

"很多毛病都是习惯不好造成的，"徐航说，"因为你一个坏习惯，国家花很多钱在这上面。其实那些钱可以花到更有用的地方。我们不少人是因病致贫，只有移风易俗，因病致贫和因病返贫才会减少。"

五、"人"的解放

我给你举了几个改变观念的例子,但我必须说明的是,能自我认识、自我改良、自我革新的干部和知识分子,并不多。"他们比他差远了。"好几个帮扶干部对我说。"他们",是指众多本地干部,"他",是指子克拉格。

脱贫攻坚是极其复杂的系统工程,但归根结底,其实就一个字:变。令人困惑的是,这个字,或者说移风易俗这个词,在人们的理解当中,似乎都是针对老百姓说的,好像只有老百姓才需要改变。而事实上,如果领导干部包括文化人不能蜕变在先,非但不公平,也必将成为空谈。

比如卫生,我几次去机关大院,上过三个厕所,一次是想上,两次是故意去上,见其中两个都相当脏,便纸堆积,还到处乱抛,也不知是污水还是尿液,干的湿的,横一道,竖一道。机关大院如此,你怎么能去要求老百姓干净整洁呢?尽管普通百姓没有机会来看你机关大院里的厕所,但人的习惯是不经意间就露出来的。你对老百姓说:"不能随地吐痰。"话音刚落,你就朝别人刚打扫干净的院坝里吐了一口痰,而你却并没有感觉到,因为你已经习惯了。老百姓由此知道,不能随地吐痰只是口头上说,做是可以做的。既然随地吐痰说是不能做其实可以做,别的那些说是不能做的事,也就是可以做的。

这种推理能力,并不需要多高的文化。

帮扶干部费尽周章,为贫困户筹来生活物资,当地某些干部,却今天来拿一双鞋子回家,明天来拿一把雨伞回家,连灯泡、牙膏、脸盆也拿。帮扶干部不给，或者给得不爽快，到时候就评他个"不合格"。而他们在台上讲的是，连非贫困户也不能拿，更别说干部。说的和做的，完全不同，干部和群众，两套标准。且不说全心全意为人民服务，真正做到干群一致，都极其困难。困难的原因在于，他们根本就没那样想，在他们的观念中，干部就是应该拥有特权，包括随拿随占多拿多占的特权，也包括给你"不合格"的特权。

为这事，有些帮扶干部委屈得哭。

其中一人，把自己的委屈说给综合帮扶队队长，队长竟也差点掉泪。这位干部才知道，不仅他在受委屈，队长也在受委屈。此后再有了委屈，他就不再给队长添烦恼，只默默承受，并且更加努力地干好该干的事。

有些当地干部甚至觉得，帮扶干部是在跟他们抢民心，平时不好开腔，酒后就吐真言了："你们搞这套，好是好，可是你们在这里树立了威信，将来你们走了，留下个烂摊子，我们咋办？"没考虑将来照好的路子走下去，而是怎样回到从前，让老百姓怕自己。所以在他们眼里，好是假，"烂摊子"才是真。

帮扶干部们说，其实他们非常注意自己的言行，不越位，不添乱，更不拆台。但只要做事，无形之中仿佛就"越位"了，就"拆台"了。

我们完全可以这样看，凉山从奴隶社会进入社会主义社会，是第一次解放；今天，将迎来第二次解放，这第二次解放是对"人"的解放，是习惯、思维和世界观的解放。领导干部如果不能首先意识到这是再一次解放的机会，就不可能进行自我调整和自我建设，就将错过这次机会。

六、山上的历史

前几天你问我，彝人为什么喜欢住在高山上，现在我可以回答你了。

今天，在悬崖村顶上的不色来洛村，我用这话去问一个放羊的村民。

其时山风涌流，呜咽乱鸣，庞大的山体似在风中摇动。

他听了笑，然后迎着风回答我："山上安全。"

昭觉县妇联主席贾莉说，以前，越往大山里走，人越多，平坝上反而没人。

这其中的部分原因也是：山上安全。

可以说，从公元前316年到公元1950年，在这两千余年的漫漫岁月里，彝族都是一个败退民族。前316年（秦惠文王更元九年），巴、蜀同时为秦所灭，而蜀国政权正是彝人政权。蜀国为黄帝之子昌意与若水（雅砻江）蜀山氏夷（彝）女所生的高阳（颛顼）所立，经历了蚕丛、柏灌、鱼凫、杜宇、开明诸王朝，积三万四千岁[①]。至开明一代，都城由郫县（今郫都）迁至成都，所留印记是深刻的。李太白诗《蜀道难》："蚕丛及鱼凫，开国何茫然。"在成都温江，至今有个《鱼凫文艺》，每年评奖，我还去为他们当评委。

秦灭蜀，费时十月，"贬蜀王，更号为侯"，且一直立蜀王子孙为蜀侯，以示安抚。但蜀人不甘亡国，接连拥兵反叛。三十

[①] 参见且萨乌牛：《彝族古代文明史》。

多年间，秦国杀了三位蜀侯，又"移秦民万家以实之"，并废除蜀侯，派郡守治理。开明氏宗族见复国无望，大批南迁，先退守雅安，再从雅安出发，越大相岭至汉源，渡大渡河至越西，越小相岭至泸沽，沿安宁河至西昌，再南渡金沙江，徙于云南、越南等地①。

彝人败退迁徙的场面，是我读到的最宏大悲壮的史诗之一。比如渡江："上渡阿基岸，中渡尔基岸，下渡巴克岸……一日爪类渡……一日蹄类渡，一日禽类渡……一日人类渡，人类千万渡。"接着："九千母马渡，九百马驹随之渡；九千母牛渡，九百牛犊随之渡；九千母羊渡，九百羊羔随之渡……"②

这让我想起电影《1917》中的插曲："我是一个可怜的流浪的异乡人，穿过这个悲哀的世界……我知道黑暗的云将徘徊在我身上，我知道我的前路崎岖而陡峭……"

然而彝人并不是这样悲伤，惨淡的生活，磨砺着他们的意志，也不再相信眼泪，他们的古老法令明确规定："凡是君臣民，人间的四方，无论是哪方，大人和小孩，一律不准哭。哭者要挖眼，男哭挖左眼，女哭挖右眼。"③

许多书上都说，彝人好迁徙，但他们的迁徙，不是"逐水草而居"，而是败退，是战争。从战争的角度，既有对外的防御之战，也有内部的欲望之战。他们的内部战争，恰当的时候我会对你说。

彝人一路败退到三国，遇到了诸葛亮。

---

① 参见《资治通鉴》第三卷及葛剑雄、曹树基、吴松弟《简明中国移民史》。
② 《招魂经》《送魂经》。
③ 《夜郎君法规》第七条禁令（共二十条）。

阿吉拉则说，诸葛亮和彝族头领打赌，指定一座山，看谁先上去，赢者住平坝，输家上山去。彝人老实，拔腿就跑，诸葛亮却慢悠悠抽出一支箭来，弓弦响处，箭已上顶。这样，诸葛亮就赢了，彝人从此就被赶到山上去了。

这当然只能当成民间故事听。《出师表》里"五月渡泸，深入不毛"，才是史实。据学者考证，"不毛"非不毛之地，而是个地名，指今缅甸。诸葛亮剑锋所向，即是彝人。不过有一点讲不通，他去缅甸打彝人，怎么把他们越打越近，打到凉山来了？另一个故事"七擒孟获"，更为人所知。孟获便是彝人头领。《三国演义》把"七擒孟获"作正面写，成为诸葛孔明不以力服而以心服的典范之作，但在《三国志》中，根本就没有孟获这个人出现，只说"南中诸郡，悉皆叛乱"，"三年春，亮率众南征，其秋悉平"。简简单单一句"其秋悉平"，让人产生无限联想。彝族百姓，更多的是彝族学者，据此断定，诸葛亮的南征"残酷而深入"，使彝人不断退却，龟缩野岭。

昭觉服饰研究中心里面，除了服饰，还有腰牌、盾牌、铁叉、剑戟和铠甲。铠甲很古老，汉代的，硬如钢铁。这即是《三国演义》描述的藤甲，说孟获"手下军士，俱穿藤甲；其藤生于山涧之中，盘于石壁之上；国人采取，浸于油中，半年方取出晒之；晒干复浸，凡十余遍，却才造成铠甲；穿在身上，渡江不沉，经水不湿，刀箭皆不能入，因此号为藤甲军"。但阿吉拉则说，罗贯中搞错了，藤甲不是藤，是皮，牛皮，只不过里外有两股绳子（同样是牛皮），看起来像藤而已。喜德人却不是这样看，他们说，孟获的藤甲军，是从他们县采了藤去武装的，孟获七次被擒，不怪藤不好，是诸葛亮太厉害了。

诸葛亮之后，驱杀彝人最著名的人物，当数吴三桂。

顺治七年（1650）八月，水西土司祭祖，觉国之大事，唯"祀与戎"，便搞得很隆重，"打牛遍地红，杀猪遍地白，宰羊遍山黑"。吴三桂从中嗅到血腥气，认为此举非祀非戎，所谓久蓄异志，"将为不轨"，于是大举进剿。

往后的岁月里，退守凉山尤其是大凉山的彝人，山外的统治者在凉山周边设置锁彝沟、锁彝桥，平时不管里面，但觉得不适当管一下，又太不成体统，也体现不出王权，加上需以提升民族矛盾的方式来压制阶级矛盾，因此每隔两三年，就派兵进去剿杀一次。民国时期有个邓秀廷，倒是驻军凉山，在维护抗战后方的社会治安和交通运输方面，确也做了贡献，赢得黄炎培等知名人士的高度赞扬。但邓秀廷很年轻的时候，就受国军师长陈洪范影响甚深，陈对"七擒七纵"不以为然，认为彝人"可以力服，不可以德服"，因其"畏威不怀德，强必寇盗，弱则卑伏"。后来邓做彝务指挥，仅一次战役，就焚彝寨上百，杀剽悍黑彝近千，还动不动就把彝族家支头人抓来当人质，称为"轮班坐质"。

如此行事，赢得的是仇恨和恐惧。仇恨，就变本加厉地去抓汉人当娃子；恐惧，就朝深山更深处、高山更高处跑。最开始我就说，解放沟是西昌和昭觉的温差带，半个多世纪前，它还是彝汉分水岭，彝人不敢出去，汉人不能进来。

七、另一种真实

当然，史实告诉我们的，或许只是部分真实。

彝族创世史诗《勒俄特依》说，大洪水过后，只剩下一个名叫居木武吾的人，居木武吾和天女通，激怒了天女之父，惩罚他们生下三个哑巴儿子，居木武吾生火烧水，烫洗儿子的身体，儿子便开口说话。顺利长大后，长子成为藏族的起祖，次子成为彝族的起祖，三子成为汉族的起祖。"武吾拉叶是汉族，知识最广博，垒起石头做地界，平原被他占了去，住在海湖的水边；武吾格自是彝族，挽起草结做地界，住在高山上……武吾斯沙是藏族，插起木牌做地界，住在高原上。"如此说来，彝族是在始祖时期，就主动选择高山居住了。

大凉山的地形，站在谷地望高山，山顶仿佛尖削如刀，其实爬上去后，是一个大平台，平台上再望，远处又是高山，再爬上去，又是一个平台。平台即草甸，非常适合养殖。大凉山的山羊绵羊，特别喜凉，到了夏季，坝下的住户还会把羊寄养在山上的亲戚家。彝族对放牧很重视，连以前那么看重血统、要把自己跟劳动者划清界限的黑彝，以干田地活为耻，却也常常亲自放牧[①]。牛肥羊壮不仅是财富，还是主人身份的象征。文联主席马海里根的祖上是土司，他母亲当姑娘时，就住在高山上，极富有，家里的盔甲到处扔，黑甲和昂贵的花甲都有，扔在地上，让狗啃着玩；那是皮做的，狗啃着啃着，就啃出肉味儿来了。"破

[①] 有一种观点认为，彝族并非发源于云南，而是从内蒙古南下的，原是游牧民族，此似可为证。

四旧"那阵,他母亲交出的金银财宝,用四匹马才驮走。

所以马海里根说,彝族人喜欢住山上,是因为住在山上有优越感。

优越感有三:一、能养牛羊,积财富。二、能避瘟疫。凉山医疗条件差,瘟疫重,但山上寒冷,瘟疫通常不侵。三、能御敌。山头视野开阔,敌人来了,能早探知,早准备,且易守难攻。后面两点,也就是前面说的"安全"。

他这话有例为证。

比如悬崖村,至2020年春,村民也没搬走,第一书记帕查有格说,除了有个年轻人想走,其余的都不愿意走,特别是有个老人,说他一辈子住过很多地方,只有到悬崖村才吃饱了,如果搬到下面,羊都没法养。他是担心又会受穷。

前面说,悬崖村因一个网络视频和《新京报》的报道出了名,视频拍的是依山而起、凌空而挂的218段破旧藤梯,那藤梯就是村民的路,脚朝上一搭,晃晃悠悠,爬几分钟,就上不是,下不是,而且上难,下更难,只能逼着上。有个刚毕业的女孩子,分到悬崖村小学教书,蹲在藤梯下哭,是村支书在她腰上绑根绳子,把她牵上去的。2016年,藤梯变成了钢梯,比较起来,安全多了,可我去那钢梯上爬,爬上一阵,就恐惧起来,抬头望,只觉梯身后仰,眼帘稍垂,又见兜底深渊。我紧抓栏杆,站着不动,心想自己为什么恐惧,是魂散了。魂聚则定,魂散则乱,乱则生疑,疑则生怯。由此,我信了那个说自己灵魂跑掉的竹核村民。生存环境对人的影响,有时候是不可估量的,人对人理解的难度,同样不可估量。

即使当地人,顺钢梯上去下来,走得再熟,也须把着栏杆。

太窄了,坡度小的地方横三根钢管,坡度大的地方只能横两根,而且雨天打滑,秋冬风大,到了夏季,太阳一晒,梯上的温度又高得烫人,其艰难程度,依然超出想象。

虽如此,他们也不愿意搬下山。

附近的两个村,搬到了县城,回来说:"县城才好哦。"这会让他们心里起一丝波澜,会纠结一阵,但真正让搬,又陷入更深的纠结。

可见易地搬迁,昭觉并没一刀切。四川省发改委要求:"应搬尽搬的首要原则是政府主导,群众自愿。"发改委相关负责人同时表示,只要群众自愿,能搬的都支持搬。为实现这一目标,一方面将省内其他地方当年易地扶贫搬迁结余指标用于凉山州,另一方面将"十三五"期间全省新增22.5万人的搬迁指标优先用于凉山州深度贫困县[①]。不过落实到昭觉,即使都愿意搬,也难以实现,更不可能一刀切,昭觉33万人,贫困人口达10万余人。

2019年大年初二,县委书记子克拉格、县长赫绍洪,带着支尔莫乡的书记乡长,去悬崖村实地调研,看能否成立旅游合作社。在这片大山里,只要交通解决了,景点都是天赐的。悬崖村只是其中之一,顶上有片起伏绵延的草甸,属不色来洛村,俗称"大平台";十万亩索玛花,全世界恐无二例,可申报吉尼斯纪录;包括悬崖村的钢梯,帕查有格说他也想去申报吉尼斯纪录。大平台上有个观景台,麻着胆子,站在观景台畔,望底下的悬崖村、对面的美姑县,天地奔涌,心胸壮阔。若丽日晴空,荡胸生云,时卷时舒,时远时近,万种风情,与人为戏。从某个缺口望

---

① 《四川日报》2018年7月10日。

出去,还能望见波光鳞鳞的金沙江。

目前,大平台修了"集装箱酒店",相当于接待中心,但平时没什么人,特别是冬天,更没有人——只有两三个看守的妇人。游客少,交通是瓶颈。从昭觉县城过去,还需过金阳县境,且很长一段虽也能走车,却是毛坯路,有的是土,有的是石,崎岖颠簸,险象环生。路不仅是路,还是世界观,有了路,传进来,带出去,形成循环,就能制造氧气,补充新鲜血液。打尖沙洛村第一书记张毅说:"路一通,人心相通,货物流通,文化融通。"路不通,这些都谈不上。

为破解这一瓶颈,四川省提高了贫困县补助金标准,以前凉山州的通村硬化路建设,是根据贫困系数进行补助,现在全部提升为"按每公里70万元安排",而且对贫困县自身财力不能满足基本标准支出需求的缺口,省财政予以兜底补助。有了这种支持,我目前走过的昭觉村寨,除去大平台有毛坯路,其余都硬化过了。支尔莫乡党委书记阿子阿牛说,去大平台的路也已纳入规划,将很快得到改善。

八、两个词和一个句子

法国史学家费尔南·布罗代尔有句名言:"山排斥伟大的历史,排斥它带来的好处和坏处。"对于彝族这样的"高山上的民族",如其所言,长时期以来,因各种缘由,被动地和主动地,将自己封闭起来了。

他们少与山外来往,更不与汉人通婚。不通婚以前是绝对的,中华人民共和国成立以后,特别是改革开放以后,倒不至于绝对。比如贾莉就嫁了个汉族。吉木子石说:"贾主席的父母是文化人,他们知道人家汉人现在不是娃子。"

可即便知道,与汉人通婚,依然可能成为叛逆者。

比如吉木子石幺爸的女儿,出门打工,和南充市仪陇县一个汉族人结识并嫁给了他,从此就再不回家。已十多年没回家,不是不想回来,是家里不认,不敢回来。辛辛苦苦养大一个女儿,面见不上,音信全无,相当于死了。真死了也就断了念想,可不知死活,不知处境,当父母的如何放心。家族当中,吉木子石是见过世面的,就派她去找。仪陇毕竟是朱德总司令的故乡,沿途有路牌指引,她不仅找到了仪陇县,还去仪陇县乡下,找到了堂妹。堂妹见到她,又听她说起父母,说起兄弟姐妹,当场就痛哭起来。

既然派人去找,证明家里认了,尽管认得不情愿。

"咋可能情愿嘛,"吉木子石说,"女儿嫁了个娃子!"说罢笑。

"我们这里,"她把笑收住,"有人就是那样想的,还把那样想当成骄傲。"

她说的"有人",当然不仅指她幺爸那样的农民。

找到堂妹没多长时间,堂妹的母亲去世了,她就带着丈夫回来了。彝人不是视死如归吗,死的那天很光鲜,很隆重。隆重的表现,首先是哭丧,整个家支七八百号人,甚至上千号人,齐声号哭,那阵势,真个是山川肃静,鸟鸣终止。"我看见那个汉族娃儿也在哭,"吉木子石掩住嘴,笑着说,"还哭得伤伤心心的。我心里就想,死人活起的时候,他从没来过,认都认不得,咋也哭那么伤心呢?肯定是见我们伤心,触景生情。人心一样,都是肉长的。"

可他哭得再伤心，岳父也不愿跟他握一下手。

在爱情和婚姻方面，自古就有叛逆者，否则就不会有罗密欧与朱丽叶，也不会有梁山伯与祝英台。梁祝化蝶，蹁舞人间，是多么惊心动魄的叛逆。梁祝的故事从西晋传来，也就是说，将近两千年了。在两千年的时空里，这美丽凄哀的音符，始终鸣响，然而相似的悲剧，却也始终没有断绝。

我所看重的，不是悲剧本身，而是，总有那么一些人，勇敢地去做了悲剧的主角。这些勇敢者和先行者，是改变观念的推土机。不幸的是，他们往往也是牺牲者。比如，某曲诺（白彝）家中四兄弟，其妹和具有呷西血统（比白彝低）的男子恋爱，恫吓无效，四兄弟竟将二人合绑，推下山崖，致男死女残。这事发生在1970年代中期。中共十一届三中全会以后，政策宽容，家支活动和等级观念又活泛起来，非等级内通婚又被强烈干预，为此而死人，又时有所闻。

这些史料，来自《凉山彝族自治州概况》。它向我们证明，在凉山，特别是大凉山，某些观念有多么陈腐、顽固，观念指导下的行为，有多么不可理喻。从这个角度讲，说西昌东郊的尔舞山是一条时光隧道，也并不为过。四兄弟等人的行为，让我们看到中世纪的影子，甚至更早。因此，生活在今天的彝族青年男女，是很幸运的。不管多难、多沉重，冰河在坼裂、融化，在向前流。

任何一个人，都不只活在自己所属的时代，任何一个人身上，都扛着历史，顺势而为，就过去了；逆流而动，就退化甚至消失。美国作家玛洛·摩根写过一本书，叫《旷野的声音》，其中关于大洋洲土著民,有段话是这样说的:"我们曾试过教育他们,花了很多年,想改变他们的观念。可到现在,他们还是不愿意丢掉传统习俗和旧观念。他们是无可救药的文盲,没有野心,也没有追求成功的欲望。他们大多数选择过艰苦的生活。那是他们自己造成的。"

我从中听到的,只有两个词:失望与放弃。

但任何一次对别人的放弃,也意味着对自身的放弃。不放弃,是对别人的责任,也是对自己的责任。

——脱贫攻坚,就是为了"不放弃"。

第三章

遍地英雄

一、萤火虫

我带你认识几个人吧。

先说的这位我前面提到过,叫徐振宇。

徐振宇是碗厂乡帮扶队队长,兼西洛村第一书记。碗厂乡西去县城65公里,离解放沟不远,得名于曾出土过一个清代青花瓷碗窑。徐振宇来自川南自贡市荣县电视台,被派赴昭觉那天,正是他的生日。一年后的生日,他获得凉山州优秀帮扶队员和昭觉县优秀共产党员称号,《四川日报》大篇幅报道他的事迹。

他的主要贡献,就是移风易俗做得好。

西洛村海拔三千多米,褐色的大地和白云飘动的天空,在目力所及处交接,形成一个锐角,散淡的村落,在锐角里起伏,类同一张床单,拎在手里使劲一抖,拱起的部分,是草场和荒山,凹下的地方,是房舍和集市。因海拔高,又是风道,冷得慌,夏天都要烤火。徐振宇报到那天,碰上赶场,见集市上的男女,衣着和肤色都跟自己不同,说的话一句也不懂,心里充满恐惧,恐惧得"连车也不敢下"。我猜想,来之前,他一定也听过不少传言。可到了今天,也就是我去的时候,那里的孩子,放学后,做过了家务,完成了作业,都爱往他那里跑,去听他讲故事,看他放电影。孩子们有的叫他叔叔,有的叫他干爹,有的叫他爸爸,他不让叫"爸爸",他们还很委屈。如果他短暂离开,会随时接到孩子们的视频通话。

因为徐振宇,一个女子在离家四年后,可以回来了。

这女子名叫沙马子果,家在西洛村村委会附近。四年前,她从河南一所大学毕业,赴深圳打工,并在那边谈了男朋友。那男朋友是个汉族人。对彝人而言,听到这样的消息,无疑是一场灾难,先是爹妈,然后是七姑八姨,在电话上怒吼、威胁,并让她赶快"滚回来"。但她没回来,更没滚回来,而且说:"反正我要跟这个汉族人结婚,你们同不同意都这么回事,大不了我一辈子不回来。"

既然这样,家里就把她放弃了,当没这个人了。

你可能觉得,这当父母的,连吉木子石的幺爸也不如,女儿不归,她幺爸还牵心挂怀,还派人去找。沙马子果的父母,直接就甩开了,未免太冷漠,太绝情。那么我再给你说件事:有个女子在当地和一个汉族人恋爱,家里虽痛恨,但要像以前那样将二人处死已不敢为,就把她关起来,并请来舅舅姑姑姨妈等大帮子人商量,说干脆劈断她的腿吧,我们养她一辈子算了。两相比较,哪一种更好呢?或者说,哪一种更绝情呢?听上去也令人毛骨悚然。而恰恰那女子听到了,激起更强烈的反抗,她跳窗而逃,并最终和男朋友走到了一起。

沙马子果同样:你们不要我,不要就是;把我开除家支,开除就是!

家里人也想,就当她死了!

可前不久过彝族年,沙马子果回来了。

是父母让她回来的。

即是说,认她了,也认她那个男朋友了。

原因是,她的长辈和众多亲人,从徐振宇这个汉族人身上,发现汉族人"实在太好了"。

沙马子果进屋后,她母亲还专门来把徐振宇请去家里做客。

这件事让徐振宇很有成就感。他以自己的一言一行,改变着彝人对汉人的看法,也改变着彝人的观念——这里需要特别指出的是,在大凉山,汉人也好,汉族地区也好,更多的不是民族和区域概念,而是观念概念。

我去碗厂乡时,沙马子果还没回深圳,遗憾的是,她到西昌找同学玩去了,我没能见到她。只见到了她弟弟,她弟弟说:"我姐姐这次回来,欢喜得很。她从来没这样欢喜过。她想回来认亲,又不能丢了男朋友。现在两样都满足她了。"说着咧开嘴笑。笑了也没忘记感谢徐书记。这是一个还可称为半少年的孩子,却一脸成熟模样。他内心一定是敏感的,在家庭面临分崩离析的时候,受到的打击一定是深重的。现在姐姐回来了,家庭又圆满了,喜悦之情,在我这生人面前也关不住,不时拿起手机,有模有样地退后几步,给我和徐书记照相。

徐振宇究竟是做了什么惊天动地的事情?

没有惊天动地,只有点点滴滴。

按他自己的说法,"我就是一只萤火虫"。

来碗厂乡一个月后,村访途中,徐振宇看到个小女孩,从地里背筐土豆回家。女孩时年5岁，对她来说，那筐土豆实在太沉了，脸憋得像要裂开也撑不起来。旁边的奶奶（自然背得更沉）逮住她肩膀拎，拎起来，手一松，又坐下去。这样三番五次，终于站住，向前迈步，细腿闪如风中柳，弯曲得近乎折叠。这景象让徐振宇心痛，便拍成视频，取名"土豆妹妹"，发到网上，并配以他后来了解的实情：女孩名叫马海永呷，有个弟弟叫马海热乐，姐弟俩的父亲年过30就病死了。父亲得病期间，母亲不堪重负，走了，不回来了。爷爷早已过世，只剩奶奶，而奶奶也是一副病体，刚做完腹腔手术。

视频发出后，中青网和今日头条等转播刊发，呼吁社会力量参与扶贫。这也是徐振宇的目的。目的达到了，爱心人士汇来捐款。

收到三万多元后，徐振宇决定不再收钱。钱不好处理，也难以建立完备的监管机制。他决定只收需要的物品，并列了清单，发给媒体。书籍、文具、衣物，都是需要的。寒冷的高原上，容易冻伤，冻伤膏是需要的。脸易皲裂，雪花膏是需要的。凉山州大部，冬季干旱，夏秋淫雨，水靴是需要的——他开始也没想到水靴，是有天看到一个名叫曲比阿乌的小姑娘，感冒得厉害，却穿着烂鞋子在雨里走，才想到这地方水靴必不可少。他先说给一个老领导，那老领导寄来几大箱，是里面带绒的那种，雨季可防水，冬天可保暖。此外他还想到，孩子们没耍过玩具，没尝过饼干，没穿过弹力袜……这些，都是需要的。

你应该看出来了，扶贫干部以问题为导向固然重要，而带着感情去工作，或许更加重要。感情是流动的水，水能融入水中。有了感情，不必对方开口，你就知道他缺什么，差什么。徐振宇如此，很多人都如此。

徐旸，日哈乡觉呷村驻村队员，来自泸州市城管局路灯管理处。对这位帅气而蓬勃的31岁青年，日哈乡党委副书记、帮扶队队长张军谈起他，他的队友李凯、毕艳、郭红霞谈起他，无不称赞。他能把感情化为行动力，且如张军所要求的那样，"把个人能力转化为能量"，去影响和带动身边人。觉呷村是绵阳涪城区对口帮扶深度贫困村示范村，也是昭觉县基层党建示范村，但徐旸刚去的时候，就像毕艳刚到列托村一样，自己裹着羽绒服，却见当地孩子穿着单衣单裤，清鼻涕挂在两边，还说"叔叔阿姨我不冷"。徐旸自己有个不满3岁的女儿，他看见的，仿佛是自己女儿的样子；听见的，仿佛是自己女儿的声音，"心里酸"，当即发下誓愿："我一定要为他们做点什么。"于是着手拟定"暖冬计划"。

彝族年假期，徐旸回到泸州，向原单位处长谢阳春汇报交流时，提到昭觉孩童们的生活现状，谢阳春陷入沉思，然后对徐旸说："作为干部，作为一名共产党员，要用实际行动真帮真扶。"言毕号召单位全体职工捐款，三天内募集三万元，徐旸采购了大批物资，主要是衣物，包括围巾和鞋子，连夜赶回日哈乡。张军安排毕艳和徐旸去学校分发，孩子们说："谢谢叔叔阿姨。"两人离开时，孩子们又说："叔叔阿姨再见。"就为这两句话，让他们泪流满面。毕艳给我讲起时，泪水又出来了。给你写这封信时，我的泪水也出来了。

在这里，有太多的关于泪水的故事。

泪水的故事也就是感情的故事。

二、暗夜灯照

昭觉西边的碗厂乡，徐振宇收到捐赠物资近千箱（袋），价值20余万元；他在村委会旁边腾出一间屋，建了个"爱心驿站"。昭觉东边的日哈乡，徐旸通过《成都晚报》等媒体，公开募捐，众人拾柴，一个月内收到价值30多万元过冬衣物和学习用品，在张军的支持下，建了个"徐旸爱心工作站"。

驿站也好，工作站也好，里面缺啥，爱心人士又寄来。

"暖冬计划"落到了实处，却并没让孩子们暖和起来。徐旸走村入户时，见都没穿发给他们的冬装，还是以前的那身薄衫子，一问才知是舍不得穿，"要把新衣服留到过年过节时穿"。这让徐旸"更加心痛"，同时也思考，爱心善举，很可能只是表面止血，要从根本上解决问题，不能满足于物资发放。2019年1月至4月，他驾私车，行程3万公里，自掏腰包近2万元，遍访成都及周边城市的企业和基金会，并继续通过媒体，发动社会力量。5月有了回馈，北京水滴汇聚基金会带着价值5万元的体育器材来到日哈乡，对日哈村、拉莫村两所村小捐赠和安装器材，"孩子们高兴啦！"不仅孩子高兴，支教老师也流下了感动的泪水。

也是这期间，去日哈村调研时，徐旸和同事们发现一个名叫吉觉几洛的11岁女孩，幼年时手严重烧伤却无钱医治，致使双手握成拳头，五指不能屈伸。"看着好可怜。"毕艳说。徐旸再次与水滴汇聚基金会交涉，成功争取到30万元救助金，送吉觉几洛去成都市第二人民医院进行手术和康复治疗。"第一次手术就非常成功,"张军欣慰地说,"医生说再做两次手术,萎缩蜷曲的手指就能逐步伸开,穿衣、吃饭、写字,都勉强能做,这就彻底改变她的人生了。"

以此为契机,日哈乡和水滴汇聚基金会签订了大病救助对口战略协议,只要日哈乡贫困户涉及康复、整形等政策外的费用,基金会均筹资相助。

紧接着,徐旸又与苏州雍之真集团取得联系,集团董事长率股东和高层赶赴日哈乡。徐旸与董事长彻夜长谈,毕艳、郭红霞与高层交流,"以真情换真心",最终雍之真集团出资50万元,为日哈乡瓦衣村建了幼教点,四大间教室,可满足周边四个村160名学龄前儿童就学。

驻扎力史以等村的李凯,"努力守好民族团结生命线",而民族团结不是口号,是要各民族共同进步,都过上好日子。他带领村民发展马铃薯种植基地,将"温饱薯"变为"致富薯",从原单位西南石油大学,申请到5万元"借羊还羊"专项扶贫资金。想到金阳县乡村正推行光亮工程,而自己所在的村子还没路灯,天黑了,地也就黑了,老百姓因此被"锁"在家里。便立即又给原单位打报告,学校迅速批下8万块钱,用于购买器材。因徐旸来自路灯管理处,李凯把他请去指导。力史以等村本身很漂亮,徐旸建议采用单挑灯和庭院灯结合,于是安了两盏单挑灯(篮球场和村支部活动室各一盏),35盏庭院灯,入夜,灯吐银辉,村庄花园般美丽。

"以前天黑了守在屋里烤火,现在走到室外健身!"张军说起,笑得嘿嘿嘿的,"这是乡村的光明之灯!"

那之后,力史以等村文书发朋友圈说:"有你们这样的领导,我们感到幸福。感谢党和政府派来这么优秀的人驻村。刚才天黑了,我看见孩子们还在打篮球。孩子们,你们的快乐就是他们的目的……"之后陆续发了许多图片和视频,展示老百姓丰富多彩的夜生活,表达对帮扶工作队深挚的谢意。

而今的昭觉乡村,路灯到处是。"天黑就亮。"他们兴奋地说。由武警四川省总队定点帮扶的梭梭拉达村,不仅修了村卫生室、村文化室、爱民文化广场、爱民幼教点、700米河道文化长廊等,单是入村路灯,就安了100盏。

三、最爱说的一句话

你说得非常对,这里牵涉到爱心物品如何发放的问题。没建"驿站"和"工作站"的时候,就像徐旸、毕艳他们一样,去学校、村舍发放;后来,像徐振宇那里,是把东西放在"驿站"里,谁需要,谁就来取。

可徐振宇很快发现一个问题。

村民来这里领取,来得理直气壮,有时候夜已很深,他早睡了,外面却突然敲门:"我要东西,拿东西!"稍迟缓,就由敲变成擂。如果他让明天来,就不仅擂,还骂,说他是骗子。心里的委屈自不待言。委屈过后,他就思考:我这搞法,看上去是在做好事,其实错了。我来的目的,不是募集些生活用品,而是改变习惯,提升观念。即使是一只萤火虫,也是要照亮周围的,我这样做,是在强化他们"等靠要"的思想,相当于朝黑暗处引。再这样下去,我是要负责任的。东西是爱心人士捐的,当然要免费发下去,但免费也有免费的办法。就像拉格书记说的,两不愁三保障,各地有各地的做法,有的做得表面,有的做得深入。

这样想了,徐振宇就立下规矩:领东西可以,但你得洗脸,得穿着干净衣服。你还得讲礼貌,还得参加打扫村子等公益活动。你做了这些,就领一张代金券。代金券上的7块8块、10块20块,是根据你的表现来的,相当于奖励。

即是说,村民得到的东西,是通过自己努力得的,不是白拿。

你应该听说过"以购代捐"。这是脱贫攻坚中很热门的一句话。以前社会扶贫,就是捐款捐物,贫困户领去,花了用了,又等着伸手要。而以购代捐则是:我给你钱可以,但你得有货给我,我可以高于市场价收购,还可以有组织地全部收购,比如你养了100头猪,我就买走你100头,养了1000头,就买走你1000头,这样就保证了你的全部劳动都能得到回报,且是高额回报。你不能不劳动,成天只是喝酒、打牌、晒太阳,然后大甩甩地让别人养你。爱心本不该有所分别,但把爱心的果实和纳税人的付出,无偿地给予懒人,是对勤劳者的不公,也是对社会正义的伤害。只要四肢健全,身体健康,以自己的双手和大脑,各尽所能地创造财富和价值,是最起码的正义。如果说"好逸恶劳就是犯罪"[1],那么为好逸恶劳者送米送油,修房建屋,还每月给补助,是否等同于鼓励犯罪?当勤劳者费半世之功才修起来一幢房子,懒汉成天裹着擦尔瓦,不是蹲就是躺,却由政府给他修房子,是否是对志向、勤劳和智慧的否定?

这也是我前面说过的,懒人在精准扶贫中得到的实惠,让非贫困户不服,给扶贫工作带来极大困扰。扶贫干部为消除这种困

---

[1] 托尔斯泰:《战争与和平》。

扰,想了很多办法,给了很多理由,比如他们对非贫困户说:路修好,贫困户在走,你们也在走;水池修好,贫困户在用,你们也在用。给贫困户发鸡秧鸭苗,也给非贫困户考虑,假如贫困户发50只,非贫困户也发20只。但遗憾的是,普惠的好处大家不认为是好处,别人多得的那一点才认为是好处,这不是非贫困户的问题,你我都会那样想的。振振有词,并不能抹平人性的暗礁。所以困扰依然存在,对扶贫政策的合理性依然质疑。除了质疑公正性,还有它是否会培养出一个依赖群体?别说懒人,就是欧洲边境的难民,过惯了,也有了对难民生活的依赖。

曾有个视频广为流传,不知你看过没有?那是汉族地区的扶贫,一个身体健康的中年男人,以很气愤的腔调对帮扶干部说:"我还差个婆娘,你们要负责给我整个婆娘来!"在凉山彝族聚居区,具体地说,在昭觉,扶贫干部送桶油去,某些贫困户说的第一句话是:"这桶油吃完了,我又到哪里领?"有的还去踢政府的门,说我今天要上哪里去,把路费给我!路上要吃喝,说不定还要住宿,这些钱都要给他。贾莉做妇联主席之前,在民政局工作,有回上级领导来检查,领导问一个孙儿得了艾滋病的阿妈:"拿到低保没有?"回答说:"没有。"这样的人家不拿低保,显然是当地干部的失职,吓得贾莉连忙摸出花名册,还有那人的银行卡号(这些东西是随时准备好的,也随时带在身上),给领导和那阿妈本人看,她这才承认拿了。之所以说"没有",是想再拿一份。另有人,当着上级领导的面,一把鼻涕一把泪,说自己一个钱没有,连个猪崽也买不起。领导起了怜悯心,加上大群人跟着,不好不有所表示,就摸出500块钱给他。当领导一走,那人手一拍,头一昂,对围观的村民说:"走,去我家杀个小猪儿吃！"他养着二十多头小猪。

"没有"，是他们最喜欢说的一句话。

没有钱，没有粮，没有牲口，没有房子……

但他们不会说：我没有志气。

脱贫攻坚既要扶贫，也要扶智和志。"智"可以教，让他们学，也并不复杂。为让他们尽快学会，帮扶干部特别注重实事求是。凭有些帮扶干部的人脉和能力，如果只为做面子、摆政绩、受重用、被提拔，拉来几个科技含量高的项目，并不存在多大问题，但他们没这样做，是生怕样子做得漂亮，老百姓却没得到实惠。这是有教训的，洼取村驻村干部简波，刚开始给村民介绍项目时，吃了多次闭门羹。村民说："你们工作干部天天来，结果我啥也没得到，现在看到你们就烦！"这话让简波心头一震，深切感受到入村易，入户难，入群众的心难上加难。而要入心，单靠话说得好，饼画得圆，根本不可能。必须落地，吹糠见米。项目不求新奇，但求管用。这"管用"不止于增收，还要因地制宜，让当地群众便于学习，能够参与，形成稳定的长效机制。他们就从这方面入手。

特布洛乡核桃长得好，就大力发展核桃。帮扶队请来技术员，教怎样施肥，怎样防虫，然后与山外联系，帮助村民把核桃卖出去。

日哈乡牛羊长得好，但有的老百姓手头紧，无牛羊可养。帮扶队就对接四川海惠助贫服务中心，成功获得"国际小母牛"的加盟成员"香港小母牛"①的全额资助。该项目整乡覆盖，日哈乡是全国首例。因此筹集资金800余万，惠及1149户，每户发放6000元，用于购买有生育能力的牛羊，18个月后，你留下幼仔，将母畜交回村上，传递到下一户。饲养牛羊是他们祖祖辈辈就会的，有了就能养，养了就能增收。张军说，保守估计，2019年每户可增收3000元左右。

鉴于大凉山区农牧业结构过分单一，确需引进新产业。比如谷莫村养殖石蛙，龙沟乡种植黄芪，还有四开乡的玻璃温室大棚，用新技术种的数十种蔬菜，成熟后用电商和冷链运往深圳、佛山等地销售。这些东西当地百姓一时学不会，由佛山和绵阳免费提供培训，当地政府和帮扶干部又竭力动员大学生返乡创业。再比如解放乡火普村，第一书记马天介绍，他们利用7200亩草场的资源优势，结合以奖代补等形式，壮大西门塔尔牛和乌金猪养殖规模，同时引入高山草莓和羊肚菌，让草场变农场，开办农民夜校，通过昭觉农资局，从西昌请老师来教。

总之，扶"智"做得有声有色。

而扶"志"就不那么简单了。

志即心之所向，即内生动力。2012年，现任昭觉县教育局局长的勒勒曲尔，当时作为区乡彝族教师代表赴美访问，和《纽约时报》记者交谈，就触及这样的话题。那记者说，正如穿靴子，如果自己穿，把拉链拉开，脚上用力，很容易就穿进去了，要是别人帮忙穿，自己不动手，也不搭力，很难穿进去。

---

① 国际小母牛组织（Heifer International）成立于1944年，致力于在全世界范围内消除贫困，同时提倡关爱地球的理念。其加盟成员"香港小母牛"在北京设有代表处，负责在中国内地项目的实施和管理。

当意愿缺失，内生动力就无从产生。徐航通过到昭觉将近两年的实践和观察，深刻地感觉到，"彝族聚居区还处在内生动力的前一个阶段"。四开乡的农业产业园，经理名叫赵继飞，是个西装笔挺的年轻小伙，说他刚开始招人那阵，没人来——这倒不是因为懒，而是对他这个新鲜玩意儿很怀疑。之后有人来了，可是干活的时候，是"坐在垅沟里朝前梭，外头一个人干的活，这里三个人也干不完"。

如此低效率，由来已久。林耀华1970年代去凉山时，见昭觉城北乡一小块水田里，竟有24人挤在一起插秧；城南乡一个合作社的社员进城挑粪，前边6人挑满粪桶，后边6人空手跟随、鼓噪说唱，就这么来来回回。

"他们自己懒，"赵继飞说，"还见不得别人勤快，哪个勤快就恨哪个。"

由此造成的结果就是，不仅非贫困户质疑对懒汉的扶贫，连帮扶干部有时候也觉得："我们对他们太大包大揽了。"

有质疑是好事，质疑能帮助看清问题，接近真相，促进改良，推动进步。于是，那些带着感情去工作的聪明人，就激发出更大的创造性，发明了以购代捐。

你知道吗，发明者就是昭觉的扶贫干部。

他叫罗雅宏，时任昭觉特布洛乡谷莫村第一书记。

因为这项发明，罗雅宏获得全国创新奖。

我去谷莫村时，罗雅宏已升任金阳县副县长。现任第一书记余国华，来自凉山州政府办，他说，以购代捐太好了，内生动力、造血功能，都从中体现出来了。谷莫村已高质量脱贫，彝家新寨，小桥流水，村道整洁；几个妇人，坐在干净宽敞的广场上织擦尔瓦。2018年，中央台财经频道举办了一个有关乡村振兴的评选节目，谷莫村获中国最美村镇精准扶贫典范奖。获这个奖的，全国只有四个。特布洛乡乡长阿合木呷告诉我，他们乡还获得全省集体一等功。

以购代捐迅速在全国推广。昭觉其余各乡在推广的同时，还提出了一些鼓舞干劲的口号，比如"眼睛红起来，脖子粗起来，声音大起来"。

"现在他们不恨那些勤快人了，"赵继飞说，"你勤快，我比你更勤快，你挣钱多，我比你挣得更多！"他在园区实行了很多奖励措施，计时加计件进行考核，谁干得好，就提谁当组长，拿的工资每月比别人多一千块。

四、"五洗革命"

你不说我也知道你会奇怪。没错，徐振宇的"规矩"当中，确实有"洗脸"这一条。如今在凉山，特别是昭觉这样的大凉山腹地，正轰轰烈烈开展五项革命：红白事宜革命、生活用能革命、餐饮习俗革命、厕所文化革命、个人卫生革命。并把个人卫生革命又细化为五项，称作"五洗革命"：洗脸，洗手，洗脚，洗澡，洗衣服。这听上去着实令人惊讶，甚至哭笑不得。

比如洒拉地坡乡的帮扶队队长杨宁，军人出身，到昭觉扶贫，是他主动争取的，像徐振宇、徐旸、毕艳等，都是主动请缨。杨宁已临近退休，心想自己当过兵，工种也干过无数，想在退休之前，再亲身参与到脱贫攻坚这一消灭绝对贫困的划时代壮举当中。"不然我觉得是我人生的缺憾，"他说，"不是每个人都能遇上一个有国家意义的事情让你去做。"不仅是国家意义，还具有国际意义，联合国将消除一切形式的贫困，作为2030年可持续发展议程的首要目标，中国是在2020年消除现行标准下的绝对贫困，比联合国提前了整整十年。如此宏大的背景，让杨宁内心豪迈。然而，他来昭觉后，老战友联系他，问干些什么，他说在教人洗脸洗脚，战友哑然，继之大笑，说我们以为你在干啥子大事呢！

他们不知道，这就是大事。

在脱贫攻坚第一线，所有小事都是大事。

翻阅《昭觉县志》，我发现在彝人的禁忌里边，有这样两条：

忌洗脸，洗脸者心不善。

忌洗脚，洗脚荞麦收成不好。

所有禁忌都跳不出两重含义，要么是神圣的、神秘的，要么是危险的、不洁的。可洗脸洗脚也成了禁忌，实在令人匪夷所思。

为此我请教过许多人。

庆恒乡帮扶队队长刘成刚说，在凉山，即使大热天，太阳坝晒得很，一到阴凉处，哪怕只有一片树叶遮挡，立即就凉快了，汗水很快干了，也就懒得洗了，久了就习惯了。徐振宇说，凉山多为高海拔，像昭觉，平均海拔两千多米，最高海拔近四千米，少洗脸，保存油脂，能防紫外线。而且他们以前住在高山上，缺水，洗脸是奢侈，现在从山上搬下来，把山上的习惯也顺带搬下来了。悬崖村第一书记帕查有格说，凉山风大，彝人又爱烤火，洗了脸特别容易皴，皴了是很痛的，脏和痛比，宁愿脏。又说：在我们这地方，很好区分农民和干部，脸皴的是干部，没皴的是农民。县委书记子克拉格说，彝族农民住得太分散，一片山就住一两户，人言梳妆打扮为哪般，人都见不到，不为哪般，也就不梳洗，加上"镜子也没有，脏无所谓，就像我们在家里，穿着睡衣就是"。他下决心把山民集中安置到县城，大概也有这方面的考虑。塘且乡党委副书记戴自弦说，前些年，凉山林木破坏严重，山上少柴，舍不得用柴烧洗脸水，用冷水洗又凉得受不了，就干脆不洗；脸都不洗，自然更不会洗手洗脚洗澡洗衣服。

这些说法一点也不神秘，全是现实到骨子里的，且各有道理。

人类学者从观念着眼，说："彝人认为水是有害的。"这触摸到了禁忌的边缘，却拿不出任何有说服力的依据。居木武吾的三个哑巴儿子，不是用水烫洗才开口说话的吗？彝人怎么可能认为水有害呢？事实上，他们非但不认为水有害，还以水为贵。彝族有首民歌，说："圣水先舀给天地喝，再舀给祖先喝。"马海里根说，他们找到最甜美的山泉，敬天敬地敬祖先之后，接下来定是敬给母亲的。没有宇宙和大地，就没有光芒和生机，没有母亲，就没有人类的延续，天下人都敬重母亲，彝人尤甚。他们说，无论男女，都是母亲生的，所以"母亲最伟大"。

我和阿皮几体去不色来洛村那天，漫山遍野的雪，目力所及，银装素裹，一片安宁世界。到大平台顶，下车，阿皮几体进入路边林子，抓起一把雪吃，边吃边对我说，吃了冬天的雪，春天就不会生病。

因为雪是神圣的。彝经说，雪是万物之母。天地经过漫长复杂的混沌演变，霉烂的泡桐化作三股雾气，升上天空，天上便降下三场雪来。这雪，"九天化到晚，九夜化到亮，结冰来做骨，吹风来做气，下雨来做血，星星做眼睛，变成雪族的子孙"①。因此他们固执地相信，一切有血和无血的生命，都源于同一个祖先：雪。雪是固态的水，雪是神圣的，水也是神圣的。

那么，不用水清洗身上的脏物，是不是出于对水的敬畏？

你上次就对我说，我似乎在为彝族的落后找理由。其实不是。我只是希望从根子上去认识这个民族。有认识才会有尊重，才不会肤浅地嘲笑。尽管子克拉格对来的帮扶干部说："你们到彝族聚居区来，就是要保持看不惯的心态。"但这话也是要反过来想的，你看不惯彝人，人家彝人也可能看不惯你。"看不惯"，有时候会成为我们的口头禅，可一个最起码的事实是，如果不是根本性和原则性的问题，一个人看不惯的东西越多，境界就越低，格局就越小。

而且，当我们静下心来，扪心自问，就会发现，我们和他们相似的地方，要比不同的地方多得多。我们眼睛跳了，说左眼跳财右眼跳岩。我们吃猪脑牛鞭，说缺哪样补哪样。只要不强制，我们就在公共场合吸烟。如此等等，信手拈来，不胜枚举。至于"夜郎自大"这个成语，更不是只适用于彝族。"在认识一个物时，我碰到的是'异'；而在与人相遇时，我碰到的是'同'。"②这句话，显然不能只理解为对人与人关系的浪漫描述。

---

① 《勒俄特依》。
② 赫舍尔：《人是谁》。

五、土办法和洋办法

"我干净,我干净。"徐振宇立下规矩后,凡来爱心驿站领东西的,无论大人孩子,首先就对徐振宇这样说,说着把脸凑过来,把衣襟扯起来,把领子翻过来,让徐振宇看。

即使只为领东西才洗脸洗手,也比不洗好。

徐振宇是这样想的。

如前所述,好多疾病都与不干净有关。吉木子石说,1998年暴发的那场霍乱,起因于一块不干净的肉。彝人吃羊肉,肠子不翻过来洗,粗粗地把粪挤了,就扔进锅里,理由是:羊吃百草,草是中药,吃羊粪相当于吃中药,能治病。恍然一听,似乎有些道理。而且彝经《医药的根源》里说:"青草能治病,树根能治病。"他们是承继彝经来的。但问题在于,粪和草,究竟不是一个东西,何况不是所有草木都可入药。终于病从口入,上吐下泻,殃及邻里,于是霍乱暴发。除霍乱,还有血吸虫病。毛主席1958年就"纸船明烛照天烧"送走的"瘟君"[1],到21世纪,昭觉疫区的感染率一度达到50%[2]。他们煮土豆也不洗,泥巴糊渐就倒进罐子,理由是:带泥巴的土豆好吃些。

说病从口入,其实病不是只从口入,人体是脆弱的,病菌是狡猾的,病菌一生追求的目标,就是找到宿主和更多的宿主。但病菌再狡猾,只要自身保持干净,它也很难得逞。有专家说,一

---

[1] 毛泽东《七律二首·送瘟神》之二:"借问瘟君欲何往,纸船明烛照天烧。"
[2] 张菊英、袁文福、谢凌霞、尼惹衣洛:《昭觉县人群血吸虫病感染情况分析》,《寄生虫与感染性疾病》2005年第2期。

周如果洗四次澡，60%的病菌都可杀死。你不仅一辈子不洗澡，连手和脸都不洗，病菌就把你当成亲人了。

这些道理，帮扶干部不停地讲，村民听了就鼓励，不听就吓唬。戴自弦为说服他们把土豆洗干净再煮，伤透了脑筋，说多次无效，就吓，说泥巴不能消化，吃下去不得胃病，就得胆结石肾结石。这样才把他们吓过来。

土办法洋办法，吓唬和鼓励，都为同一个目的：改变陋习。先是被迫变，变习惯了，也就改过来了。

六、理鲁博超市

爱心驿站运行一段时间，徐振宇将其升级换代，发展成"理鲁博超市"。

理鲁博这名字是子克拉格取的，彝语音译，意思是"美德汇聚"。

这类超市，而今遍布昭觉乡村，名字一样，基本格局也相似。前几天我去庆恒乡的庆恒村，正碰上四川省妇联家庭儿童工作部周光正部长前来检查工作。县妇联主席贾莉，全国人大代表、村支书吉克石乌，村妇联主席洛比阿尾和帮扶队队长刘成刚等，带着领导和我们参观。村委会外墙，贴了满墙表格，是"洁美家庭"评分表。"洁美"除了"五洗"，还包括屋子是否打扫干净，家具是否摆放整齐，该你负责的公共区域是否清理等等。每项都有积分，村民凭积分来超市兑换牙刷、牙膏、脸盆、毛巾、字典、洗衣粉、肥皂、拖把等物，并用"积分物品兑换记录表"详细登记在册：谁领的，电话号码，领了什么，花掉几个积分。看毕，又随便去一户村民家，见贴了花岗石地板砖的客厅拖得锃亮，贾莉不敢进屋，笑着说："以前去老乡家，怕脏了我们的脚，现在是怕我们脏了老乡的屋。"

贾莉毕竟还是昭觉本地人，外地去的扶贫干部，感触更深。徐振宇说，他到昭觉后，不知道那些孩子是不是见他慈眉善目（其实不是，他跟杨宁一样，军人出身，平头，目亮，带几分刚毅），很快跟他打成一片，动不动就过来抱他。他身体不躲，心里躲。他嫌他们脏，嫌他们臭。他们身上有一股浓烈到轰隆隆的气味。我这样写出来，你能接受吗？像你这种坐在暖风徐徐的屋子里，开开会，刷刷网，谈谈时政和八卦，连喝茶也要鼓捣出几十种花样的家伙，多半早就不接受坚硬的事物了。包括坚硬的词语。不接受，是没能力接受，是体魄和心志的退化。从这个角度讲，倒还应该向彝人学习呢。呵呵，你不会为这几句话生气吧？为这几句胡言乱语，见面后我请你吃火锅。

徐振宇被包围在那种气味里，偶尔回趟自贡，坐在公交车上，身边的人都捂鼻子，并拿怪异的眼神看他。他这才知道，自己身上竟也浸入了那种气味。

"五洗革命"开展以来，那气味淡了，却并没消失。徐振宇心想，如果不进一步督促，就可能只做表面，目的也可能真的只为领东西。既然孩子们爱去他那里玩儿，他就趁势检查一下，让他们把脚伸出来看。

一双双黑脚、臭脚。

徐振宇烧了水，亲自为他们洗脚。

让他和孩子们都惊异的是，经过"叔叔""干爹""爸爸"一洗，他们的皮肤竟然不是那样黑！他们也可以是白的！

而把脚洗白，荞麦并没有收成不好。

平时脸洗了，头发并没洗。头发又脏又乱又长，是因为赶集那天才能理发。这里十天一个集，错过了，得再等。徐振宇想了想，去买来一套理发工具，自己揣摩、学习，觉得能行的时候，开起了"徐叔叔理发店"，周末给孩子理发。

当然是免费的。

而且不仅孩子来，大人也来。

徐振宇的床铺，在理鲁博超市里。这里房子大。但也因为大，特别冷，我去里面待一阵，差不多骑在火盆上，还冷得错牙。他本有单独的寝室，之所以搬过来，是想开放自己的生活。"不仅要让老百姓看到你怎样工作，还要让老百姓看到你怎样生活。"他说。在他看来，外地来的干部，哪怕啥也不干，只像正常人一样过日子，也能给当地百姓带来潜移默化的影响。到"超市"来的人多，徐振宇就借此把自己的生活展示给他们看，早上起来，咋个洗脸，咋个刷牙，咋个叠被子，咋个扫屋子，咋个弄饭吃，咋个安排这一天。

那些人来了，见了，说："你这里好安逸哟。"

有什么安逸的呢？除了码得整整齐齐随时准备发放的爱心赠品，就是一架无遮无拦的单人铁床。

只是，床单铺得平平展展，被子叠成了豆腐块儿，枕头放在被子上。

再就是，屋里随时保持干净。

他对他们说：只要你们也干净了，整洁了，你们也就安逸了。

这些话他们听进去没有？我提出随便去一家看看。徐振宇答应了，且选了以前最不讲卫生的一家。他曾对那家人劝导多次，就是改不了，彝族年之前，他想，你自己不打扫，我带人来帮你打扫吧，总得要过个干净年。于是领着几个爱做公益的小学生去。结果是被撵了出来。他不知道彝族的风俗，过年不能扫地，锅庄神土地神平时被扫把挥来舞去，不知受过多少伤，过年得让他们养几天，扫把神平时也累着，得让他们歇几天——现在彝族年过了，家里扫过没有？

一路上，徐振宇非常忐忑，人家都说你移风易俗做得好，不要当场打自己的脸。好在没打他的脸，那家里弄得干干净净的。徐振宇见状，高兴得直搓手。

但他还是深深地感觉到，真正做到移风易俗，谈何容易。

移风易俗的前提在于见识。大人的很多思想已经固化，孩子们却是春天里的小树苗，给予雨水和阳光，就能茁壮成长。于是他给孩子们讲书，讲山外的故事，不时联系爱心团队前来演出，并在电脑上放电影给他们看。孩子多，屏幕小，正为这事发愁，一个老干部捐给他一套放映设备，他又是自学，学会了用那套设备放电影，银幕大了，效果就好多了。一年来，放了很多电影，自然也包括《彝海结盟》。《彝海结盟》里有句话，是刘伯承将军向两个彝族小女孩请教的："诺苏汉呷粗次博。"诺苏是彝族最大的一支，主要分布在凉山和云南等地，凉山彝族惯自称诺苏，汉呷前面说了，就是汉族，"粗次博"意为一家人。译过来就是，彝族汉族是一家——这个，彝经里其实早就说过：居木武吾的三个儿子，老二是彝族的起祖，老三是汉族的起祖。

七、重量

你问我，那么我实话告诉你：我做不到。

当然，这是就情境而言的。如果我也像徐振宇或徐旸他们一样，长时间深入彝族乡民当中，说不定也能够做到——但愿是这样。

不过既然谈到这话题，我就顺便多说几句：外地帮扶干部、昭觉本地干部包括他们家人的付出，非亲眼所见、亲耳所闻，难以理解"付出"二字的真义。

日哈乡的张军，绵阳涪城区来的，回家探亲时，八岁的儿子竟不认识他。那天很早，他回到绵阳，上楼出了电梯，老婆刚好领着儿子出家门，是送儿子上学。劈头一碰，儿子本能地朝旁边一闪，是突然见到个陌生人，害怕。老婆愣了一下，又愣了一下，目光才定在他身上。他说："我去送儿子上学。"老婆说："我去。"再无多言，牵着小手进了电梯。下午，儿子放学回来，悄悄对爸爸说："爸爸，妈妈送我的时候哭了。"两个多月不见，他变得那样黑，那样疲惫。到而今，三年帮扶期很快满了，但出于需要，这边不想放他走，他自己也觉得该留下来，就跟老婆商量，老婆说："这些事你决定就是，你问我做啥子？"他深知，他在付出，老婆同样在付出，除了她自己的工作，家里老的小的，都归她照管。张军给原单位提出的唯一请求是："领导喂，能不能给我老婆评个三八红旗手？"

女帮扶队员郭红霞、毕艳，为尽快摸清精准扶贫是否识别精准，深夜11点多，还在走乡串户采集信息。那不是城市，那是日哈乡，是地广人稀"群峰嵯峨"的山野，深夜里，照耀她们的只有头顶的星空。郭红霞到昭觉时，儿子正读高一，待她扶贫期满，儿子就该高中毕业了，她将错过儿子重要的学习阶段。

徐旸当初正与外地公司紧锣密鼓联系时，接到家里电话，母亲患了癌症，已查出半年，为不让他分心，一直不告诉他，直到母亲手术的当天，他才匆匆赶到上海第九人民医院。母亲还没脱离危险期，他又被母亲催促着返回凉山。母亲对他说："儿哪，忠孝难两全，扶贫一线需要你，那些你牵挂的小朋友需要你！"张军说："徐旸是干部家庭出身，父母自己严要求，对儿子要求也严。"

张军本人和他队里的李凯、周文龙，工作中都翻过车，车入深涧，正遇洪水，侥幸活命。周文龙说的第一句话是："遭了！资料冲走了！"是他们搜集来的村民资料。我去采访时，周文龙没在场，张军给我说起，眼眶湿润："我的魂都吓得跑不见了哇，他首先想到的却是资料！"就在那同一个地点，有两个做工程的员工，翻下去就没能活着起来。

在凉山，在昭觉，翻车是容易发生的事，时隐时现的盘山路，急转弯到处是，那种急法，仿佛能听见"啪"的一声；站在高处俯视，公路不像水泥铺的，而是刀刻出来的。贾莉她们妇联，负责一个村脱贫，妇联仅四人，一人长期驻村，剩了三个。有天贾莉带三人下乡，途中落雨，又起雾，车翻下岩，车身摔得一塌糊涂，万幸人都活着。几个女人从车里爬出来，抱头痛哭。贾莉的丈夫是公安局的，夫妻俩都忙，两个孩子，一个14岁，一个7岁，完全照顾不到。"但没有办法。你在家人面前，是妻子，是母亲；但另一方面，你是扶贫干部。"

坐车可能受伤，走路也难免。凉山的命名，就是凉和山的组合，除少许坝子和浅冈，全是山，比试着高，也比试着陡，路不是躺着，是站着，某些地方站得笔挺。路险之外，还有"动物凶猛"。行在山道上，野猪黑熊，可能会冷不丁挡住去路。因此行路人再累，也不能悄悄走，要大声吼唱，叫猛兽避开，否则你悄悄走，它也悄悄走，狭路相逢，就不妙了。可是毒蛇大蟒却不管你这套，它们本来听力就差，又野性十足，你吼再大声，它也装着没听见。还有树蚂蟥，歇在青冈叶上，有人路过，嘟一下弹到身上来，顷刻间满身都是，肉乎乎蠕动，吸你的血。这并非全部危险。夏日山洪，冬日雪崩，都惹不起。散雪还好，若是冰块整体垮塌，带动树木岩石一起倒。连山羊踩落石子，也可能伤人甚至致命。堡子与堡子间，距离太远，路通之前，"走到"往往成为第一难题。村干部和村民家里，便常年备着荞麦燕麦做成的炒面，接到路途中饥渴者求救，就送食送水去。这是他们独特的救援机制，并因此有了很多"救命恩人"。

所以在昭觉走路受伤，毫不稀罕。像徐航这种佛山来的干部，更容易受伤，好在他只摔断过胳膊。伤了不医，也不稀罕。四开乡的克惹伍沙，摔成骨裂却没时间去医院输液，我到乡上那天，听见医生电话催他几次，可工作紧，任务重，离不开，弄得他反过来给医生道歉。

戴自弦，县委宣传部干部，超龄被派往塘且乡，先任呷姑洛姐村第一书记，后任乡党委副书记兼呷姑洛姐村第一书记。他坚持不住乡上，住在村里，村里没房子，就住村民的牛圈。虽是腾空的，没养牛，但毕竟是牛圈。这一住就是两年半。他感觉到，只有住进村民当中，而不是隔三岔五去走一趟，才可能真正理解他们，也才可能从日常细节中帮助他们移风易俗。而且他还发现，只要他离开几天，回去就恢复成了老样子：脸又不洗了，屋子又脏了，衣服即使在水里透过一下，也不会晾晒，都是揪成一股，搭在柴堆上。因此，长期驻扎，日日监督，时时言说，久久为功，才能生效。每天早上7点，戴自弦准时在广播上通知起床，打扫卫生；入夜，他去便于集中的村民家里，老房子还留着火塘，他坐在火塘边，别的村民也进来，大家围坐，他就利用这时候，开展经年不停的"火塘夜话"。他对村民们说："家庭卫生是一个家庭的名片，你把屋子整得像猪窝，脸也不洗手也不洗，哪个跟你交朋友？哪个看得起你？"

他还讲了很多，《人民日报》报道过，你有兴趣可找来看。

戴自弦曾服役新疆，受过伤，鉴定为十级伤残，而今又长年受寒，造成腿痛、腰痛，特别是冷风一吹，痛到骨头里。而他的那个村子，秋天还没站稳脚跟，就北风呼啸，入冬即打黑霜，到"人间四月芳菲尽"，这里树枝上的冰条子，还长根长根地垂天悬挂，风起处，满山叮当。现在，戴自弦即使回到县城的家里，睡觉时也得用啤酒瓶把腰硌住，再把两腿跷起。

呷姑洛姐的意思是山陡石头多，尽管朝县城搬迁了两万余人，但昭觉县的贫困人口，至今也有两万多户，绝大部分还是只能就近设法。呷姑洛姐的村民想往低处走，却难找一块能容十户二十户的开阔地；就是说，低处照样是"呷姑洛姐"。所以他们的主要生活区域，还只能在"山陡石头多"的地方。在这种地方活下去，而且要越来越好、越来越进步地活下去，需要更加艰难的自我修正，包括从饮食习惯、种养殖结构、生产生活方式等方面。戴自弦也就一点点去帮助他们。他老家在会东县，也属凉山州，但位于凉山州南端，跨过金沙江，即是昆明东川区，早就是"山外"观念，加上他走南闯北，见识广博。

这些事，以后有机会再对你说吧，你现在只需要记住，有一个扶贫干部，在村民的牛圈里住过两年半，饿了，不是煮土豆，就是烧土豆。你记住这些，再把"付出"两个字放到天平上去称，看是什么重量。

八、这些人

如戴自弦这般带病工作的，很多。比如张毅，昭觉县人大的，得着一种病，叫心脏神经官能症，稍不留心就晕厥，常常是身体一软，就不省人事了，却在高海拔的美甘乡打坚沙洛村，干了将近五年第一书记。

超负荷运转，小病的可能拖成大病，没病的也可能弄出了病。有天我和县委常委、宣传部部长张敏见面，刚坐下，她就接到电话，然后不停地接电话，不停地打电话，不停地询问和安排。是一个驻村干部昏倒了，累的，那已是夜里。这位干部名叫吉夫格博，原是县委宣传部文明办主任，55岁，本已退居二线，服从安排，深入脱贫攻坚第一线，成为驻村干部。

好在他最终醒了过来，而有的没能醒过来。

大坝乡党委书记尔古日体，得着胰腺炎，因为忙，没时间进医院，有天下乡回来，发作了，再去医院已来不及了，去世时年仅36岁[①]。

[①] 有报道称尔古日体是因积劳成疾，得心脏病猝死。我采访几人，都说是胰腺炎发作。

分管扶贫的县委常委、副书记刘建波说，昭觉早就是白加黑、五加二、雨加晴，干部晚上开会布置工作，白天下乡，白天的事没干完，就通宵达旦在乡下。"省委要求各级干部休年休假，彝族年之前，拉格书记对我说：'干脆我两个不休，干到春节再说。'到那时，一定又休不成，因为第二年的脱贫攻坚又开始了。"

子克拉格本人，那天我跟他谈到凌晨，但他还有另外的人要见，还有另外的事要处理。正常情况下，他每天夜里1点多睡，次日7点就起来工作了。

整个昭觉，就是这样一种气氛和状态。

"有时候，我们真想去西昌开个会，"刘建波说，"家在那边。老婆生下二孩三天我就走了，亏欠了她，也亏欠了孩子。要是去西昌开会，开完会就可以跟家人见一面，歇一夜，第二天打早赶回县里就是。但现在科技发达，会议在视频上就开了，我们就没机会去西昌，也回不了家。"

宣传部副部长阿克鸠射，这几天老婆刚做了胆囊炎手术，但工作干不完，他既照顾不到老婆，也照顾不到12岁的儿子。

从广东佛山来的，就更难言回家和顾家了。

佛山来的干部远离故土，却把昭觉当故土。徐航说起昭觉，一口一个"我们昭觉"或者"我们县"。我去喜德见到的黄礼泉、孙辉、麦丽珊、郑彩霞、欧学芝等，说起喜德，也是一口一个"我们喜德"。欧学芝探亲后回到喜德，给广东的同事打电话，说"我回来了"，同事还以为她回广东了。

为了更好地交流和融入，他们还努力学习彝语，黄礼泉把喜德彝语县歌，一个字一个字用汉语标注，认真练习，从头至尾唱给我们听。孙辉到喜德县人民医院任副院长才两个月,便对医院的情况如数家珍,对全县的医疗现状也了如指掌。郑彩霞作为产科医生,帮扶一年期满,鉴于这边产检薄弱,想帮他们建个产检门诊,又主动延长半年。

主动延期的,昭觉许多乡镇都能见到,像龙沟乡党委副书记夏纪毅,西南科技大学来的,带领村民种黄芪,下派期已满,家里父亲有病,孩子又小,可他就是不放心离去,怕别人把刚有点苗头的黄芪"弄坏了"。几次被中央台报道的"娃娃书记"肖晗,西南交通大学毕业,参加工作几天就到洒拉地坡乡姐把娜打村任第一书记,已快满五年,我问他:"还干吗?"他说:"这里需要,干哪。"

至于成都来的鲜敏、刘杰等"四治专员",简直可以说是冒着生命危险在坚守岗位。我以后会专门对你说。

他们付出的,远不止这些。

比如,还有爱情。

毕艳来自成都市武侯区红牌楼卫生服务中心,来之前谈着男朋友,到昭觉一个月,男朋友就跟她吹了。"他本来就不同意我来,"毕艳说,"他是做工程的,到过大凉山,发誓一辈子再不到那样又穷又险的地方。"但毕艳很早就有支教的梦想,这次到昭觉,虽是做驻村干部,但和支教也有几分类似,为了梦想,她坚持。"他不支持我……"此言一出,毕艳眼含泪花,只差没哭出来,连忙转换话题,又说些别的,又笑。徐振宇来之前,谈着女朋友,女朋友不是自贡本地人,无亲无戚,他走后,夜里孤漏沉沉,女朋友便去买了部小米智能机器人,据说那东西能跟人一问一答,她就和小米智能机器人说话,说了些日子,说不下去,就和他分手了。

我一时讲不完我接触过的人。

也讲不完我耳闻目睹的事。

你知道，我不大喜欢说英雄这个词，但我要称他们是英雄。英雄不光是做出非凡业绩的人，还有那些——或者说更是那些——以非凡的努力，去为一个美好目标不懈奋斗的人，按鲁迅先生的说法，是埋头苦干的人，拼命硬干的人。中央台农业频道有个栏目，叫《遍地英雄》（肖晗就上过那个栏目），在凉山，如果"英雄"是一个名字，喊一声，当是山鸣谷应。

第四章

第二性

一、眼睛的节日

你终于发现写信交流的好处了吧？虽是邮件不是纸笔，总也比电话有意思是不是？电话利用了自然，却也反自然。它破坏了距离法则。它把空间挤压了。我们当年写作文，哪怕只针对一片草场、一片田野，也爱用上宽广无垠之类的词语，那时候的世界，连梦想也飞不到边际。然而现在，你在两千公里之外，摁一串键，我们就能互相听见。若打视频，还能互相看见。于是我们觉得世界很小，小到不够我们住，并因此焦虑。

万物之中，只有人类奋战到底，因为人类有科学。科学引导前行，却在许多时候，把我们的心落下了。所谓进步，意味着竞争的胜利。所谓胜利，意味着对他者的抛弃或消灭。而既然他者是自我存在的先决条件，抛弃和消灭他者，也就是抛弃和消灭我们自己，至少是自己的一部分。焦虑由此而来。

这还是当下，以后呢？说不定在电话上就能握手、亲吻、拥抱、做爱；说不定电话也不要，意念中就能做这些事情；还说不定，我们对这些事早已厌倦，延续人种，只需在实验室完成。

到那时，我们什么都不需要，只需要科学，也只依赖科学。

那样的世界很美吗？

人世间之所以美，可以找出千万条理由，但只要诚实一些，就会承认，最深沉的理由在于：人世间有体温，有情感。人类的情感让他们审视和检测自己的行为，当这种审视和检测上升为准则，便成为信仰。

彝族人把信仰称为崇拜。除我前面说过的祖先崇拜、火崇拜，还有很多崇拜。由此你知道，他们是泛神论。祖先崇拜是最本质的，但那是为死后谋划，活着时，崇拜火、崇拜虎、崇拜鹰、崇拜索玛花……

因崇拜火，进而崇拜太阳，双方争执，需明心见性或旁人劝导，除了说"当着火讲"，也说"当着太阳讲"。比较而言，后者更重。彝人对太阳神的崇拜或许仅次于祖先崇拜，直到今天，一旦遇险或受难，还会情不自禁地大呼："火补耿里。"火补耿里即是太阳神。

崇拜虎，是因为老虎在丛林中的王者地位。生存于无情的自然法则里，尚虎是最朴素也最自然的选择，并可旁证"巴人是彝族先民的一部分"——巴人的一支，即在额上画虎，被后世史家称为"虎巴"。

对鹰的崇拜相对复杂一些。

这里的鹰，既指山鹰，也指鱼鹰。山鹰能搏击长空，是天上的王者，尚鹰和尚虎，出于同样的因由。鱼鹰能帮助获取生活资源。彝族，首先是草原民族，然后是水上民族，最后变成农牧民族。《简明中国移民史》说，今凉山彝人中，还有鱼凫氏，"传说其祖先以鱼凫捕鱼，故尚鹰"。这说明，在水上民族时期，他们将蚕丛、柏灌、鱼凫、杜宇、开明诸先祖中的鱼凫，化为了图腾。

而在《勒俄特依·支格阿尔》部里，说濮家的小女儿濮嫫里日，有天坐在檐下织布，见来了天空一对鹰、地上一对鹰、上方一对鹰、下方一对鹰，"四对神龙鹰，来自大杉林"，这小女子濮嫫里日，"她要去看鹰，她要去玩鹰"，结果"龙鹰掉下三滴血，滴在濮嫫里日的身上"。濮嫫里日因此怀孕。且萨乌牛认为，这里的鹰有二解：一指鹰部落的男子，二是男子的代称，濮嫫里日的"看"和"玩"，表达了彝族女性开放的性观念。

你知道火把节，这节日世界多地都有，在中国，彝族、白族、纳西族、基诺族、拉祜族等，火把节都是传统节日。每年农历六月举行，斗牛、斗羊、斗鸡、摔跤、歌舞，被称为"东方的狂欢节"。彝族火把节和农历十月的彝族年并重，只是地区不同，各有侧重。关于火把节的来历，欧美和非洲地区，大抵有模拟太阳说、驱秽净化说、预言疾病说、祈雨停止说、促进生育说，中国的彝族、白族、纳西族等，也在各自的传说中最大限度地保留了自己民族的历史信息。彝族本来就崇拜火，举行火把节似乎不需要理由，但恰恰是他们给出的理由，见证了彝族从游牧民族到农牧民族的转化：烧蝗虫，庆丰收，祈吉祥。

阿吉拉则给我讲了个彝族聚居区蝗灾的传说，也就是彝族火把节的传说，网上能查到，我就不具体啰唆了。蝗虫被称为"中国历史第一虫"，不仅因其对庄稼的危害巨大，还因其影响过几个朝代的兴衰。现在可从单位面积计算一次蝗虫的数量，比如四千亿只、五千亿只。古人是通过描述，《晋书·食货志》载，永嘉四年（310），蝗虫所过之处，遮天蔽日，"草木及牛马毛皆尽"。比数字有质感,因而更加惊心动魄。到今天,凉山蝗灾依然严重,有专人研究治蝗之策。

除驱蝗祈福,火把节还是彝人的情人节,因此又被称为"眼睛的节日":男男女女立于篝火两侧,彼此观看,看上了,便择地幽会。自古楚有"云梦",彝有"青棚",都是青年男女婚前幽会场所。

二、达体舞

彝人婚后,女方不能马上长住到男方家去,婚后第四日,回门,新郎同往,途中,夫妇不交一语,像两个陌生人。新郎带着羊豕酒礼,是为拜见岳父母。在岳父母家吃了饭,新郎独自回去,新娘留在娘家,叫"坐家"。帕查有格对我说,女人"坐家"期间,当丈夫的要不停地去岳父母家请,如果请一次两次老婆就跟着过来了,到了夫家,她会非常没有地位。要请多次才行。这让男方绞尽脑汁,想出各种理由去说服女方,让她同意跟着他走。

一旦结束"坐家",贞操立即成为女人的头等大事。马海里根说,如果这以后还与人私通,放到过去,轻者让其(包括奸夫)自杀,重者活烧。这刑法十分古老,商迁都至殷,即下诏说:"……遇奸宄,我乃劓殄灭之,无遗育……"

当然,如前所述,如果不仅私通,还乱了等级,后果就更加严重。

彝人和所有民族一样,对乱伦很畏惧,禁忌也很严格。弗洛伊德在他的《图腾与禁忌》里说,某些民族,男孩若在路上认出其姐妹的足印，他就不再从那条路上走。彝族还不至于此，但大伯子不能和弟媳讲话，公公不能和儿媳讲话，不得已非讲不可，也是站在远处喊叫；若路上相遇，一方必绕道而行。这话听上去轻松，绕道有什么难的？往旁边一岔就过去了，那是因为你没到过凉山。凉山的"道"，在通公路之前，多如抛出的绳子，一人行走还怕搁不下脚，再一绕，就绕到悬崖边了，不小心会把命丢了的。

老板萨龙说，他在西南民族大学读书时，谈了个女朋友，是个汉族，河北人。暑假，他带女朋友回家，有天他出门办事去了，母亲也不在屋里，天色已晚，女朋友饿了，想煮饭吃，却找不到火柴，到处翻，翻到另一间屋，看到父亲在那里，心想父亲抽烟，肯定有火，就找父亲要。可话没出口，父亲拔腿就跑。这女子不知缘故，他跑，她就追着跑，边追边说："叔叔，我煮饭，把火给我。"可是父亲哪里听她？越跑越快。她更不知缘由，他跑得快，她追得快。讲到这里，老板萨龙唉声叹气，省略了把路追到尽头是怎么绕的，也省略了这场追逐是怎样结束的，只说，他从外面回来后，女朋友骂他，父亲也骂他。女朋友骂的是："我只找他要个火，为什么就不给？我要火柴来是做饭，又不是揣兜里，就这么舍不得？"父亲骂的是："你个不争气的东西哟，你把书是读到牛屁股里去了哦，你带的个啥子女娃儿回来哟，今天差点儿把老子追下岩摔死了哦！"

谈个汉族女朋友，本来就让家里不满，没想到还是这么个"不讲人伦"的女人，难怪老板萨龙后来要满怀惆怅地跟女朋友吹了。

他老家还是在雷波县，雷波以彝族为主的少数民族，只占

53%，属彝汉杂处地区，如果放到昭觉，会是怎样的情形？

这铁板一块的禁忌，直到达体舞兴起，才有所解冻。

达体舞首先在火把节上跳，男男女女，手拉手，围成圈舞蹈。现在不限于火把节，许多村庄，在晴朗的傍晚，村文化体育服务队就放上音乐，先是女人穿得漂漂亮亮的出来了，然后孩子出来了，男人独自坐在黑不溜秋的屋里难受，便也出来了。当大家都出来，聚在新修的广场上，干部便用十来分钟时间讲话，不是随意讲，是有所准备，拟了专题，讲卫生，讲美德，讲法律，讲防艾（滋病），讲家庭和睦等，根据各村和各个时段的具体情况而定。因此，文化体育服务队组织的夜间舞会，又称"不用广播通知的村民大会"。干部讲毕，便跳达体舞。一边跳，一边说唱，你说你的唱词，我说我的唱词，然后相互应和，这样唱开了，跳开了，古老的禁忌便被暂时挤开了，甚至融化了。

但贾莉和县妇联副主席杨长秀（和贾莉一样，都是彝族）说，禁忌还是存在的，大伯子和弟媳，公公跟儿媳，跳舞时会错开，不会直接手拉手。但可以说话了，碰面也不一定绕了。

这已是了不起的进步。

当然，有些彝族老人并不觉得是进步，认为达体舞让彝族的好多传统崩溃了。或许是这样，但他们身上的镣铐没那么沉了。如果老板萨龙谈女朋友时就如此"崩溃"，他那可怜的父亲也不至于差点被追到岩底下去了。

接着是电视的普及。电视那东西，里面的两个人，正说着话，突然就亲起嘴儿来。这些事是不能公开做的，甚至也不能公开说。彝人的观念是，有女人在场，非但不能说性，连对性可能产生联想的任何事物，都不能说。比如"我去屙泡尿"，这话不能说的,说了可能当场打架的。由此发展到不能在人前放屁。多天前送我从喜德到昭觉的师傅讲,他有个熟人去ATM机排队取钱,不小心放了个屁,被人听见了,赔三千多块钱才脱手。可以说,不能做;不能说,可以做——这两种事体,在汉族是很深的学问,在彝族也是。可电视里不仅亲嘴,有段时间流行韩国电视剧,《洗澡堂老板家的男人们》,里面的人动不动就放一声屁,这简直成了韩国电视剧的特色,男主角一碰见美女,就响屁连连,还以此自得。

对这些事,你简直躲都躲不开。一家就一部电视机,都想看,大家坐在同一间屋里,都盯住它,彼此隔得再远,也远不到哪里去。当然他们还是会躲的,可你躲,是因为你听见了,也看见了。问题还在于,电视里的那些家伙分明犯了戒,却把日子过得有盐有味、风生水起。这即使说不上触动他们思考,也会让他们习惯。习惯之后,不必要的、明显与现代生活格格不入的禁忌,就会慢慢冲破。

火把节上本无禁忌,可另一些东西也在改变。

自脱贫攻坚以来,政府大力倡导火把节,这节日就办得非常隆重,使昭觉这种本来不太重视火把节的彝族聚居区,也重视起来。政府的意图,是希望将火把节作为亮点,吸引外地游客,既发展旅游,也搭建物资交流平台。昭觉火把节的据点,是在海拔三千余米的七里坪,彝名谷克德,意为大雁栖息的地方。那些天,谷克德的草原上帐篷遍布(两千顶左右),场面十分盛大。按理,场面大了,来的人更多了,男女青年,更有条件择取意中人了,结果恰恰相反,在这个环节上,比以往平淡了许多。这是因为,以前聚会的机会少,才伸长脖子望着一年一度的火把节，也只能依靠火把节。现在不仅聚会多了，关键是有了手机，通了网络，想跟谁联系，手机就能搞定，根本不需要火把节牵线搭桥。

生活方式的改变，必定带来观念的改变。

特别是打工回来的年轻人，头发烫成"面条"，染成红的绿的白的，夏衣冬穿，内衣外穿，还说着"成都普通话""西安普通话""广州普通话"……见了公公婆婆也不包头。结婚的时候，以前是唱婚礼歌，新娘戴什么头饰，是经毕摩算的，是根据与新郎相生相克来的，不能乱戴的，现在想戴啥戴啥，或者干脆不戴。婚礼歌唱不唱也没关系，主要是搞些爵士乐，跳些现代舞，包括街舞，"整得猴头八相的、乒乒乓乓的……"如此这般，让俄比解放见不惯，斥之为伤风败俗，而且指出，那些人去外面，"文明的学不来，只捡些垃圾"。或许，他这话有几分道理，但这些现象告诉我们，所谓铁板一块，世间并不存在。

三、临黑的今夜

在我看来，彝族对鹰的崇拜，除了山鹰是天上的王者，鱼鹰能帮他们提供生活资源，还有别样的原因。由"变"带来的原因。

——那濮家小女濮嫫里日，被鹰滴了三滴血，怀了身孕。那三滴血，暗示濮嫫里日与男性的交媾。《勒俄特依》这样写："这血滴得真出奇：一滴中头上，发辫穿九层；一滴中腰间，毡衣穿九叠；一滴中尾部，裙褶穿九层。"交媾时的震颤与快感，被描述得地动山摇。这是生命力的象征。浸泡在现代社会中的你我，还有这种来自生命本身的能量和激情吗？我们被意义分割，被欲望追逐，在左顾右盼和各类数据信息的围困中，我们事实上已经稀释了对生命的信念。

怀了孕的濮嫫里日，在一个起白雾的早晨，念过生育经，生下了个"大神人"。

这个大神人，就是支格阿尔。

支格阿尔出世后，由神龙养活，长大成人，射日射月，平定乾坤，除暴安良。他的诞生和成长，昭示彝族"英雄时代"的开端，也是母系社会的终结、父系社会的发轫。女性心存不甘，与"英雄"们进行不屈不挠的抗争，但最终，难逃被戴上"锣锅帽"的命运。"锣锅帽"是彝族已婚妇女至今尚戴的圆边头帕，传说是支格阿尔为限制女人聪明而设计的。

读古彝经，女智男愚是基本格调。在那没有时间的洪荒岁月，女人是成年，男人是幼年。男人出去打猎，女人分配肉食，男人就以为，女人不分，他们就没吃的，就要饿死；而且不会记数，自己分明打了两头野猪，女人分给一块蹄髈，就觉得比两头野猪还多，就完全依赖女人。而且女人还会生孩子呢。现在，女人的聪明被压制了。男人尽管依然不会记数，但学会了结绳记事。彝族服饰擦尔瓦下部打结的流苏，最初并不是为了好看，而是实用主义的——首先是伤害和诅咒敌人，这从西非一些地区的巫师咒语中可得到启示，他们用草秸结扣，边结边念："我把某某拴在这个结扣里，愿灾祸降到他身上，他去地狱里，蛇就咬他；他去狩猎，猛兽伤他；他踏进河里，河水将他冲走；如遇下雨，天雷轰他。愿一切灾难不祥都属于他！"如果遇到对方的诅咒，结扣又可对抗灾殃。第二就是为了记事：我打了多少猎物，那猎物被剖成了几块肉，女人分给我多少肉，以前是笔糊涂账，现在清清楚楚,女人再也"蒙"不到我了。

但女人的失势,似乎是她们"自找的"。群婚制时代,只知其母,不知其父,却有个叫石尔俄特的小伙子,偏想找到父亲,不惜跋山涉水。他太笨了,自然找不到。某一天,石尔俄特碰到个名叫施色的女子,那施色,本来好好地坐着织毛布,见了迎面而来的男子,起身相问:"地上的表哥,你到哪里去?"未及对方答言,就又说,"临黑的今夜,黑也我家歇,不黑还是我家歇。"接着是一连串的比喻,"蜜蜂虽无夜,见岩就要歇;乌鸦虽无夜,见树就要歇;牛羊虽无夜,牧人赶来圈里歇;云雀虽无夜,见了草原便要歇;水獭虽无夜,见了江河便要歇;出门的男子虽无夜,见了房屋便要歇。"最后的结论回到原点,"临黑的今夜,黑也我家歇,不黑还是我家歇。"[①]多么美妙的言辞!不止于勾引。

施色虽也不能帮助石尔俄特找到父亲,但她教会了后世找到父亲的办法:对偶婚。

石尔俄特与施色结婚,施色所生的孩子,也就是石尔俄特的孩子了。

石尔俄特的孩子,就知道他们的父亲是谁了。

自从群婚过渡到对偶婚,女性的地位就渐趋沦落,当以"鹰"为父的支格阿尔出世,有意识地压制女性,她们便彻底失去了支配地位。

如此,对鹰的崇拜,其实也就是对男性强权的崇拜。

聪明的女人推动了历史,却因此被历史轻视。

[①] 《勒俄特依》。

四、索玛

本来我想给你讲另一件事，但是你想听彝族人为什么崇拜索玛花，我就先尽我所了解的和理解的说说吧。

索玛花即杜鹃花，是彝族的族花。

阿尔拉莫说，他们崇拜索玛花，是因为在漫长的岁月里，彝族历经磨难，非常无助。无助，就得抓住一样东西，索玛花是能够抓住的，它长在水边，也长在山崖，水里人要上岸，抓住它就能上来，在岩壁上攀爬，抓住它就能稳住。同时，索玛花是彝族人对美好生活的向往——像索玛花一样盛开。

这些说法，倒是适合这样一条原则：所有图腾和信仰，都是对现实的映射和期待。楚王爱细腰，说明那时候不缺粮食，当然也可能楚王是个混蛋，自己不缺粮食，就不管别人死活。各地原始石雕中的女神，无不丰乳肥臀，是对生养和丰产的渴望。去年夏天，庞贝古城遗址文物到成都金沙遗址展出，可惜你没回来，没看到，展品中有尊石像，是一个男人满脸严肃又无比自豪地在称量他巨大的生殖器，当时环境恶劣，人口稀少，期待繁衍，才有了生殖器崇拜。这种崇拜，其实是延续至今的，说不定在你我身上都有的。

但彝人崇拜索玛花，似乎还有更古老的动因。

在彝人的传说里，说祖先们在艰苦卓绝的迁徙途中，至一地，又饥又渴，无法忍受，这时旁边的一棵索玛树枝吐水似珠，甘甜无比，救了他们的命。

再往前推。李商隐诗"望帝春心托杜鹃"，望帝，古蜀王杜宇帝号,当其时,洪水滔天,百姓不得安处,杜宇竭心尽力,也不能驱除洪魔。正忧心如焚,无以为计,从楚地漂来一具尸体,尸入蜀境,复活,自名鳖灵,鳖灵觐见蜀王,陈治水之策,杜宇大喜,任鳖灵为相。鳖灵日夜操劳,率蜀中健男,凿山为引,宣泄疏导,水患遂平,杜宇感其功,让帝位于鳖灵,鳖灵成为新君,帝号"开明"。杜宇自己,退隐西山,死后化为杜鹃鸟,春风起处,声声啼鸣,以劝农桑。蜀人闻之,说:"我望帝魂也。"[①]杜宇所化,虽是鸟而非花,但因名演绎,作为蜀王子孙的彝人,便视杜鹃花(索玛花)为神花。

这里说个好玩的事,以前读《蜀王本纪》,见"荆有一人,名鳖灵,其尸亡去,荆人求之不得。鳖灵尸随江水至郫,遂活,与望帝相见",总觉得是充满想象力的神话。可前几个月,儿子发给我一段新闻视频,讲的是湖北黄石有位五十七岁妇女,名沈爱兰,早上喝过八两白酒,下长江畅游,不料在江里睡着,当她醒来,奇怪天怎么黑了?心生恐惧,大呼救命,被当地村民李春富夫妇救起。这个"当地",是江西瑞昌市码头镇。就是说,她从湖北漂到了江西。这段跨省漂流,沿途需经过西塞山江段洄流、黄颡口半壁山江段激流、武穴江段行船密集处等多个险要之地。由此我就想,那鳖灵是否也如同沈爱兰?有时候,我们很可能轻率地对待了神话。在这个世界上,或许并不存在什么想象,所有神话和传说,或许都是真实的历史。这也是马尔克斯坚称自己是个现实主义作家的原因。同时我也怀疑,阿吉拉则所谓神鸟吐血造字的传说,也与杜宇有关。典籍载,化身为鸟的杜宇,生

---

① 参见扬雄《蜀王本纪》。

怕子民误了农时,以致饥馑,催耕催种不分昼夜,叫得"口中血出"。

言归正传。

因索玛的神性,毕摩做除秽仪式,必用索玛,以其枝除头秽:往圣水里加酒,索玛枝蘸了,在头上刷。然后以马桑枝除腰秽,以蒿草除脚秽。这是根据自然来的,索玛多生于高山,与头对应;马桑多生于半山,与腰对应;蒿草低矮,与脚对应。毕摩念经,必言索玛:每句祈福和赞词的最后俩字,都是索玛。

五谷丰登,岁岁平安,都在"索玛"里面。

前面我说过,蜀为高阳(颛顼)所立,而蜀国是彝人政权。出生于湖南衡阳的周策纵,去世前是美国威斯康星大学东方语系和历史系终身教授,他认为,颛顼的名字,"取义于人持树枝和持玉而舞"(《古巫医与六诗考》),或因这缘故,毕摩做灵盘超度,要用树枝摆插,称为"插神枝"(日本人也有这仪式),最高等级者,神枝得用索玛花的枝干。毕摩的经书和灵魂寻祖图,也往往枝状林立,云山邈邈。——顺便一说的是,彝人尚巫,巴楚皆然,许多禁忌和仪式,也相通甚至相同,因此有人说,不仅巴人是彝族先民的一部分,楚人也是。屈原自报家门,"帝高阳之苗裔兮",也在为后世学者提供证据。

彝人敬酒,说声"孜玛格尼"[①],相当于藏族人说"扎西德勒",吉祥如意的意思,其中的"玛",就是索玛。

[①] 孜是宇宙,格是太阳,尼是妈妈;但也有人说,索玛的意义即是双重拟人化,既指妈妈,也指美女。前面说过,彝人称"母亲最伟大",看来,女性和母亲这两个词,在他们那里是分裂的,并不因女性地位低下,就降低了母亲的地位。

现今彝人的火把节,除摔跤、斗牛、斗羊、斗鸡、赛马、歌舞等传统节目,还选美,冠军获得者,男为"金鹰",女为"金索玛"。

此外结婚必有索玛,做平安节更需索玛。做平安节相当于为住宅除秽:将一块石头烧红(代表太阳),放入清水(代表大海),有了太阳的照耀和大海的洗礼,再用索玛枝醮洒,绕屋转圈。这时候,上天已经知道(烧出的烟子就是告知天),地上做平安节了,地上人在祈求,平时有得罪的地方,有不妥的地方,请你谅解,请你保佑。上天听到了,答应谅解,也愿意保佑。于是地上人就安宁了。

如此不断衍生,形成多神论,认为万物有灵。

我前面说,彝族年不扫地,是怕伤着了锅庄神、土地神,也怕累着了扫把神。他们从不随便砍树,不得已砍了,也要给树道歉,说我晓得不该砍你,可是我急着用,没办法,很对不起你。也不随便打猎,即是说,绝不为"口福"而捕杀野生动物,只为饥荒才走进山林,因饥荒而打死猎物,他们要为猎物念经,肉烧熟,要在四面树桩上各插一块,以此敬神,敬过神,才可以吃。即使因为饥荒,也不是什么都能打,马、狗、猴、蛇、猫、蛙、乌鸦、喜鹊,都是不能打来吃的,杜鹃鸟自然更不能吃。毕摩还不吃牛肉。乱砍滥伐和随意捕杀而遭受鬼神惩罚的传说,在这片土地上到处都是。

"文明人通常认为自己可以不朽。"弗雷泽这样说。意思是,在所谓"文明人"那里,植物和动物是没有不朽的权利的,唯人才有。但在彝人看来,普天之下,凡有血(动物)和无血(植物)的生命,都有人一般的感情和智慧,不得已杀死它们,要以谦恭虔诚的姿态,表达对它们的尊重和祝福。

因为,万物有灵。

万物有灵显然不是科学的态度。

却是生命的态度。

这两种态度,生命态度更美。

"只有实用主义没有审美,不叫文化自信。"俄比解放说。

说得非常好。

有了这种态度和"灵魂似的""超越有限"的爱,凉山人,至少我所见的昭觉人,天然地就具备生态保护的观念。这种基于信仰的观念,尽管"缺乏证据,也不能说服每一个理性人",但都发乎内心,自觉自愿。从这个角度讲,"落后"是不是也可以成为"进步"的某种修正和弥补呢?

那天去碗厂乡,见到大片正被挖掘机开垦的荒山。这是为凉山量身定制的"保障建设用地指标和加大增减挂钩支持力度"政策的具体实施。2017年,天府新区成都直管区就购买了雷波县增减挂钩节余指标903亩土地,"既解决了成都用地不足的问题,又让雷波获得2.6亿元指标收益"。随后,进一步出台政策,允许四川部分贫困地区的增减挂钩节余指标在东西部扶贫协作和对口支援省市范围内流转,其中包括凉山州的11个深度贫困县。单浙江嘉善,就拟在3年内以每亩72万元的价格,在凉山购买增减挂钩节余指标3000亩,助推当地尽早脱贫。据四川省国土资源厅厅长杨冬生介绍,指标流转使土地从资源变资产和资本的路径更清晰、更灵活,也将进一步促进凉山在脱贫攻坚过程中土地集约化利用。此外,"凉山有大量基础设施建设需求,尤其是道路建设,几乎难以避免占用基本农田,政策将为凉山脱贫攻坚用地提供坚实保障"[1]。

碗厂乡据说是成都开发商在开垦。他们在成都买了地,修了房子,按规定,得去别处买地"置换"或叫"扩充"。可此地非彼地,此地只长低矮的蕨草,至少在短时间内出不了庄稼。蕨草虽贱,却可固水土,这样挖开,庄稼出不了,水土也固不了,脆弱的生态将越发不堪一击。尽管这种方法确实可以"助力尽早脱贫",但如果不能持续跟进,就成了对土地的一锤子买卖。

"可惜了。"我的同行者说。

他指的是,彝族人杀猪,不烫毛,也不刮毛,只烧毛,烧毛就用这种蕨草。他们叫蕨基草。据说,用蕨基草烧过的猪,吃起来特别香。因此每到彝族年前夕,就有山里人背着蕨基草到城里卖。卖给屠宰场,也卖给私人。有的城里居民会自己买猪来杀,还有那些搬迁进城的村民,你不让他养鸡,不让他养猪,他们就没法过日子。不只是钱的问题,还有打发日子的问题,对劳动和家园怀想的问题,以及由此而生的对自己身份确认的问题。于是偷偷养。没地方养,就养在家里。好不容易在乡里改了人畜混居,稍不留心又到城里人畜混居来了。

猪毛是烧不干净的,肉里会留下很深的毛桩,彝人不怕吃这毛桩,而且说吃了有好处,说猪毛跟沾在土豆上的泥一样,能帮助清理肚子里的脏东西,让人的大肠小肠都通畅起来。这件事,让一个彝族老干部非常愤怒。

他叫蒋明清,在昭觉做过县委书记,后来去了州上,做副州长。彝族年之前,蒋明清回县里,见烧猪毛烧得乌烟瘴气,当场

---

[1] 《四川日报》2018年7月12日。

就冒了火，说："我们老彝胞，两三百斤的猪都用草草烧，毛桩桩留起多长，看到就恶心！为啥子不去烫了刮毛呢？"接着又说，"你听别人打个屁说不尊重你，要赔偿金，你自己打个屁要害羞上吊，为啥屙屎屙尿又不去厕所呢？哪里想屙哪里脱裤子，光屁股亮闪闪地露在外头，为啥子又不害羞呢？"——不是普通的冒火，是直接骂，妈天妈地的。

对自己民族的陋习，蒋明清极不满意，也极为痛心。

而这样分量很重的话，又只有彝族人自己说。

这就是我强调当地领导干部要首先转变观念的原因。

五、蒙尘的思维

上次就想给你讲的事，与石尔俄特、施色、濮嫫里日和支格阿尔都有关系。但我还是从摸得着的地方说起。回望传统本就是为了言说现实，当然，也包括未来。十多天前，我给你讲过吉木子石的堂妹，她堂妹因为嫁给了南充市仪陇县的一个汉族人，不敢回来，因此十多年不回来。其实她不回来，除了不敢，还因为不好意思。"不好意思"有两层：

一是嫁了个汉人，二是男方没给彩礼。

并不因为你是自由恋爱，男人就可以不给彩礼。在彝人的观念中，不给彩礼，丈夫就不算丈夫，老婆也不算老婆。

河南、山东等许多汉族地区乡村也给彩礼，一段时间还愈演愈烈，所谓三金三钻（戒指、耳环、首饰）、三斤三两（三斤三两重的百元钞）、万紫千红一片绿（万张五元钞、千张一百元钞、一片五十元钞）。这些算下来，有十四五万，男方往往不堪重负,使娶媳妇成为难事。

但和彝族彩礼相比,这又不算什么。

他们通常在二三十万以上。如果女孩读过书,读过小学、中学、大学,彩礼便依次上涨。小学读到三册书、五册书,初中是读了一年还是两年,价格也不一样。若是火把节选美得了"金索玛",彩礼可达一二百万。

所以沙马子果的弟弟在为姐姐高兴的同时,也禁不住要说:"姐姐谈个汉族男朋友,好是好,可是我们家里要损失好大一笔钱啰。"

在彝人看来,女儿出嫁,就是男方的人,男方名义为娶,实则是买。喜德县人民医院院长吉洛哈古说,有待嫁女儿的人家相互摆谈,直接就问:"你叫价多少?"若彩礼价钱谈不拢,直接就可退婚的,不是男女两个相爱就行的。

这观念并不单是彝人有,许多汉族地区乡村也有,尽管没把"买"字说出口,更没公开叫价。他们觉得,母亲把女儿生下来,一把屎一把尿拉扯成人,到能够出力了,却嫁了,从此,起早贪黑为了谁?不为娘家为婆家,所以婆家给笔补偿,理所应当。毕竟是一个人,不能白白送你。同时还有个平衡问题,我娶个儿媳花几十万,嫁个女儿却一分没收,就亏大了。这既是平衡,也是生存之道。

任何一种习俗,都有其存在的理由,否则无法维持下去。然而,世间也没有一成不变的习俗,如果我们把人类从古至今的习俗罗列出来,绝大部分都会令我们瞠目结舌。未来的日子里,给彩礼的习俗恐怕同样会令人瞠目结舌。这其中让人不解的地方在于,女方父母认为女儿去了男方家,就是全部奉献给男方——他们并不把女儿的生活当成女儿自己的生活。

在中国乡村,不只女儿,儿子同样不具有独立性。这是千百年来养老制度缺失的结果。被典籍和各路媒体颂扬的"孝",大多以牺牲自己为代价,甚至是前提。如此,一辈人扼控着另一辈人,并用"传统""美德"之类的词语,编织成另一辈人的行为网格。如今在很多城市,又发生了倒转,当父母的,刚刚退休,刚刚可以休息一下,就又为儿女带孩子,不带,就要受到儿女的指责。个中缘由,除了房贷车贷使年轻人疲于奔命,自己没时间带孩子,又请不起保姆,便只能让父母做免费保姆的现实因素,也有不尊重个体的传统因素。女儿出嫁,收受高额彩礼,把嫁当成卖,把娶当成买,同样受这两种因素的侵袭。

要从买卖的角度,十五万也好,三十万也好,二百万也好,似乎都不高。毕竟,现今没有奴隶市场,找不到价格参照。

却也由此提醒我们,奴隶制虽然早已成为一个历史名词,可奴隶制思维还在世界上广泛存在。英国学者凯文·贝尔对此做过实地考察和专门研究,他从泰国的妓院到巴基斯坦的砖窑,从印度的农场到巴西的木炭营,揭示出隐藏在阴暗角落里的"新奴隶制"。新奴隶制是以欺骗性劳动合同掩盖奴役本质,和旧奴隶制不同的是,它不再视奴隶为长期资产,因而新奴隶制下的奴隶更廉价,更无须照料,是用后即弃的一次性工具。包括阿尔拉莫当初去给农民工讨工钱,那些拖欠工钱的老板,属同一性质。许多老板不是付不起,是不想付。比如阿尔拉莫有回去广东,对赖账老板说:"你不想谈工资的事,好,我也不谈,我是律师,我就给你讲法律法规,我每天都来给你讲,讲到你懂了为止。"他果然每天都到老板的办公室,给他"上法律课",老板最终屈服了，把拖欠的工资给了。

贝尔的揭示非常重要，但他还没说到最深处。

最深处根本不需要合同，更不需要费心劳神地去制造欺骗性合同，它光明正大，冠冕堂皇，它甚至让你自觉自愿地成为奴隶，让你生怕做不成奴隶。

我们（不只是他们）的观念转变，还任重道远。

六、阴影人生

女人因为是买来的，便具有了物品的性质，珍不珍惜，那得看。

我和佛山电台去喜德县人民医院那天，见到佛山来的麦丽珊医生，她是产科医生，到喜德后，组建了新生儿室。当时资金不够，但她做事不等钱，腾出一间病房，搭个架子，工作就临时开展起来。我从资料上看到，近代以前，新生儿的死亡率跟兔子不相上下，是现代医学对围生期和新生儿的干预，才大幅降低了死亡比例。但麦医生说，在凉山，这一比例还是很高，主要是窒息死亡。麦医生来，救回了十八个孩子。救回的意思，是说放到以前，是必死无疑的。五天前一个男孩，凌晨1点出生，下地后心跳都停了，身边只有氧气，没有呼吸机，麦医生和她的同事，凭医术、耐心和决心，硬是让他活了过来。"那孩子很坚强。"麦医生说。仿佛他能活，全靠他的坚强。我们想去看看那孩子，麦医生便把我们带到产科病室。见到的景象，让我们大感不解：生孩子的女人坐在床边，她丈夫睡在床上，被子盖到下巴底下，眼神疲惫而烦躁，像是他生孩子。

"很多都这样。"麦医生说。作为一个广东人,来到这大凉山,她深刻地感觉到,这里的女人太没有地位。"她们就干两件事,做农活,生孩子。"

我前面说,这话题与施色和濮嫫里日等人都有关系,因为施色,彝族有了对偶婚,知道了父亲是谁;因为濮嫫里日生了个"大神人"支格阿尔,直接把女人赶到了阴影里。从那以后,女人就很难走到阳光底下。

这当然不只是彝族女人。世上数不清的警句,都在确证女人的从属地位。"耶和华神就用那人身上所取的肋骨,造成一个女人。"(《旧约全书》)"女人是不完整的男人。"(亚里士多德)"男人害怕入错行,女人害怕嫁错郎。"(谚语),等等。在我老家,直接就把老婆叫"家属"。

人类初始时期,以为女人可以单独生孩子,因而崇拜女人,后来知道不靠男人,女人生不了孩子,又崇拜男人。崇拜男人的时期十分漫长,男人骄傲地认为,女人就是个容器,男人把小生命装进容器里,手脚长全就生出来。直到19世纪,确切地说是1827年,人类才发现哺乳类有卵子,只有精子没有卵子,男人不能独自创造生命。

但女人的从属地位并没有改变。

她们仿佛天然地就该从事更加繁杂的劳动。彝族聚居区出土的墓葬,有不少镌刻人物,凡荷锄执镰者,皆为女人。有件西汉后期的墓葬器物上,铸有120人的典礼,手持器具听从召唤的,也全是女人。印第安人生活的地区同样如此。印第安人给的理由,倒像是抬高女人,说女人种的苞谷,至少能结三个穗,男人去种,只能结一个穗,因为女人会生孩子。凉山彝人给的理由是：男人要干大事。这句话被很多人嘲笑，因为他们所谓的大事，就是抄着手闲聊，靠着墙晒太阳，坐着或站着喝酒。其实这是不懂他们。他们真有大事，那是在过去，他们要随时准备出征，上战场拼命。他们让自己的思维，停留在大半个世纪以前。

中国的妇女解放运动，比西方晚了差不多一百年，与辛亥革命同步，当然取得了巨大成就，像"小脚一双，眼泪一缸"之类的悲剧是不再有了。中华人民共和国成立后，男女平等成为国家主导的意识形态，自上而下努力推动女性成为社会人，虽有抹杀性别差异和个体差异之弊，但女性地位得到了空前提升。只是，公共领域里的平等许诺，依然没有——也从来没有——撼动私人领域的不平等。

出生于雷波县的彝族诗人鲁娟谈到，最近她对自己民族的女性命运很关注，尤其关注的是那些敏感的心灵。她们渴望爱情，却被等级（门第）、彩礼等多种因素把爱情肢解，因而"是被放弃的人"。她们没有爱情的权利。也没有抑郁的权利，甚至没有心情不好的权利。你有吃有穿，就不能愁眉苦脸，愁眉苦脸既是对夫权的挑战，也是对生活的挑战，而你的本分是服从，不是挑战。出路被堵死，就可能走上堕落（比如吸毒）和犯罪（比如贩毒）的道路。

七、女人的事

当然，到今天，情况有了很大不同。

我是说，中国的社会现状有了很大不同。

而今的中国乡村，女人的事重要到几乎等同于乡村的事。上辈人老了,男人打工去了,女人成为留守者,也成为建设乡村的主要力量。尽管许多地方年轻女人也出门打工,但比较而言,留在乡间的女人肯定多于男人。昭觉龙沟乡党委书记马比伍哈说,他们乡留守人口将近两千,妇女就占了一千一百多。妇女是站出来成为主人,并利用这一机会,使自己首先获得经济独立,然后获得地位平等和人格独立,还是甘心于从属地位,不仅关涉她们自己,还关涉乡村振兴。但这方面的资料我目前掌握得还有限,待更翔实了解后,再说给你听。

现在可以简单告诉你的是,彝族聚居区女人尽管还可能刚生过孩子就没权利躺下休息,但和以前到底不一样。赵继飞说,产业园刚开业的时候,来做工的都是女人,男人是大爷,打牌喝烧酒,只来领女人的工资。到而今,男人也知道出门挣钱,对女人的态度也在转变。我在玻璃温室大棚采访过两个女人,一个叫甲芝呷卓,一个叫吉列阿呷,甲芝呷卓的丈夫已过世,吉列阿呷的丈夫在康定打工。她说,两口子每天通话,我问谁打给谁,她羞涩起来,掩着脸说:"他打给我。"还说,丈夫过年过节回来,也不打她了。言毕,做了小小的纠正:以前平时打得少,喝了酒必然打,现在喝了酒也打得少了。为此,她感到很幸福。

赵继飞偷偷笑,说平时打得少,喝了酒必然打,意思是天天都要打,因为他们天天都喝酒;但再怎么打,两口子也是过一辈子。

由此又说到彝族的婚姻。"我们的婚姻很牢固。"每个彝族人都会这样说。他们并不因为婚姻具有买卖性质,就可随意抛弃。我前面向你提到后面还会提到的家支,对彝人各方面生活,当然也包括婚姻生活,多有辖制,跟谁结婚是家支说了算,离不离婚同样是家支决定，如果一方不满意，想离，家支会集体出动，加以阻止。这种对个人感情生活的强烈干涉，不符合现代社会对"人"的解释，但我依然认为，它对保护彝族女性权利，起了重要作用。

此外还有另一种制约：谁提出离婚，谁就双倍甚至三倍赔偿彩礼钱。这方面男女平等，女方提出来，也是这规矩。当然最初拟定这规矩，多半是为制约男方。送我和佛山电台几位朋友去昭觉的司机，花三十万元娶了媳妇，娶本就非他所愿，娶来不满十个月，实在受不了，想离，女方也答应，但六十万赔偿金一分也不能少。即是说，他在一年之内，要为婚姻支付九十万。这对他如同泰山压顶，于是忍了，不再提了。他算是忍不住的，更多的人是想到要赔那么多钱，离婚的意念也不会产生，别说开口。

每一种社会制度，包括同一制度下不同的亚文化，都会根据自己特定的生活环境，调试出与之相适应的价值观和行为规范。在彝族，还有"转房"的习俗：年轻女人不幸死了丈夫，这女人便转给死者的兄弟。也有转给长辈或晚辈的，但比较少。那是在以前的自然环境和社会环境里形成的，现在环境变了，习俗也会跟着变化。在来洛村，有个女人不愿转给大伯子，离家出走了。相反的例子也有，在西洛村，有个女人提出想转给在西沙群岛海军服役的小叔子，婆妈又不愿意，于是也离家出走了。她们都有孩子，西洛村那个还有两个孩子，最大的才五岁，但她们一旦离开，就不管孩子。我问那个五岁孩子想不想妈妈，她说："不想。"说着泪水一"飙"，横着袖子擦，越擦越多，满脸都是。但她始终没哭出声。她擦着脸上的泪水，两眼晶亮而惶然地望着我。她不懂这个世界。

在我看来，女人一旦离开就不管孩子，并非绝情，而是不甘也不敢回到以前的生活。但这话无法形成开脱的理由。母亲毕竟是母亲，孩子毕竟是孩子。那孩子泪水一"飙"的模样，还有那双晶亮惶然的眼睛，此刻仿佛就在我面前。

所以，关于女人的社会建设和自我建设，其实是有很多层面的。

八、思想上的新房子

你说天天喝酒不稀奇，其实我也没说稀奇，而且我更不会觉得稀奇。因为在我老家，不仅天天喝，还顿顿喝，即是说，除了中午喝晚上喝，早上也喝，且把喝早酒当成一大特色，中央台还报道过；因为中央台的报道，当地人觉得很有脸面，就更加当成了特色。给外地人介绍家乡，会自豪地说："我们那里还喝早酒。"而今的人们，被"创新"的鞭子驱赶，挖空心思追求特色，把"特色"理解为"创新"，也把"特色"理解为"不一样"，同时也理解为文化的多元。

尽管很多地方、很多民族的人都爱酒，也天天喝酒，但像彝族这样喝法的，还是少。说凉山经济落后，但有样东西却是全省销量第一：啤酒。

我第一次到昭觉那天，住在宏祥宾馆，早上下楼，几次打开电梯都无法进，里面重重叠叠，是满电梯的空酒瓶，正往楼下运；在大厅等车，等老半天没来，去上厕所，见便池里堆满呕吐物，两个洗手槽，同样堆满呕吐物。

《凉山彝族社会变革资料摘编》里说，1952年9月，为保证第二次政府委员会议和政治协商会议顺利进行,以免委员醉酒误会,自治区政府竟不得不饬令昭觉县城中酒商:会议期间停止卖酒。

我这次采访,就几次遇到那样的情形,本来约好的,到时候却既不接电话,也不回短信,更见不到人。过去数小时甚至一天,才来电话道歉,说自己醉了。

如果殷商是彝人王朝的结论成立,其出土文物多为酒器,就不奇怪了。

从某种程度说,酒是彝人的本能(他们自己称为信仰)。许多时候,他们靠本能行事。《伊索寓言》中,描写了两种不同特性的昆虫,蚂蚁和蚱蜢。蚂蚁宁可牺牲芳香的仲夏节,也要辛苦地为冬天储备食物;而蚱蜢,在冬天到来之前毫无顾虑,整天唱歌玩乐。彝汉相比,汉人大概属于蚂蚁,彝人大概属于蚱蜢。因此《后汉书·西南夷传》说他们"豪帅放纵",及时行乐。几年前,我一个朋友告诉我,她丈夫供职的某县,因为一件什么事,和彝人有了摩擦,彝人纠集百余壮男,持械相向。千钧一发时刻,有人出主意:抬几缸酒来吧!果然抬来了,彝人闻到酒香,顿时喜笑颜开,天大的事也不是事了,只管跟对方称兄道弟。

关于酒,彝人有很多谚语:

"汉人贵菜,彝人贵酒。"

"汉人一杯茶,彝人一杯酒。"

"有酒便是宴,无酒杀猪宰羊不成席。"

《勒俄特依》里有这样的描述:"为了开天辟地事,请来仙子共商量。九天商量到深夜,宰了九条商量牛;九夜商量到天明,喝了九罐商量酒。"

经书《六祖史》更叫得响亮："制酒盛壶中，敬献各方神。天神见酒乐，地神见酒喜，松柏见酒青，鸿雁见酒鸣，日月见酒明，天地见酒亮。"

有了谚语、史诗和经书的支持，彝人饮酒，就不仅成为需要，还成为美德，或者叫传统美德。而这种"传统美德"正在给彝人带来伤害。因酒误事是一方面，另一方面，佛山来凉山帮扶的医生建了个微信群，麦丽珊医生告诉我，他们那群里，今天这个说发现了胃癌，明天那个又说发现了胃癌。"喝酒和吃烧烤造成的，"麦医生说，"喝起来没个节制，什么都拿到明火上烤了吃，铁打的胃也受不了，不得胃癌才怪。"

如果你留意，会发现我在前面的信件里，好几处说这个死了儿子，那个死了丈夫，其实我只是蜻蜓点水地说，真说的话，这种事是很多的，多到我暗暗惊讶。男女都吃烧烤，但男人还要纵酒，再加上毒品艾滋，寿数往往不永。

县城里，酒店多，烧烤店也多。彝人新村广场上，常常见到这样的招牌——歌舞，烧烤。是吸引游客的广告。游客为了看晚上的歌舞和吃烧烤，就会留下来过夜，乡村旅店就有了收入。他们把乡村旅店开在彝家新寨的私人住所，"产品变商品，农房变客房"，"客房"里所有用品，都是村上买的，包括空调、电视、床、被褥、脸盆等，还包括代表彝族文化元素的物品，像斗篷、漆器、马匙子之类，也是村上买来，挂在客厅和房间里。一张床位每夜100元，按合同分成：40块给户主，40块给村财务，发展农业经济，还有20%支付人工、餐饮等等。

我去谷莫村看了一家，两层木楼，散发出好闻的桐油香，站在二楼宽大的回廊上，能俯视客厅，也能透窗观赏村景；这家人有五架客床，住满，一夜就能收500，户主得200。第一书记余国华说，单是2019年5月，他们组织对接团队，做体验式旅游，老百姓就收入了8万多。

这是帮扶干部想办法充实百姓腰包的利民之举，当然是大好事。我这里要说的是，游客偶尔吃吃烧烤，是调剂，随时吃，就很不利于健康了。如果同时还狂喝滥饮，正如麦医生所说，铁打的胃也受不了。一个人，或一个民族，其习惯和观念，决定着自己的走向。

说到喝酒的人，就想到造酒的人：前面几次提到过的阿尔拉莫。

阿尔拉莫作为索玛花天然燕麦酒公司董事长，酒是他的生意，这个没错，对酒有着深厚情感，更是他酿酒的内在动因。但他不会喝到连班也不上。十多年前，他就得着糖尿病，即使躺在病床上，他也没耽误，抄抄写写地做他的事。他优秀，不在于酿酒本身，更不在于坐上酒桌显英豪，而是在于：他热爱自己的民族，热爱到老称自己是"彝族之子"，却又对自己民族有着深入的反思。没有反思的热爱是表面的，没有价值的，本质上也是虚伪的。拉莫不仅把彝族跟汉族比，也跟其他民族比，比如藏族。他说去了甘孜、阿坝，每条路、每座房子，都有风格，而彝族没有，人家说到凉山，除了说穷，就说酗酒、吸毒、艾滋病。

这让他心里沉痛，从而认识到改变的重要，特别是观念转变的重要，他因此不断学习，勇于探索，让十余万户农民增收了接近三倍，而且惠及范围还在不断扩展。他做酒坚持用植物酒曲，所需十六种植物，都长于山岩，人工加马匹，上山采撷，往往出去一个星期才回来，这大大增加了他的成本，但他宁愿如此，也不掺假，以此为他的酒打造品牌，也为他热爱的民族塑形。他热爱民族，也很自尊地说过"我们彝族不是最先进的民族，但我们是最神秘的民族"；但他内心从不褊狭，汶川地震、芦山地震，都倾囊相助。汶川地震时他还没办企业，只是在准备，他就把准备办企业的钱捐了，连县领导都劝他，说拉莫，别这么干，你没有根基，穷小子，不行。但他坚信，只关心自己的人，是长不大的人，只关心自己的民族，是长不大的民族；坚信分享和大爱的意义；坚信相互关爱是一种美；坚信有思想和精神信仰的人，不怕贫穷。

捐助也成了他的标配，他走在街上，人家喊："拉莫！"他知道，是有了孤儿要他帮助。人家又喊："拉莫！"他知道，是有人买不起牲畜要他帮助。而他自己，据周围人说，从没穿过像样品牌的衣服，从没开过像样品牌的车。

尽管乐于捐助，但他还是认为："观念不脱贫，给再多的钱都没得用。"

又说："让他们穿上好衣服就是脱贫了吗？不是。让他们住上新房子就是脱贫了吗？不是。唯有把思想上的新房子建起来，唯有观念、文化和精神脱贫，才是真正的脱贫。光明不是坐在墙根下等出来的，不是成天抱着个酒瓶子喝出来的，光明是做出来的。"

第五章

准备好了吗

一、天外有天

日复一日给你唠叨这些事，你看着不累吗？

实话说，我自己是觉得累了。

好在我现在很轻松，也很愉悦，我搬到了恒泰酒店。五天前就搬过来了。算起来，这是我在昭觉住的第三家，跟佛山电台来那天，住在宏祥宾馆，独自来后，住在昭觉宾馆，现在又搬到了恒泰酒店。之所以搬，是因为昭觉宾馆有重要接待，提前两天清场。接待昨天结束了，但我也懒得搬回去了。在恒泰我住顶楼，这里客人少，出房间左转，五米外是一道门，门是活门，手推即开，门外是个大天台，天台上除几根乳白色的排气管，空无一物。夜深人静时分，我来到天台上，从东西南北四方，打量昭觉县城全境。

县城是一块难得的坝子，称昭觉坝子。但昭觉原名交脚，意为山鹰的坝子。对此，阿吉拉则完全不能同意。他说，山鹰是天上的动物，飞在云端，歇脚山崖，除偶尔俯冲捕食，是不会在坝子上停留的；交脚不是山鹰的坝子，是倾斜的坝子。彝语不像汉语是表意文字，它是表音文字，音平一下、低一下、翘一下，就是不同的意思，甚至是完全相反的意思。难怪张毅和徐振宇都说，他们跟老百姓学彝语，现在也能简单交流，但有时候不敢开口，是怕闹笑话。看来，在彝族人自己那里，或许也存在类似困扰。王凉萍说，中华人民共和国成立后，把交脚改为昭觉，改得太好了，"昭是光明的意思，觉是觉悟，是希望这个民族从蒙昧中看到光明，走向觉悟"。作为副县长，又作为彝族人，她这话就跟副州长蒋明清说的一样，特别有分量。

城外即山。全是山。朦胧的星光底下，山与天齐。汤因比在他的《人类与大地母亲》里说，如果你去对一个门外汉讲，那些映入眼帘的山脉，是由一些水生物的甲壳或骨骼在早已消失的海床上堆积而成，"这个门外汉肯定会大吃一惊"。我现在就是那个门外汉。南边那面山是紫色的，晚上不显，白日里红光吐露，给人燃烧的感觉，阴雨天和大雪天也如此，它仿佛知道彝人需要火、崇拜火，就赐给他们不灭的火焰。

山与山各有方向，各自绵延，却又交互环抱，把昭觉坝子围起来，把生活在这里的数万民众保护起来。这话说得抒情，事实上，它们蠢立在那里，已有亿万年，并不知人间发生了和正在发生什么。不知道，也不关心。

和它们比起来，人是多么渺小。

更不要说浩渺的星空了。

西昌晴天多，昭觉阴天多。西昌古称建昌，昼有太阳，夜有月亮。那月，"大如银盘，华美如玉"，故有"建昌明月"行走江湖，说那是最大最亮的月，古筝曲《建昌月》专为咏叹，西昌也得"月城"别名。而西昌所在的安宁河平原，是全川除成都平原外第二大平原。天时地利，都被西昌独占了，出此地界，即刻山川异态,风俗迥别,且千百年来,除占人口10%左右的黑彝(也并非全部黑彝)及部分白彝,大都吃不饱,穿不暖。人如此,动物亦然。昭觉的四大牲畜,猪牛马羊,以前都是夏饱、秋肥、冬瘦、春死。秋是指九月左右,春指四五月份,四五月份新草还没出来,旧草又吃光了,它们去野地,用蹄子刨,刨出些草根吊命,勉强吊几天,终于脂肪榨干,能量耗尽。

如果有太阳,也能补充些能量,可昭觉的头顶,是不断下沉的天空。铅灰色的云,也有铅似的重,想云开雾散,就得冷些、再冷些。本来已经够冷,现在是要它狠狠地冷,冷出朔风刺骨,冷出大雪纷飞,雪停之后,才会出一天半天的太阳。所以昭觉人盼太阳的时候,就说:"咋不再冷些哟!"

这些天就没下过雪,也就是说,没出过太阳。

没有太阳,也没有月亮。

半小时前,我还站在外面的平台上,听着不远处的鸡啼,仰望暗黑的天空。我知道,翻过几座山,就有明月高挂,但那明月不属于我。

我难以形容此时的感受,只是明白,昭觉的天外还有天,西昌的天外也有天,那种渺小的感觉,便越发强烈了。

我的心情就是这样好起来的。

认识到自己的渺小,原来是多么愉快和幸福的事情。

二、文化混血

迄今为止,我走过了碗厂乡、竹核乡、塘且乡、美甘乡、龙沟乡、日哈乡、四开乡、大坝乡、解放乡、三岔河乡、特布洛乡、支尔莫乡、洒拉地坡乡……昭觉大部,我都走过了,所到之处,无不是壮美山河!

去支尔莫乡途经的峡谷,名古里拉达大峡谷,野河潜于深处,只见其影,不闻其声,两岸峭壁,白石红岩,昂首叩天,人行其间,如行山腹之中,能嗅到山的内脏的气息。那是时光的气息。山风和流水,以茫茫万古之功,形塑了这鬼斧奇观。它们遵循着强大的规律,却又无处不是随心所欲,真正体现"创造"的本质。对河两面山体,突然敞开,又戛然收缩,收到极致,成为一线天,举头凝望,见偶有云彩滑过,也有雄鹰一闪即逝的孤傲身影。可惜是冬天,若春末至秋初,百花怒放,万木葱茏,霞光似青铜利剑,岚烟如轻纱披拂,移步换景,应接不暇。当然,我也没在那时节到过昭觉。我是看摄影家们的作品。马海里根说,美国科罗拉多大峡谷博物馆馆长马丁来考察后,也深为赞叹。

碗厂乡团结村南坡的博什瓦黑岩画,乃唐宋南诏遗迹,旧时马帮从此路过,又有汉代"零关道"直通越西、汉源、雅安、昭通、大理直至南洋,成为南方丝绸之路的重要通道。汉族地区出产的布匹和食盐,也由此深入彝地。博什瓦黑,彝语音译,意为岩石上的龙蛇,这是就画而言,但同时,它也是那座山的名字。山脚浅溪蜿蜒,右岸荒坡,左岸松林,岩画藏于松林之中。16块天然岩壁上,刻着27幅图,总面积近1500平方米,雕刻语言简约古朴,取材广泛,内蕴丰饶,以写实风格呈现历史,也以写实风格表达幻想,并因将佛教文化与彝族毕摩文化奇妙融合而独具价值(比如《毕摩招神图》,给神虎戴了佛珠),成为"文化混血"和"艺术混血"的典范之作。2006年,在俄比解放等彝族文化专家的努力下,成为国家级文物保护单位。

《昭觉县志》和多家媒体载，韩素英等国内外艺术家，曾专程前来参观，但也大多参而不观，是不能观：那是阴刻画，不出太阳看不到。而前面说了，昭觉的太阳是很珍贵的。若是阴天，它们就是些黑乎乎的普通岩石，有的被青苔覆盖。但太阳一照，顿时气象森严，久远的人事和传说，倏然复活。

我们去那天，正赶上好时候，进入林子，时见松枝倒伏，是前几天的雪压断的。即是说，下过雪了，出太阳了。

最清晰的两幅图，一是南诏王巡猎图，六人骑着灵马，携猎犬徐徐东进，武官持械在前，文官驮书殿后，中间是高冠博带的南诏王。最后一匹马尾未刻，是因岩尽。二是冥王图，那冥王螺发肉髻，多面多柄（手），有三面六柄或三面十二柄，手中法轮是彝族毕摩所用样式；周围金刚环立，无不手握弓箭，面露凶相。我们最先看见的，就是这冥王图。几人正站在蚌壳似的两块山岩前，遗憾着虽天气晴朗，阳光却在远处，只听俄比解放在那边兴奋大呼："冥王出来了！冥王出来了！"木帕古体、阿吉拉则、海来呷呷等，随即拂草奔去。阿吉拉则说："从来没这样清晰过！"连忙照相。见到冥王像如此高兴，一是能欣赏其艺术价值，二是与彝人对待死亡的态度有关。我虽然也跟过去看，胸腔里却不免咯噔一声。谁知阿吉拉则拉着我，要在冥王头下合影。紧跟着俄比解放又说："肯定是罗老师来了，冥王才专门现身的！"这崇高的赞美，弄得我哭笑不得。

两个民族的文化差异，于此可知。

三岔河乡的三比洛呷，美、日、韩、加拿大等多国顶级地质专家和古生物学家，都曾前往，并著有多篇论文，在国际重要刊物发表。是因为那里的恐龙遗迹化石。彝人把恐龙叫八哈——那里没有八哈,只有八哈走过留下的脚印。是开矿时发现的。昭觉铜矿藏丰富,其创世史诗说:诸神来到宇宙的上方,集思广益,最后云神开出九个铜矿,制成四把叉子,交给四位仙子,去东南西北四方开辟天地;然后又制出九把铜帚,交给九位仙姑,将蓝莹莹的天扫上去,把红艳艳的地扫下来;然后再制出九把铜斧,造山河,开沟渠,打田坝……史诗中提到的诸多地名,久拖木姑、洒拉地坡、妮姆竹核、特觉拉达等,全在昭觉县境内。因此昭觉不仅是"大地的中心",还是"东走西去、南来北往的民族文化和迁徙走廊",其地理和文化元素,多能在史诗中找到对应。

1959年,西昌地质队就对三比洛呷铜矿做了预查,后经多次普查、补查和踏勘,于1993年提交了详查报告。开发时,剥去表层,那些远古的生命——八哈,就沿两岸山壁,默默离去。这里现在是坡,侏罗纪时代是湖海,湖海干涸,恐龙走过,地壳变化,挤压隆起,恐龙的脚印变成了化石,且是"全中国最壮观的恐龙足迹群化石"。首先是种类多,八九种;再是足迹多,几面山。奇的是,最小一个足印,仅3厘米宽、2厘米长,我问恐龙出生时,是不是只有老鼠大?俄比解放笑,然后说:"世界上发现的恐龙足迹没有拐弯的,这里有,是独一无二的。还有在水里刨划的足迹,是世界首例。"

恐龙留下了足迹,却没在昭觉发现一具恐龙化石,它们去了哪里?

足迹不答。

山川不答。

时光不答。

三、《夜郎君法规》

在昭觉，可谓遍地宝贝，若在别处，早开发成旅游资源，赚得盆满钵满，而昭觉休说开发，连保护也不能够。没钱。博什瓦黑和三比洛呷，都暴露于风雨之中。两地都风大，呜呜狂吹，尤其是三比洛呷，风如石头乱砸，砰！砰！

再过些时日，那些宝贝是否会被大自然收走？

好在，昭觉除了缺钱，并不缺保护的情怀。分明能开矿赚钱，发现恐龙足迹化石，立刻停工。还比如碗厂乡境内的七里坪，是亚洲首个泥潭沼泽灌木湿地，93平方公里内，遍布高山和亚高山湖泊、草甸及附属河溪湿地，风景绝美，且是昭觉的肺，从某种意义上说，也是大地的肺。有天，子克拉格坐飞机从七里坪上空过，见下面正做工程，是10瓦桩基的风电工程，他夜里回到昭觉，第二天大早，就带着时任县委办副主任的克惹伍沙"按"到七里坪，让停工。人家说合同都签了，而且已经投入很多钱，他就讲道理，说我知道，你们建了风电厂，一年能给我们县带来2000万收入（目前昭觉县全年收入仅1.3亿），但我不能为了钱，就破坏了这么好一个地方。保护好这个地方，是我的责任。克惹伍沙说，为办妥这件事，他跟着拉格书记跑了八趟，耗时最少的一趟是九个钟头，中午就吃些随身带的面包、馒头、卤菜。

对三比洛呷恐龙足迹化石的保护，无疑难度更大。他们止考虑是就地保护还是易地保护，易地保护得一块一块切下来，编号，搬到某处复原。

不过，这些都还只能是设想。

现在连个看守的人也没有。博什瓦黑那边，以前修过一个小房子，请了看守人，后来发现付这笔工资是个负担，把人撤了，而今连那房子也垮了半边。

"有人偷吗？"我问他们。

博什瓦黑岩画太巨大，偷不走，但偷恐龙足迹化石是可以的，趁月黑风高，潜过来割走几块，实在简单。甚至都不必在月黑风高里受苦，白天就可以干。三比洛呷位于三岔河乡和柳且乡的交界处，十分偏僻，数里不见人家，勉强能过车的路旁，生满高密的乱草和红军果（彝语叫阿嗯机，可直接吃，也可做醪糟）。

我问的，就是化石有没有人偷。

"没有。"

回答得很肯定，很有把握，表明我这个问题是多余的。

记得刚开始，我就对你说过，在关于彝人的传言里，其中一条是很多地方都抓到从彝族聚居区去的小偷。这是实情。昭觉人自己告诉我，前些年，年轻女子出门去，一年半载后回来，穿的是偷的，戴的是偷的，用的也是偷的。男人从外地回来，手机是偷的，酒钱是偷的。在昭觉城中和乡下，连腊肉也有人偷。他们并不以为耻。男的女的，都不以偷为耻。甚至说，有领导去彝族聚居区考察，问老乡生活咋样。对方高兴地回答：吃饭穿衣都过得去，我娃娃在成都摸包包，每天都有收入。

在彝人的观念里，偷分两种：一种可偷，一种不可偷。

不可偷的包括：亲戚朋友的不可偷。猫不可偷，因为猫捉老鼠，不只捉主人家的老鼠，别人家的老鼠也帮忙捉。鸡不可偷，因为偷鸡太容易,谁都能干;还因为,或者说更因为,鸡是神圣的,是鸡把白天叫醒的。人类的远古祖先,见夕阳西沉,该是多么恐惧,以为太阳再也不会出来了,可是鸡使劲啼鸣,一鸡叫,万鸡和,又把太阳叫起来了,黑夜又过去了,白天又赐给他们了。在《勒俄特依》里,对此有具体描写,说是支格阿尔时代,遇六日同出,七月并升,致使大地枯涸。支格阿尔来到土尔山顶,站在柏树枝上,搭上神箭,"射日也射中,射月也射中",如此,射下了五日六月。谁知,剩下的独日独月吓得躲了起来,天地一片黑暗,只好派公鸡为使者,去请独日独月复出。但日月不肯,公鸡便在鸡冠上打刻盟誓,"九刻九保证",订下契约,以公鸡啼鸣为号,晨啼迎日出,晚啼送日归;日出之际,月亮西沉;日归之际,月亮东升。

可偷的包括:冤家的可偷,敌人的可偷,不仅可以偷,还可以抢;陌生人的可偷;牛可以偷,因为偷牛不仅值钱,还有难度。

你听出来没有?彝人的私有观念淡漠,还希望以偷特别是抢的方式,保持和培育勇武精神。而事实上,在彝人的古老法令里,偷是被严厉禁止的,是列为第一条的:"一不许偷盗,若谁敢违抗,就得砍手指,一次砍五根,二次砍十根。"[1]其教育经典、与《勒俄特依》齐名的《玛牧特依》[2],也明确反对偷盗:"贪财莫行偷,偷者割肉罚,偷者无尊严。"但我猜想,这些禁令和劝诫,也只适用于"不可偷"的范围。比如《玛牧特依》

---

[1] 《夜郎君法规》。
[2] 彝语音译,"玛"意为教育,"牧"意为智慧,玛牧特依即"教育人们做事做人的经书"。

又言:"贪吃莫撬屋,撬屋显穷酸……馋肉莫偷鸡,偷鸡最低劣……"都是从脸面角度在说,连道德层面也算不上。在"可偷"的范畴里,偷依然是一种"正当"行为,甚至是"敢作敢为"的壮举。

他们抛开国家法制,按自定的社会律例行事。

此等"风俗",在美洲平原印第安人那里,也极为普遍。这倒可作为彝人是印第安人先民的又一证据。平原印第安人系射猎游牧民族,又可反证彝族原系游牧民族,迁徙、好斗等固有文化血脉,至今留存。

四、两种饥荒

去外地偷盗,给彝人带来巨大伤害。

贾莉说,她妈妈年轻时候上成都,穿着民族服装,去店里买包子,要排队,人家汉人见了,说,哎呀,让这个彝族姑娘先买,说着把她推到前面去。阿皮几体有回带个病人去成都中医药大学,"个个对我们好得很"。俄比解放去中国社会科学院开会,穿着擦尔瓦,保安见了他都分外亲热,进出大门,嘉宾证都不用亮。可是,2000年特别是2010年后,彝人偷盗风起,形象陡损,按戴自弦的说法,损得"一塌糊涂"。

由于此,彝人出了彝族聚居区,就被普遍排斥。昭觉有个局长说,如果不是开会,他私人去成都,宾馆都住不了,人家看过他身份证,见是彝族,就说满了,没房间了。高维荣讲的一件事,或许更能说明偷盗对彝人伤害的严重。

高维荣,昭觉民族中学教师,2019年获得全国模范教师称号。2017年彝族年,她选了六个学生代表,跟她回她老家(重庆江津)见识山外光景。途中夜宿,却找不到住处,跑多家都不让住,夜已深,寻到一家私人旅馆,还是不让住,说彝族人既不讲卫生,还偷!她给老板求情,说我是老师,这些是我的学生,我向你保证,他们不会带走一针一线。而且还保证,他们离开前不出大门。意思是,这家人留了彝族人住,是丢脸的,他们不能给老板丢脸。

高维荣说着,心酸起来。

"但这是自找的,"她当时对学生们说,"这是彝族人自己往脸上贴的标签!"

借这痛彻心扉的机会,她教育她的学生,什么叫自尊,什么叫自强。

有些网友发问:"彝族人怎么都爱偷?是不是血统原因?"我的回答是:第一,"都爱偷"是胡说;第二,偷盗不是彝族才有的行为,当然与血统无关。

——却与传统有关。

首先是家支。自从黑彝崛起,家支各据山头,偷和抢,除能补充财源,的确还可养武。再是太闲,如前所述,在昭觉这样的大凉山腹地,农牧业结构极其单一,一年中的大部分时光,具体地说,从八九月到次年三月,几乎无事可为。说彝人懒,也是因为农牧业结构太过单一所致,就那点事,做完了不喝酒,不打牌,不晒太阳,又能干啥?昭觉的太阳本就不多,晒晒太阳也无可厚非。

陈立宇就说,他经常给他以前的同事和成都的朋友们讲,彝人不是懒,是因为生活在这个地方而已;我们是运气好,出生在大城市，也在大城市工作，如果我们也在昭觉，不一定比人家过得更有质量。我同意陈立宇的看法。但还有另一面：我读有关资料，从数十年前的到当下的，描述昭觉都有这样一句："农牧业发达。"传统农业就是圆根萝卜、荞麦燕麦、土豆苞谷，放牧就是几只羊子、几头牛外加更少的马匹，何来"发达"？如果发达，怎么会成为国家级深度贫困县？怎么需要东西部合作和那么多扶贫干部？除说"发达"，还说"丰衣足食"，果真如此，现在还提"两不愁三保障"，就是多余的了。我们教育老百姓的时候，总是显得很清醒，一关涉自己，就不清醒了，或者装作不清醒了。连"承认"也做不到。而"承认"是"知耻"的前提，"知耻"是"勇"的前提。

　　如果说，用喝酒打牌晒太阳打发闲时光，是你的无奈，也是你的权利，但某些人闲出偷盗来，就是另一回事了。

　　除以上原因，文化普遍低下是十分重要的原因。

　　我曾说，彝族在初始阶段，非常重视知识和知识的传播，可到后来，知识被垄断，加上干那点万古不变的农活，也不需要多少知识，从内心深处泼灭了学习的欲望。到1950年，凉山彝人中，能识彝文者不到1%，受过汉文教育的更为罕见，具有汉文初中以上程度的，全州仅51人[①]。

　　普通百姓如此，连土司后代也如此。马海里根的舅舅安学发，在凉山是很有名的人物，从某种角度说，在全国乃至世界教育史上，他也会占据一席之地。安学发在凉山州做过政协副主席，也是凉山州第一个全国政协委员。清朝初年，其祖上被封

---

① 《凉山彝族自治州概况》。

为沙马宣抚司，取汉姓安，官衔从四品，为凉山彝族四大土司之一。安学发本人是其最后一代土司，不过中华人民共和国成立时，他还不满20岁。1951年，他被选送到刚刚成立的中央民族学院读书，学院方面以为他至少是初中以上底子，结果连发蒙的水平也没达到，以致他在中央民院一直读到1968年，整整读了17年才毕业。估计全世界把大学读17年的，再无二例。

到了21世纪，凉山的文盲半文盲，仍占很大比例。汉文水平尤其不堪，很多人连汉话也不会说，出门打工，别人听不懂他，他也听不懂别人，想找到工作非常艰难。不识文断字，又是会说话的哑巴，开始几年，懵懵懂懂被拐进黑砖窑黑煤窑的，不在少数。即使找到正当事做，也是端盘子一类杂活，挣不了几个钱，往往是干几个月就回去，钱都花在了路上。甚至有人在西安打工，跟人发生了纠纷，自己说不来汉话，无法交流，纠纷也得不到解决，就打电话请昭觉会说汉话的兄弟到西安帮忙。兄弟们一是出于情谊，二来也想趁此出去看看，就去了四个，这四个人的路费和食宿费，都由请的人承担。

文化低下之外，贫富悬殊带来的心理落差也是原因。突然看到花花世界，感觉自己太穷了，差得太远了，拼了命干一辈子，也不能像人家那样过日子，那就偷吧，偷起来就快多了。

然而，世间最好的理由，也不能成为犯罪的理由。

除了偷，还敲诈。敲诈主要发生在本地。你开着车从公路上过，突然扔一只鸡到车轮底下，鸡压死了，开口就要索赔2000元，最终不给个五六百，是走不了人的。要是小猪，就更贵了。我去庆恒乡那天，就见一辆车压死了一只刚满月的小猪，那小猪口里出血，眼睛睁着，像在问：我为什么要这样死？

加强公安力量，加大打击力度，只是一方面，要治本，依然要落实到文化传统，落实到移风易俗。像高维荣那样，从学生抓起，因势利导，教育他们从小树立自尊意识和法制观念，是着眼未来，挖断根子。现实层面，政府施策，强化宣传，同时努力增加百姓收入。不让钱袋子鼓起来，再怎么宣传，也唤不醒耻感，因为冻馁之人无耻感，所谓"仓廪实而知礼节，衣食足而知荣辱"；即使不至于挨冻受饿，却只有生存，没有生活，也谈不上耻感。邓小平在十一届三中全会闭幕式上的讲话里，谈到增加百姓财富和收入时，特别指出："不重视物质利益，对少数先进分子可以，对广大群众不行，一段时间可以，长期不行。"其侧重点虽然是批评只讲牺牲精神的唯心论，但对于如何认识脑子的饥荒和肚子的饥荒的辩证关系，同样具有指导意义。

　　文化人也在积极行动。政府着力解决肚子的饥荒，文化人着力解决脑子的饥荒。道德和律令，是随时代变化的。《玛牧特依》传承人沙马史体，顺应这种变化，特意编了"克智"[①]《偷盗者不富》，张扬诚实劳动的价值，一路行吟，并拍成视频，广为传播。很多彝族子弟在视频下留言："讲得太好了！"

　　陈立宇告诉我，他刚到昭觉时，还担心这边的治安，老婆不放心，也是担心治安，听说偷啊抢啊打架啊敲诈啊，结果没那些事，治安非常好。老婆也是华西医院的内科医生，有回跟院里专家团过来帮扶，亲眼见了，感觉确实不错，也就放了心。张军表达了同样的意思。陈立宇是在县城，张军是在乡下，证明现在的县城和乡村，都是安宁的。如此说来，我见到的庆恒乡的那只小

---

① 彝族诗体口传文学，2008年列入国家级非物质文化遗产名录。

猪,或许并非故意扔到车轮底下。彝人喜欢将牲口敞放,政府三令五申禁止敞放,却一时难改。

但他们已经改了很多,特别是让他们声名狼藉的偷盗。

难怪我问有没有人偷恐龙足迹化石,他们会感觉问得多余。

五、为什么

你说这个,我也一直在想。尽管我前面列举的昭觉好河山,主要是奇妙的自然和人文景观,可事实上,出了昭觉城,东西南北走,低平处河水奔流,山野间林木密布,虽然不能说长林木就能长庄稼,但至少,使长庄稼成为可能。而且沿途所见,凡有人户处,都挂着田土。四川省委省政府曾印发《关于精准施策综合帮扶凉山州全面打赢脱贫攻坚战的意见》,有人对此做出解读,其中说"在省农业厅相关负责人看来,凉山州自然条件得天独厚:光热丰富、雨量充沛、土地肥沃、资源富集",因而在凉山,"插根扁担都能发芽"。[①]

可问题恰恰就出在这里:如此山河,怎么收成那么低,怎么会穷成那样?

你尽管有疑问,毕竟生在城市,还不一定那么清楚,我却有个比较。

与我老家宣汉县比。

论山大,宣汉不输于昭觉;论土质贫薄,也不输于昭觉,特别是囊括五个乡镇的巴山大峡谷,丁峰直指,万壑深切。那里是

---

① 《四川日报》2018年6月25日。

土家族聚居区。土家族，被学界认定为古巴人后裔，历史上也是不断败退的民族。彝族败退，还知道去了凉山；巴人败退，竟是"神秘消失"，情形更为不堪，也可想见巴山大峡谷的生存环境。昭觉面积2699平方公里，宣汉4271平方公里，大了近1.6倍，昭觉人口33万，宣汉130万，多了近4倍，尽管宣汉也是国家级贫困县（不是"深度"），但据我观察，那里的贫困乡镇和村寨，经济上都充满活力。我曾说他们的内在精神没有任何提升，是从更高的层面，是下一步要解决的事。

还有另外的比较。

毕艳初到昭觉时，为昭觉的贫困感到"震撼"，而她老家也在山里（大邑县）。李凯同样震撼。李凯是西南石油大学的辅导员，2018年6月，以"四治"专员身份被派往日哈乡力史以等村，同时协助驻村第一书记以及本村三职干部，后成为日哈乡综合帮扶队办公室主任。他是甘肃酒泉人，有亲戚在农村，对甘肃农村很熟悉，以为凉山的农村最多跟甘肃的差不多吧，结果发现"差挺多"。进入美姑，就觉"情况不对"，从美姑赶往昭觉，一路破房旧屋，人们席地而坐，甚至席地而卧，草地泥地，擦尔瓦一裹，随便躺。坐不要凳子，吃饭也不要桌子，荤的素的，干的稀的，盆碟碗钵，都搁地上。于是被"震撼"了。问题还在于，别的帮扶队员都是负责一个村，他怎么要负责若干个？他不知道"力史以等"是个村子的名字，还以为是"力史以"等村。困惑震撼之余，不免又焦虑起来。

不只他们，别的扶贫干部也深感困惑：穷成这般，是为什么？

对凉山的扶贫，早在中华人民共和国成立之初就开始了，那时候是发放生活救济金之类的"输血型"扶贫。1985年后，改无偿投入为促进商品经济发展的"造血型"扶贫。1990年11月，四川省针对民族地区的扶贫工作座谈会在昭觉举行，与会代表参观了昭觉铜选厂、昭觉毛纺厂、昭觉民族餐具厂、昭觉皮革厂、昭觉格萝蒙食品厂等[1]。这些厂而今俱不存在，显然是开垮了。扶贫的目的，并没达到。

最近几年，又特别是习总书记到凉山视察后，力度剧增。

2010年至2015年，是珠海对口帮扶凉山，五年内，珠海累计落实资金（含物折价）1亿多元，实施帮扶项目100多个，惠及30多万人。应该说，这已十分用力。但2016年，中央又给广东加了任务，时任广东省委书记的胡春华与时任四川省委书记的王东明商量，虑及珠海的经济总量只相当于佛山的三分之一，就把接力棒交到佛山手里。那是2016年8月。佛山8月接手，9月就一次性划拨帮扶资金1.1亿，佛山市委书记和市长均表示，佛山和凉山，要携手打造全国东西部扶贫协作样板[2]。具体到昭觉，徐航说，以前珠海每年给300万，佛山2016年给1000万，2017年增至1100万，2018年猛增至3500万（并额外支付3680万禁毒防艾专项资金，习总书记视察过的解放乡和三岔河乡，又支付专项资金2000万，用于住房建设和产业发展），到2019年，又从3500万增至4500万。

不仅给钱，还派来精锐干部。

这种扶贫，称为"跨越式扶贫"。其背景是：佛山面临着经济下行压力的巨大考验。他们外向型经济所占比重大，贸易战一打，国外不敢下订单，因为汇率变化太快；即使接到订单，企业

---

[1] 《昭觉县志》（1999年版）。
[2] 《四川日报》2019年1月6日。

也不敢做，怕到时候货发出去，对方一看亏了，连订金也不要，货也不接，那就赔死了。所以很多企业停工停产。

如此困局，佛山对凉山的帮扶也在逐年增加。

而佛山不只帮扶凉山，新疆伽师、西藏墨脱、陕西延安、黑龙江双鸭山，包括四川甘孜州，都要给钱给物。此外还有广东省内的湛江、廉江等地，也要他们出钱和派人。

任务之重，听着也麻肉。

所有这些帮扶对象，凉山占据最重要的位置。

因为三区三州，"凉山最难办"。

"把凉山交给我们，既是我们的压力，也是我们的荣耀。"这是他们说的。

"宁肯苦自己，不能苦凉山。"也是他们说的。

他们把这称为"佛山精神"。

他们带着"精神"来，却也和四川各地来的帮扶队一样，不时陷入困惑。

第一是为什么这么穷，第二是为什么发展这么慢。

其实本地干部同样困惑，比如阿皮几体，他说我们昭觉，虽然解放稍晚（1950年4月），但民主改革同步，改革开放同步，为啥子就跟不上？他得出的结论依然是："我们离昨天太近了。"从奴隶社会直接跨入社会主义社会，相当于一个小学生插入了高中班，甚至是像安学发那样，插入了大学，听不懂老师讲啥，过去的习俗又忘不掉，而且因为听不懂，更容易产生对过去的留恋和依赖。但"过去"的意思，就是回不去，这是时间的冷酷法则。身后那张温暖的床，已经不存在了，你只能跨出门槛，面对新的生活。可门外眼花缭乱，不知怎样迈开脚步，也不知两

129

手从哪处抓起。人言拿得起,放得下,可该拿什么,该放什么,就像乡下人头回进城,遇十字路口,茫然失措。以前没有灯,能借着星光走,星星能指给他们回家的路,现在地上的灯光太亮了,天上的星星暗淡了,反而迷惘了。

1990年代,有首歌在这里流行,大意是:爷爷像老虎一样走,老虎一样过;父亲像狼一样走,狼一样过;儿子怎么办?儿子像狗一样走,狗一样过……

你能体味其中的真诚和苦恼吗?

这绝不只是通常意义上的"青春经验"!

凡新生事物,都会引起不同程度的敬畏,因此也会不同程度地抗拒革新。何况是制度革新。然而,"历史上依次更替的一切社会制度都只是人类社会由低级到高级的无穷发展进程中的一些暂时阶段。每一个阶段都是必然的,因此,对它所由发生的时代和条件说来,都有它存在的理由;但是对它自己内部逐渐发展起来的新的、更高的条件来说,它就变成过时的和没有存在的理由了"[1]。这种"新的、更高的条件",既可能生长于内部,也可能由外部强加,比如鸦片战争之于清王朝,也比如脱贫攻坚之于凉山州。

中华人民共和国成立后,凉山面临过一次挑战。

到今天,到了新时代,再次面临挑战。

他们准备好了吗?

---

[1] 恩格斯:《费尔巴哈论》。

第六章

舌尖风波

一、新鞋子与旧鞋子

我早提到，而且还要不厌其烦地提到：要移风易俗，首先得从领导做起。有句话说：百姓看干部，干部看领导。还有句话是：领导带头，万事不愁。因此省委书记彭清华在"坚决攻克彝族聚居区藏族聚居区深度贫困堡垒"动员大会上，强调"坚持省负总责、州县抓落实，坚持领导带头、示范带动"[①]。

可生于斯长于斯的领导干部，同样深深地浸染其中。尽管多数人去外地读过大学，受过较高的汉文化教育，本来已经接受的先进理念，一回到彝族聚居区，很可能就又回到传统，并形成对传统的依赖，觉得还是穿旧鞋子舒服。帮扶干部提想法，他们的第一反应往往是否定：这咋行呢？这咋能做呢？我们是深度国贫县，条件不允许。帮扶干部——特别是佛山来的帮扶干部陈述理由，说我们起步的时候，跟你们一样，甚至比你们还差，但我们努力去做，做了，就可能产生巨变，不做，就还是老样子。他们

---

① 《四川日报》2019年1月5日。

暂时沉默过后，说的第二句话是："其他地方做过吗？"所谓其他地方，不是指世界，也不是指中国沿海，同样不是指成都、西昌，而是指和他们一样的大凉山腹地。

表面上，这是缺乏尝试的勇气和信心，而在根源上，是选择穿旧鞋子和新鞋子的问题，是一种隐蔽的惰性和由此生发的苦闷。

改变总是让人苦闷的，甚至是痛苦的，你我也一样。别说意识上的改变，就连偶尔改改饮食，也浑身不是滋味儿，出门旅行，到处找四川餐厅，找不到就怨天怨地，有的甚至还要带上辣椒酱和泡菜，不然就不出门。

然而苦闷的意义，正在于促人思考。

东西部协作，不是简单地把东部的钱拿到西部来——如果那样，"脱贫"后面也不必加上"攻坚"二字；佛山出了钱也不必再出人——而是要引进东部的"脑子"，从根本上解放思想。这才是东西部协作的真正价值。就凉山而言，如果只是送钱去，四川各地同样不必出人，结果不仅出了人，按省委书记彭清华和省长尹力在不同场合的表述，还是"尽锐出战"。

徐航坚定地认为："我们扶贫干部到昭觉来，就是当老师的，不是每样事情都必须亲自去做的，你做，他看，你走了，他还是不会做。"又说，"不仅要教他们做事，还要教他们开化。开化这一课不补，不走在前头，脱贫就非常艰辛；即使脱了，没有巩固，还要回去的。"他说的开化，就是观念转变。

通过一批接一批帮扶干部的努力，加上像子克拉格这样的昭觉主要领导率先垂范，本地干部"脑子的饥荒"已大有改善。他们把帮扶干部称为第二轮"知青"。昭觉人引以为自豪的是，他们的汉话在凉山东五县说得"最像样子"，是因为当年来昭觉的是成都知青。现在来了全省的，还有广东的"知青"。不同之处在于，上次是知青向贫下中农学习，这次是昭觉上下向"知青"学习。

说到这里，我想起喜德县人民医院院长吉洛哈古。前面说了，佛山帮扶队去的孙辉，挂职该院副院长。孙辉及其团队报到后，吉洛哈古召集职工大会，说："名义上，我是院长，孙院长是副院长，但孙院长比我见识广，思路宽，医术高明，因此从实际上，他是院长，我是副院长。你们，包括我本人，要诚心诚意，向孙院长和佛山来的老师们学习！"领导抱如此胸怀，全院职工迅速消除抵触情绪，形成了比学赶帮的良好氛围。以前的喜德人，生孩子往西昌跑，长个疮甚至得个感冒，也往西昌跑，喜德县人民医院病床使用率只过半数，现在爆满，最多时达160%。

这就是改变。

为了改变，"与其苦熬，不如苦干"，刘建波说。

"苦干"也包括刻苦学习，同样包括承受改变观念带来的痛楚。

除了在具体工作中学习，还组织党政干部去外地培训，单是2019年，昭觉就组织了两次培训班，一次在绵阳，一次在广州。

这样看来，他们是准备好了。

二、餐饮革命

说不清为什么，前天刚把信发出去，我就知道你要问这句话——

"他们真的准备好了吗？"

我该怎样回答你呢?

我讲些例子给你听吧。

你知道彝族人爱吃坨坨肉,就是把肉大块大块丢进锅里煮,煮好各逮一块吃。这种吃法,也是他们的"传统"。既是传统,在有些人看来,当然就不能变。"彝族人就要有锅庄,彝族人就要吃坨坨肉!"他们这样说。千百年这样吃过来,应该是适合吃,也喜欢吃。然而事实却又不堪一击。

阿皮几体做县扶贫开发局副局长之前,在支尔莫乡做党委书记。他至今的自我身份认同,还倾向于不是副局长,而是支尔莫乡的书记。这是因为,他"对那里的一草一木都熟悉",他在那里付出了十年心血。

县境东缘的支尔莫乡,位于美姑河右岸,从狭窄的公路上过,手伸出车窗,就能摸到山壁。那山名叫狮子山,是一座怒气冲冲的山,仿佛它心里有个对手,它要陡给对手看,也要高给对手看。狮子会有什么对手呢?不幸的是,美姑河左岸的山,名叫龙头山,它是真正有了对手。从山脚至半山,即悬崖村,再上,上到云深处,即是大平台。这些我都介绍过了。2017年3月8日,习总书记在参加十二届全国人大五次会议四川代表团审议时说:"曾在电视上看到有关凉山州'悬崖村'的报道,特别是看着村民们的出行状态,很揪心。了解到当地建了新的钢梯,心里稍稍松了一些。"[①]令习总书记揪心的,是之前的藤梯。

阿皮几体在那藤梯上,走了几百回。所谓走,其实上是爬,下是梭。那种爬法,如同上山的猴子,加上支尔莫乡的猴子比人

---

① 四川文明网2018年4月20日。

多（户籍人口有三千多，实际居住两千来人，而猴子有十八个群落，大的群落一百五六十只，小的五六十只，一般是百只左右。某些猴子因受伤或作奸犯科，被群落驱逐，成为零散户，这样加起来，有两千五六百只），阿皮几体被称为"猴子书记"。

如此地界，对传统的保持当是最为完整的，因此更有说服力。有一次，阿皮几体带着村社干部去县里开会，会议结束，他请村社干部进馆子，是个外地来的汉人开的馆子。这是阿皮几体特意选的。他要看看，吃坨坨肉这种传统，到底有多强的生命力，是不是可以改变，于是不点坨坨肉，点了青椒肉丝。干部们一吃，嘿，咋这么好吃！吃完一份又要一份，再吃完一份还要一份，要了五六回，都是同一道菜。老板奇怪得很，每听见喊，都以为听错了。饭吃结束，阿皮几体说："我们干了三桌，你们猜，花了多少钱？"开始吃得高兴的干部们，这才为请客的书记焦心起来，说哎哟，总有上万吧。甚至说，怕是两三头牛都花出去了吧。但阿皮几体告诉他们，一共花了2400块。

同样的事例还有：有户村民要办酒席，计划30万元开支。但亲戚撺掇他花18000元请来汉族厨师，汉族厨师改坨坨肉为回锅肉，每席做了九个菜，细心搭配，精心制作，还免费提供炒花生米、炒莲花白和凉拌豆芽。前来赴席的，吃得心满意足。事后结账，总共花了不到5万，主人家开心得合不拢嘴。

四开乡的克惹伍沙，干脆成立"彝乡乡厨协会"，说："不管你是土司后代，还是黑彝白彝，办酒席都找乡厨协会出马。"比洛且博村等多个村委会的展板上，都有"移风易俗之厨师培训""移风易俗之餐饮革命（吃桌餐、炒菜）"。大家的反应都是，这样一改，味道好，又卫生，还节约。

这些事实说明：一，炒肉比坨坨肉好吃，彝人也爱吃；二，炒肉比坨坨肉划算，彝人也希望划算。是因为，坨坨肉太大，放再多佐料也进不去味儿，何况他们除了盐和辣椒面，并无别的佐料。一坨肉动不动就一斤半斤，你抓一坨，我抓一坨，当然花钱。由此引出第三点：彝人营养不均衡。一顿吃那么多肉，菜就没法往肚子里装。有肉时尽吃肉，几下吃光，长时间又尽吃菜。按照联合国对贫困的解释，贫困不单指缺乏收入和资源导致的饥饿，还指营养不良。那种吃法，就是贫困的表征之一，并且浪费。一坨肉要是吃不完，那些年又无冰箱，热天很快就发臭，只好扔掉。

再举个昭觉县外的例子。

我和佛山电台去喜德那天，从美姑县境内路过，大山夹峙的公路旁，有个"思源休闲农庄"，供路客和附近工程队食宿。经理是个24岁的小伙子，名叫海来普铁。2019年6月，海来普铁去广东参加厨师培训——由佛山出钱，帮助培训凉山村民手艺，招生以县为单位——那期"美姑班"共38人，海来普铁的村子去了5个。虽是零基础，但海来普铁有心，好学，两个月培训期满，不仅顺利结业，还得了个优秀学员。在阿普（爷爷）的帮助下，开了这农庄。农庄里房间布置，桌椅摆设，包括厨房里案台怎么放，刀具怎么挂，都是照搬的：学习期间，他"偷拍"了照片，全按照片来做。他说，在广东，师傅教炒、蒸、焗、焖、炖，他才知道天底下的吃法不止坨坨肉。巧的是，刚从广东回来，村里一个老人去世，5个学员就去帮忙做厨办丧，再不做坨坨肉，而是炒回锅肉，结果大家吃得津津有味，主人家也喜欢，因为"帮他节约了很多"。

所以，吃坨坨肉这种传统，不是彝人喜爱，而是无奈。

无奈有两层意思，一是不会做，二是没原料做。

比如做回锅肉，得有生姜大蒜，主要是得有蒜苗，当然别的小菜也可以。但彝人除了种圆根萝卜，很少种别的菜，他们把萝卜缨子做成酸菜，通年吃。这其实很令人惊讶，因为古彝经早有天神赐种的记载："最先赐的种，谷种与稷种；二次赐的种，荞种苞谷种；三次把种赐，菜种麦子种；最后给的种，南瓜黄瓜种、高粱小豆种。"并且教了种法，"谷种与稷种，就在水边种。荞种苞谷种，点在山谷兒。菜籽与麦种，播在凹塘中。南瓜与黄瓜，种在菜园中。高粱与小豆，撒在偺地中。"[①]可而今的彝人，居然不会种菜。

由此看出，彝族文化的确有一个"倒退"的阶段。

三、微田园

为教会彝人种菜和做菜，帮扶干部想尽了办法。

戴自弦联系了一个江苏扬州的企业家，那企业家捐来6万块钱。戴自弦弄辆大卡车，去西昌买回满车家什，除桌子、板凳、茶壶、暖瓶、脸盆、扫把、菜刀、砍刀、砧板等生活用品，背篼、花篮、锄头、镰刀、斧头等生产用品，就是菜种：甘蓝、黄瓜、包包青、大白菜、圆白菜、西葫芦、小葱、大葱……他把这些分发给全体125户村民，贫困户相对多发点。然后教他们种。以前是苦荞洋芋，弄到地里算数，能收多少是多少；现在，他们

[①] 《彝族祀词》。

把菜籽撒下去，也是这办法，菜秧生得一堆一堆的，也不管。戴自弦说，这是苗子，要把苗子"匀"了重栽，栽时留出行距，才能透气和吸收阳光，才长得大。黄瓜豇豆之类，还要牵藤，还要搭架子。接着又教他们用肥料。因先前没厕所，大凉山彝族聚居区不用清粪，只用畜粪，他们把畜粪从圈里掏出来，铺在泥地上晒干，再送进地里。戴自弦说，畜粪晒干了，就是草草，草草有啥子肥力？掏出来就得送下地，这样才有养分。他们说，哼，湿的就背去，那多重！虽嫌重，还是这样做了。

于是，塘且乡呷姑洛姐村的村民，会种菜了，一年四季也有菜吃了。

日哈乡有六百多户搬迁户，他们住进新房子后，有村干部提议，说这房子修得漂亮，如果房前屋后种上花草，就更漂亮了。张军听了，"很恼火"，说你们也想得出来，这大山里头，种花草给谁看？给下来的领导看？你们走进老百姓的生活没有？他们差的是菜吃，要种蔬菜！张军直言不讳，说老百姓以前的那种吃法，还处于原始阶段，肉往锅里一甩，半生不熟就啃，这无非是刚会用火的时代，多少万年了！必须改变这种状态，要丰富百姓的饭桌子和饮食结构。不能再像以前，杀头猪一顿就搞得骨头都不剩，早上有头猪，中午一顿吃了，晚上又成了个贫困户。要教他们学会炒菜。炒肉的时候，加些菜进去，又好吃，又有营养，一头猪也能吃很久。

于是，每家每户的新居前后，开辟了"微田园"，种上了小菜。

日哈乡的微田园受到县委书记的表扬，在全县推广。我走过的地方，都已实施，包括高海拔的不色来洛村。那天随支尔莫乡党委书记阿子阿牛看新村里的58户居民，见房前屋后都有一小块地，种植蒜苗、白菜、青菜、莴笋。

当然微田园也各有提法，有些村提得朴实，直接叫了"瓜瓜脑脑工程"；有些村提得时尚，比如呷姑洛姐村，叫"三个一工程"，其中包括"一分菜园地"（另"两个一"是：一条入户路，一群猪鸡鸭）；打坚沙洛村觉得"三个一工程"还不够，说起来也不顺口，干脆叫了"五个一工程"，其中包括"户均一片适用菜园"（另"四个一"是：一家一头能繁殖母猪，人均一亩青薯九号，户均一片花椒核桃，户均一人外出打工）。

微田园保证了自给，对承包大片田地的种菜户，驻村干部便去眉山，联系四川吉香居食品有限公司——那是个中外合资企业，也是农业产业化重点龙头企业和全国就业先进企业，主打泡菜生产，以"公司+基地+农户"的运作模式，发展订单农业，产品在国内获"泡菜产业领导品牌"称号，又在国际市场与韩、日泡菜共争共享，已行销美、德、英、法等十余国，农户与其合作，绝对不愁销路。

总之，外地去的帮扶干部和昭觉本地干部，都在开动脑筋，积极作为，帮助改变，老百姓也欢迎这种改变。

但他们的有些做法，却受到了领导的批评。

比如，戴自弦把"蔬菜基地"建成后，从县城请了几个厨师，去村里办席桌，炒回锅肉给村民吃，也有县上领导参加，大概带有检查验收的意思在里面。结果领导很不满意，说你这搞法，破坏了我们彝族的风俗习惯，我们彝族就是大碗喝酒大口吃肉。还说，你这个村整起回锅肉，要遭到其他村的攻击。

戴自弦是个直性子，说领导，你能大口吃肉，老百姓不能，老百姓几顿把肉吃完，就只能一年四季吃洋芋喝酸菜汤了。

领导马着脸：洋芋酸菜汤好吃！

戴自弦说：肉吃"伤"了，偶尔吃一下洋芋酸菜汤，是好吃；三百六十天吃那东西，就不好吃了。莫说三百六十天，你两个星期不吃肉试试。

领导不言。

戴自弦继续说：酸菜本来就刮人，老百姓本来就很少沾肉星子，肠肠肚肚里本来就没几滴油，再经这一刮，哪还有力气做活路？

可是领导管的不是这个，是怎样保持民族传统。

戴自弦说：你平时也不是光吃坨坨肉嘛，你主要吃的还是炒肉嘛。

简直是不知趣了，完全没能理解领导的高度。

四、重新理解

这件事情，我听戴自弦说过，也听旁人给我转述过。

转述者还说到农网改造后的电费问题。

据《四川日报》载，2018年之前，凉山州供区内的7个深度贫困县、1205个贫困村已全部通上动力电。国网四川省电力公司相关负责人说，2018年又投资1亿多，完成了凉山州65个贫困村的电网改造；2019年，再次投资4970万元，对凉山州贫困村进行农网改造升级。从此，再偏远的村寨都不仅通了电，电压也全达国家标准，这是天大的好事。可某些地方，"变电站偷懒，让村干部收电费，收多少他不管，只上交5角2一度就行，还说，多收的留作你们的辛苦费"。于是村干部便不辞辛苦，每度收1元，后来涨到1元5。

戴自弦去县上开会时说，我拿工资的人，那么贵的电也用不起。他是觉得，把电费降下来，是脱贫攻坚了不起的改革，老百姓用不起电，家里只敢点颗15瓦的灯泡，有家电也作废，生活品质依然极低。连电视也不敢开，了解不到山外的世界，眼界和精神，继续贫困。多用电，就能少烧柴，还可保护生态，清洁环境。党的第十九届中央委员会第四次全体会议公报指出，必须践行绿水青山就是金山银山的理念，坚持节约资源和保护环境的基本国策，走生产发展、生活富裕、生态良好的文明发展道路，建设美丽中国[①]。如果还是大量烧柴，生态恢复就难以保证。电拉通了却不敢用，农网改造就白搞了。何况还在提倡不烧锅庄，又烤不起电炉，如何取暖？戴自弦把情况反映上去，没得到回音，有回新华社记者来，他直接讲给记者听，事情才解决了。

在戴自弦看来，对普通百姓而言，别说1元5一度电，5角2也嫌高。目前，农民的主要收入来源还是打工。我去庆恒村时，妇联副主席吉觉吉乌告诉我，她家早几年就脱贫了，问原因，说，两个娃娃一直在外面打工。这种情况十分普遍。谷莫村的余国华讲，他们村60%以上的收入靠劳务输出，而谷莫村各方面条件算好的，昭觉的其他地方，多数占到80%甚至更高。像火普村，马天说："有一个人外出务工就能脱贫。"表明对务工有深度依赖。所以打坚沙洛村的"五个一工程"，包含"户均一人外出打

---

① 参见新华网2019年10月31日。

工"。可要是某些家庭拿不出这样的人呢？如何刺激农村本土的经济活力，真正实现造血型脱贫，为乡村振兴铺平道路，是急需认真思考的事。

戴自弦联系的那个扬江老板，并不是只给了6万块买零碎，还给了60多万办养殖场。关于这件事情，戴自弦甚觉惭愧。养殖场办在村里，买来鸡苗猪秧和"能繁"母猪，找几个村民饲养，结果惨亏，连戴自弦自己也贴进了四五万。这有客观原因，交通太差，运两头小猪进城，运费都要两三百。到了冬天，饲料又跟不上，当时16头母猪，再下些崽崽，拿洋芋给它们吃，几下吃光，又买苞谷，又是几下吃光。除这些客观原因，就是不讲诚信，缺乏公心。戴自弦不能天天守在那里，养殖人来了自家亲戚，杀个鸡吃，或杀头小猪吃；某些干部去了，也让养殖人杀个鸡吃，杀头小猪吃——白吃。

另有些干部，赊账吃老百姓的猪羊，"八项规定"出台前吃的，到现在也不给人家钱。甚至还"吃"老百姓的低保，被发觉时，已"吃"掉20多万，幸亏彝人"好说话"，相关人员杀了头牛，打了一百斤酒，给老乡赔礼道歉，就罢了。

你听了这些，再来判断：他们准备好了吗？

"不忘初心，牢记使命"，初心是什么？使命是什么？这其实不是忘了的问题，而是早就变质的问题。很多领导是被服务惯的，要他们"移风易俗"，回到初心去为人民服务，需要改变角色定位，包括对身份、地位和权力的重新理解，相当于脱胎换骨，因此比普通百姓改起来更难。但既然脱贫攻坚不单指物质脱贫，还指精神脱贫，再难，领导干部也必须"脱"，而且要首先"脱"。如果领导走到贫穷的群众当中，说我来帮你们脱贫，结果他自己也是个"穷人",想想会是什么效果?这对每个人而言,其实都是一次机会,就看你愿不愿意把它当成机会。

五、感恩百姓

在这方面,可以听听另外的声音。

黄礼泉:"现在真正贫穷的,只剩凉山了,我们来做最后的攻坚,这个机遇不是每个人都碰得上的。我们来消灭贫穷,不得了,而且是真正消灭得了的,是看得到的,是一户户来的,不假的。我们的医生啦、教师啦、产业项目啦,是实实在在帮到人家的。帮人是一件很有意义的事情,帮人是很快乐的。彝族年之前,我负责的那个乡,每户发四件套,哎呀,欢天喜地呀,你看到他们欢天喜地的样子,你的苦呀什么的,都不算了。我们带过来的资金,建了600多套房子,产业也起来了,蔬菜基地也起来了,种的水稻也有成效了,种的树啊,养的猪啊马啊牛啊,都起来了。我内心里有一种很大的成就感。"

陈立宇:"我过来,对管理、人际关系的处理,还有社会阅历方面,都是一种成长。我觉得我个人的思想认识有很大的升华。以前待在成都,各方面都好,工作条件也可以,周围的人都过着小康生活,出去吃饭、休假,从不考虑花多少钱,可是还有很多不满,还在抱怨。过来后,发现这么多人生活在贫困线以下,我的观念和心态,就起了很大变化,觉得自己以前生活得很幸福,特别想尽自己的力量,为这边的人做些事情。我来了一年多,起码没浪费时间。生活苦点没啥,主要是怕浪费时间,怕蹉跎。我没有,我过得很有意义。"

刘建波："我是75后的，你看不出来，是因为我白头发多。三年前我也是有一头黑发的，我的皮肤曾经也是白净的。明明可以靠颜值，现在只能靠本事了。但总书记讲了，一代人有一代人的使命，历史的接力棒交到我们手上，我们只能好好干。这三年多来，当看到老百姓从广种薄收，从不懂科学养殖，从房子很破烂，从不讲卫生，到现在新村新寨遍地开花，各方面起了翻天覆地的变化，我就很有满足感、获得感。没经历过脱贫攻坚是感受不到的，还说你矫情。我们听到哪位同志倒下了，会很悲伤，我们的付出是超常规的，但是值得。"

徐丽霞（广东云浮市人，到悬崖村小学支教已三年多，还会继续）："我主动延长，是对学生放心不下。对他们有感情了。刚来的时候我教一年级，教了两年，就有感情了。现在教到了四年级，可能要教到六年级，六年级教满再看。我大学学的是体育，但到这边来，音体美都上，还教数学。苦是苦点，但我学到了很多东西，像音乐、美术和数学，我都必须提前学习，边学边教。我回到城市是教学生，在这里也是教学生，这里的学生还更需要我教，那就多教些时候。我的学生被县城的好学校选走了很多，我为他们高兴，不是说这样影响了我班上的升学率，我就不高兴了。他们应该受到更好的教育。我去县城看他们，他们见到我很亲切。我还没谈男朋友，到时候再说吧，我并不为那个事担心。某一天，当我老了，回忆起现在这段日子，好宝贵！我会想他们的（指学生）。"

陈阳（昭觉返乡创业大学生，注册"大美"公司，在淘宝卖了昭觉电商第一单，2017年获凉山州巾帼英雄称号，我和佛山电台到昭觉采访的第一个人就是她）："我们这边猪肉特别生态，有很大市场,我就跟个合伙人贷款20万,养了百多头猪。那时钱紧,骟猪都是我自己动手,猪养肥了,又去求人推销,这样慢慢做。酸菜也是我开发出来的。后来又做羊肚菌,还做花椒、核桃。佛山一次就采购了我们50多万。但有个问题,我以前做事大大咧咧的,发出去的货,我用电子秤称,人家是用更精准的克度秤,这样就有误差,比如电子秤称50克,克度秤称就只有四十六七克,你就少人家3到4克,尽管不是故意,但也是不讲诚信。我从中学会了,诚信不是你认为你是诚信的,是在讲科学、讲精确的前提下,不短斤少两,才是真诚信。"

余国华:"作为一名驻村干部,我很投入地来工作,其实是老百姓教会了我很多,是双向学习、双向教育。老百姓很淳朴,很吃苦耐劳。说彝族聚居区百姓不求上进,是不对的。他们很想改善家庭,很想致富,只是限于条件,还有文化跟不上。彝族有很古老的文化,但在现代社会的适应性方面,落后了。我作为一个彝族人,觉得干部的适应性也要加强。老百姓身上的很多美德,我们干部身上已经没有了。我们要老百姓感恩,其实干部首先要感恩老百姓。"

六、走进心里

彝族百姓确实纯朴,纯朴而好客。我去很多家,坐下一会儿,就见主人抱着大红公鸡,正取了菜刀要去杀。我本来想多坐些时候,也不敢了,连忙起身告辞。他们也说不来几句汉话,只拉住你,用彝腔不停地重复:"坐起嘛,坐起嘛,可以吃的嘛,可以吃的嘛。"有一家的老阿妈,搭上凳子,从高柜上端下一个塑料盆，又拿来筷子，非要我吃。是装了半盆的冻肉，也就是把腊猪蹄一类的肉煮熟，冻在那里。这是他们珍贵的食品。黑肉淹没在白腊腊的冷油里，筷子使劲戳也戳不动。我那天肚子又不太好，看着真有些心惊胆战，但又不能不戳下一点来吃，以答谢老阿妈的美意。

当然，如果纯朴好客是一种美德，这种美德在彝族聚居区，基本上只在山村里保留了。汉族地区也差不多。获得和失去，真是难以言说。

对于感恩，我同意你的看法。动不动要求感恩，也是被服务惯了的缘故。因为被服务惯了，稍微给老百姓做点事，就要听他们的千恩万谢。在百姓中实行感恩教育，不能培养真正的"人"。教他们自尊自立自强，而不是感恩，才能从"人"的意义上去塑造人。事实上，中国百姓的善良，天下罕有，谁对他好，他一清二楚，你对他好一分，他对你好十分。也就是说，他们知道感恩。当然不排除少数人只知索取，没个餍足，但对那部分人，你教他一万遍感恩，他也不会感恩。这种人不只是在老百姓当中才有的。

你从网上看到的凉山帮扶队员写的博客，说大清早起来，见门口放着一筐鸡蛋，也不知谁送的。这种事情，就太多了，我采访过的驻村干部，全遇到过。老百姓有土豆送土豆，有萝卜送萝卜，有鸡、鸡蛋、腊肉，也是悄悄送来，悄悄走了。至于又推又拉地请进家里吃饭，是常事。

美甘乡有个搬迁户，叫勒苦木里各，是个老婆婆，儿子病死了，儿媳外出打工，过年才回来，而近两年已没再回来，勒苦木里各带着两个孙子过活。因本乡没有安置点，婆孙三人从美甘乡搬到了地莫乡。2019年非洲猪瘟流行期间，张毅和绵阳来的帮扶队员郭亮去看她，一是提醒防范，教防范的方法；二是她作为贫困户，问是否顺利领到了扶贫物资；再就是关心她背井离乡的，能否融入当地环境，过得习惯不习惯。这是扶贫干部的应尽之责，可勒苦木里各见了，逮住两人的手，感动得泪眼婆娑。两人离开时，她非要摸出五十块钱，让他们路上买水喝。哪能要她的钱，可这份心……张毅说起，眼泪都出来了。

日哈乡的张军，有天从外面回来，走到乡政府门口，见一个中年男人拎着啤酒瓶，喝得摇摇晃晃，朝他用彝腔汉话大声说："我认识你，张队长！"把张军吓一跳。结果他是要请张军喝饮料，说张队长，我晓得你们干部不能上班时间喝酒，我请你喝瓶饮料。说着去旁边店子上买，拦都拦不住。买瓶"乐虎"过来，还拧开了才递给张队长。说你们驻村工作队，给我们修路，给我们修房子，给我们娃娃找读书的地方，给我们老人送衣服，送鞋子……说着，怨自己不会说话，本来有大堆感谢话，就是说不出来。而张军已经眼眶湿润，一口把饮料干了。那天，张军发了朋友圈，喜悦而自豪地说："我们这些干部，走进了百姓的心里。"

许多老百姓不会说汉话，也听不懂汉话，刚开始，若没有翻译，帮扶干部和他们完全没法交流，他们似乎也没有多少交流的愿望。"娃娃书记"肖晗带着一脸稚气进村，天天晚上去老乡家里坐，希望了解他们，也让他们了解他，可语言不通，谈何容易，关键是人家还并没把他打在眼里，只叫他"阿衣"（娃娃）。后来，这个阿衣带领全村人，建起了远近闻名的万亩玫瑰园，建起了玫瑰饼、玫瑰花露加工厂，迅速脱贫，过上了好日子，就不叫阿衣了，改叫"阿衣阿木可"（娃娃领导）。加上"阿木可"，是对他的认可和尊重，"阿木可"前面的"阿衣"，再不是小视，而是亲切。虽然肖晗和别的帮扶干部一样，努力学习彝语，但真要拿出来说，就捉襟见肘，内容稍多，还是只能说汉话，老百姓带着微笑，听他说，说再长也听他说，边听，还边点头。其实肖晗知道，他们照样听不懂，只是愿意听他。这种情况，许多帮扶干部都给我说起过。

他们听不懂，但从另一方面讲，他们又真的懂了。心懂了，感情懂了。脱贫攻坚的意义本就是双向的：一方面消灭绝对贫困；另一方面，锻造一支有百姓情怀、能密切联系群众的干部队伍。你甚至很难去比较哪一种意义更大。都很大。

肖晗22岁到姐把娜打村任第一书记，今年27岁了。

想到毕艳和徐振宇等人因扶贫失恋，佛山来的杨少广，今年32岁，早该结婚，也是因为扶贫推迟了婚期；徐丽霞大学毕业三年多还没谈男朋友，看样子这种状况还会持续。我禁不住想，肖晗成天待在村里，个人问题解决没有？本想问他本人，可他实在太忙，尽管是夜里，可有领导明天来视察，他要做准备，加上村里要开紧急会议，还有社干部和村民不断来找他，他进进出出，风风火火，停不下脚。我就问队长杨宁，杨宁说："听说耍了个朋友。只是听说。"

杨宁算得上肖晗的叔叔辈了，说时有一种心痛。

基层扶贫干部的苦和累，以及他们忍受的孤单，我前面已提及，但再怎么提也不过分。我去美甘乡那天，离开时，天早已黑透，鲜敏在沙洛村支部活动室外挥手送别——那是昭觉南部边境，与布拖县接壤，海拔三千多米，雪压寒枝，冰挂枯藤，野风劲吹，除黑漫漫的群山，眼里一无所见，而鲜敏当晚一个人住在那里。那种孤独，你能想象吗？鲜敏的原单位，是四川省人民医院苏坡分院，他在那里做外科主任，要不是扶贫，他的夜晚也会和成都一样鲜亮，至少可和家人团聚。

很长时间过去，我的脑海里，还是他在黑暗中挥手的模样。

他们苦了，累了，忍受了，老百姓看着，也记着。

并不是最基层的普通百姓才如此。

李凯刚进大凉山，被穷和脏震撼，到力史以等村，村干部迎接他，杀鸡招待他，他的心当即定下来。他来扶贫，父亲支持，母亲反对，他安慰母亲，说这边人很热情，很善良。他暗下决心："为了那只鸡，我也要把工作做好。"当他后来知道，在彝人心目中，鸡带有神性，杀鸡是高规格的，内心里更有万千感念。前面说过，他和同事翻过车，那天去乡上忙完事，搭邻村的便车返回，不慎坠崖，万幸人都只有扭伤和擦伤，几人爬出车外，冷风加大雨，天色漆黑，手机又没信号，只有哆嗦着走回村子。就在那第二天，村支书吉克木格就把自己新买的摩托送来，让他们骑。这里走村入户，路远，还常去乡上办事，没车出行困难。但李凯他们不会骑，加上被吓过，也不敢骑，吉克木格知道后，只要可能，就骑车送他们，若送去乡上，还包早点，吃粉，吃面条。家里杀了羊子，他把最好的肉给驻村队员，鸡生了蛋，也送给驻村队员。要是冬天，还把鸡蛋捂在怀里送来，从他手里接过，能感觉到他的体温。

包括那天我去昭觉县人民医院，和陈立宇谈，其间吉布鹰升在场。吉布鹰升是昭觉社科联主席，陈立宇讲述过程中，他一直在流泪。其实陈立宇讲得特别理性，他人虽年轻，却言辞恳切，

149

毫不虚饰，说的也无非是初来时的担忧和内心矛盾。他在华西医院主攻肝炎，只因其博士生导师搞艾滋病研究，他才跟着做过临床，而到这边，艾滋病治疗成了他的主业，很怕荒疏了自己熟悉并已取得一定成就的领域。从收入上讲，治疗肝炎也更丰厚。再就是，离开了单位，有些机会就会丧失，包括出国考察学习的机会。然后说他如何去理解彝人，如何化解了那些担忧和矛盾，以及他们四川大学华西医院如何组建帮扶团队，免费做远程治疗，还每两个月过来一次，免费看门诊，开讲座，并且投入600万元，在昭觉建了艾滋病研究所。就讲这些，吉布鹰升却感动得抽泣，告别时紧紧抓住陈立宇的手，哽咽难言，只是反复说："谢谢陈院长，谢谢你来帮助我们。"

日哈乡党委书记阿尔阿勒甚至在大会上说："要是驻村干部缺了吃缺了喝，都是我们的责任！"

扶贫干部的奉献，说责任和使命，当然是的，但他们除了是党员，是干部，还是具体的个人，他们能那样投入情感去付出，很重要的因素是他们同时也收获了情感。按张军的说法是："这里的老百姓很心疼我们。"

习总书记2017年6月23日在深度贫困地区脱贫攻坚座谈会上的讲话中，称"深度贫困地区脱贫攻坚是硬仗中的硬仗"[1]，既是"仗"且是"硬仗"，脱贫攻坚便是战场——没有硝烟的战场。过去说军民鱼水情，在脱贫攻坚这片战场上，军民鱼水情再次以春暖花开的样子，呈现给世人。

---

[1] 人民网2017年8月31日。

七、篙竿下的痛

昨天，一个很信赖我的昭觉朋友对我说："你不晓得我们彝族人，口口声声讲民族，口口声声讲传统，可一旦当了领导，心心念念的，就是升一级、再升一级，然后照顾自己的家支，根本不会管自己民族的百姓。"

这让我想起蒋明清的话。蒋明清那次除了愤怒地指责老百姓烧猪毛，烧得乌烟瘴气又垃圾成山，指责老百姓有厕所也不上，光着屁股在野地里拉屎拉尿。还指责了某些彝族领导干部："你们读了大学了，当了领导干部了，不得了了，你们学了那么多，手里有了权力，本该为老百姓做点事，却只顾自己，没得一点心思来改变老百姓落后的观念，你们穿上皮鞋了，就不管穿草鞋的了！"

在我看来，蒋明清作为副州长，他这样说，体现了对自己民族深深的热爱，却又恨铁不成钢，免不了说些过激的话，让下面的干部们警醒。而昨天那位朋友的说法，我觉得是带着情绪的，砍一枝而损了百林。

实事求是讲，我前面提到过的那些干部，并不是他说的那样。包括郭红霞和毕艳，她们被综合工作队分派到列托村，村支书曲比哈者见分两个女的给他，很不高兴，见了队长张军，招呼也不打，又不说明原因，弄得张军很纳闷，后来打招呼了，而且非常热情了，还是不知道原因。直到一年以后，四川省委组织部副部长邓涛去检查工作，曲比哈者才当着邓副部长的面，说他当初为什么不高兴，后来高兴起来，是因为这两个女子太能干了，太尽责了，工作做得太扎实了。这样的话，他从没对毕艳和郭红霞说过，也没对张军说过，省领导来，他禁不住表达了自己由衷的赞美。从不高兴，到高兴，到赞美，都是从工作出发的，我相信，这样的村支书，也绝不是只顾自己不管百姓的干部。

还比如四开乡党委书记克惹伍沙，在四川落实"两不愁三保障"之前，他就建起了全乡贫困户档案，930多个贫困户，分出上、中、下三档，"上"引领，"中"巩固，"下"是工作重点。其中还包括"边缘户"，也就是接近贫困户的非贫困户，需给予特殊关注。他怕在识别过程中因各样原因出现偏差，还担心贫困户的真正困难得不到梳理，便请了三个放假回来的大学生下去暗访。为做得"像"，他给三人的手机办了外地卡，人家以为是外地来的，就敢说实话。三个学生也很尽力，采集问题4000余条：没水的，没电的，养不起牲畜的，娃儿读不起书的，甚至还有吃不起饭的……克惹伍沙将重复问题合并，列出900多条，逐一解决。但不是全由政府包办，该你自己动手的，你不能偷懒，比如水管给了你，你有能力安，却偏不动，等人把饭喂到你嘴里，那也不行。而今，贫困户档案的扉页上都有两张照片，一张是当初的破房子，一张是现在的新住宅。他还想把所有贫困户都放入App。他的信念是，党和政府不为百姓办事，百姓就没有拥护你的理由，你诚心诚意为百姓服好务，他们自然就信任你。

这样的例子，还可以举出很多。

但我并不因此就轻看了那位朋友的话，更不会简单否定他的话。这不仅是因为阿尔拉莫也说过类似的话——阿尔拉莫说："我们彝族的很多领导，只想升官发财，忽略了自己人生的价值。"——还因为，人，往往从自身的遭遇论事，你说英国人好,是因为你碰到了英国的好人;你说德国人不好,是因为你碰到了德国的恶人。正是在这个意义上,说每个人都代表一个国家、一个民族、一个阶层和群体,就是完全在理的。我猜想,那位朋友(或许也包括阿尔拉莫)是办某件事情的时候,遇到了人为的麻烦,办得很不顺心,就一篙竿打死一船人。

然而这一篙竿打着的,有值得重视的地方。

那就是我提过多次的家支。

第七章

血统暗流

一、打冤家

彝族人特别讲血缘,讲亲戚。亲戚成网,便成为家支。他们讲亲戚的那种讲法,是你我无法想象的。汉族有句话:一辈亲,二辈表,三辈四辈算屁了。实际情况也大抵如此。但彝人绝不。因为能背数十代家谱,再远的人,从没见过面的人,问个路搭上腔,做个买卖搭上腔,三两句话一说,彼此就说成了亲戚。比如我去西洛村那天,吉布鹰升和我一起,我们去看一户人家,也就是曾提到过的"土豆妹妹"家,其时孩子快放学,当奶奶的站在集市上方的路口,迎风望着学校的方向。我们过去打了招呼,吉布鹰升和她用彝语攀谈,没谈半分钟,吉布鹰升就高兴地告诉我,他们是亲戚。我敢肯定,此前他从没到过这个地方,要不是陪我并帮忙翻译,大概一辈子也不会来这地方,可家谱书写的那条血统的暗河,让他们依然联系着,一有机会,就欢喜相认。

至于更深沉的原因,我也曾给你提过。因迁徙和经济力量的起伏,又因朝廷有意无意地放弃,致土司势衰,黑彝崛起。明清时代,尚能笼络黑彝中的"硬嘟嘟"[1],封为土司土目。你要是看过《奢香夫人》这部剧,剧中就把奢香夫人称为奢香土目——奢香是嫁给水西土司霭翠的,霭翠死后,她怎么就成了土目?我没研究过那段历史,手里又无资料,那部剧我印象中也只看过两三集,因此说不清。你方便的话,可查查看,也帮我纠错。朝廷封了土目,让土目维系彝人,不做反叛杀掠。这已是权宜之计,当黑彝纷纷自封土目,土司制度便进一步瓦解,一路瓦解到最后,谁做土司,谁就可能被黑彝杀害。

马海里根说,他舅公在布拖做土司,就被黑彝杀了。舅公死后,让他舅舅去接章,即接任土司(应该不是读了17年大学的安学发,而是另一个舅舅),舅舅不敢去,跑到了金阳。当时金阳县成了凉山土司的避难所,短时间内,竟会聚十八家(这也见出土司的泛滥)。因金阳县的东、南两面,渡江(金沙江)即是云南,据说云贵土司还保持强势,他们打算一旦遭黑彝追杀,就朝那边跑。马海里根说他舅舅起卧行坐,都手不离镜,人言他女兮兮的,且比女人还女人,只有他自己清楚,他不是持镜照脸,是照后面有没有人袭击。这样有名无实地当了两三年土司,解放军来了,他才如释重负,立即起义投诚,做了布拖县第一任县长。

政权分解,便各自为政。家支就是被分解出的小政权,是凉山奴隶社会最有规模和凝聚力的组织。林耀华在《凉山彝族今昔》里,对希腊罗马奴隶制与凉山彝族奴隶制做过比较,认为希腊罗马奴隶制是在原始公社彻底没落的废墟上建立起来的,农村公社彻底崩溃,农业和手工业分工明确,奴隶制商品经济发达,

---

[1] 对黑彝中有权势者的称谓,权势越大,便也越"硬"。

血缘组织完全为地缘组织所代替。而凉山彝族奴隶制则带有较浓厚的原始公社残余，农业和手工业密切结合，商品经济十分委顿。老早以前我就说，彝人或为殷商人的后代，而考古发现，殷商有发达的商业经济，生意最好的时候，连庙宇都会变成市场。"这种盛况，上古唯独殷商，以至于后人会以轻蔑的口气，把跑来跑去做生意的称为'商人'"（易中天《中华史·国家》）。这听上去有些矛盾，其实未必，它恰好说明了彝人进入凉山之后，环境逼迫，与世隔绝，地缘便"倒退"回血缘，以血缘为纽带的家支组织，由此发育得十分强劲，以至于在社会生活中起着支配作用。正所谓"劳动愈不发展，劳动产品的数量、社会的财富愈有限制，社会制度就愈在较大程度上受血族关系的支配"[1]。

这种支配作用，我曾用两个词语来概括：一是护佑，二是笼罩。

我是把"护佑"放在前面的。政权缺失，无甚可靠，唯靠家支。

离了家支，连家里死了老人也办不起丧事。

离了家支，吃不起饭就饿死，穿不起衣就冻死。

离了家支，被人欺负，只能吃哑巴亏。

"少不得的是牛羊，缺不了的是粮食，离不开的是家支。"

"老虎靠嘴巴，猴子靠树林，彝人靠家支。"

——这是彝族谚语。

"我的心弦断了，成了离群的孤雁。"

---

[1] 恩格斯：《家庭、私有制和国家的起源》序言。

——这是印第安人的歌谣,也被彝人用来阐说离开家支的苦楚。

"我才不嫁汉族人。嫁了汉族人啥都不管你,嫁给我们彝族,啥都给你管完。"

——这是一个中学女教师对我说的。

那女子长得漂亮,双腿颀长,眼如秋水,穿得也很时尚,敞开的羽绒大衣里,针织连衣裙外套件提腰开衫,而且皮肤白皙,如果你不知道她是彝族人,你就不会认为她是彝族人。

她这想法非常典型。

由此你就知道,长时间以来,家支把彝人是搂在怀里的。

然而,正是这种无所不在的护佑,形成了笼罩。对彝人最严厉的惩罚,处死之外,就是开除家支。家支内部事务,所有成员须摊派钱物,没钱找亲戚借,今天你借,明天他借,如此借来借去,到最后大多背着债务,经济上永世不得翻身。恋爱婚姻,由家支做主。成员间起了纠纷,谁判了也不算数,由家支头人断决。遇打冤家,家支男人须集体出动,上前拼命,如此等等。当然,最隐秘也最深刻的笼罩,是让彝人对家支产生精神依赖,从而被它控制。

关于打冤家,我多说几句。

前面提到彝族男人让女人干活,自己抄着手,是因为自己"要干大事",这"大事",多数时候是打冤家。在讲到有关彝人的战争时,我说过他们既有对外的防御之战,也有内部的欲望之战。这欲望之战,也是打冤家。

打冤家被认为在彝人文化中有着枢纽的作用。

翻一翻相关书籍和"旧闻",你会发现,彝人的冤家是那样多,远村近寨,所在皆是;祖传的,累代仇杀;新结的,血沃春草;无祖传也无新结,就制造一个冤家。而制造起来是那样简单。也是马海里根讲,某年,有马家人走到乌抛家地界(今庆恒乡一带),渴了,想要碗水喝,乌抛家给了,马家人喝完,说有没得酸菜水?我还想喝碗酸菜水。大概是说话的口气有点生硬,乌抛家听了,就不高兴了,双方吵起来,然后打冤家,漫山遍野,杀声动地,最终各自抬回若干具尸体。

一旦成为冤家,对方就不许入境,偶入或误入,不遭毒杀即为俘虏,每当有这类事情发生,新一轮打冤家又开始了。通常认为,这是彝人培养勇武精神的自然选择,而事实上,其中并不缺乏"政治选择",它是让成员知道,离了家支,你就只有被打死的命。以此强化对家支成员的精神扼控。

但我称它为欲望之战,是因为,对冤家的每次出击,都要抢粮食,抢牲畜,抢娃子。我觉得,抢,是他们最根本的动力。

据林耀华《凉山彝家》载,打冤家时,黑彝妇女有时会盛装出场,立于两方阵中,以此劝告停战。这是因为,此一方可能是夫族,彼一方可能是母族。这种情况是常常会有的。昭觉县妇联副主席杨长秀说:"以前我们彝族相互住得比较远,太远的话开亲很麻烦,又不像现在通信发达,所以都是在一区域里面,家族之间通婚。"贾莉说:"1960年代以前,彝族大部分是近亲结婚。"所以打冤家的时候,女人就很可能陷入两面皆亲的痛苦境地。

对此,阿皮几体做过深刻的思考。他说,我们彝族自称把母亲看得最伟大,可我们去打母亲的父亲或兄弟,去打母亲的丈夫或儿子,从不去想母亲心里撕裂般的痛苦;我们对母亲的赞美也好，敬爱也好，其实都只是挂在嘴上，只是费几滴唾沫的价值……

对阵双方见妇女出场，依例应当罢兵，但箭在弦上，坚欲一战者不在少数；若此，妇女则脱裙裸舞，羞辱自杀。闹到如此局面，"更加牵动亲属族支，扩大冤家的范围，争斗或至不可收拾的地步"。

枪支进入凉山之前，打冤家是用弓箭、皮甲、长刀、石弹等，双方都全副武装，头挽"英雄髻"，身披饰金缎，连马匹也配上金鞍银镫，以显富强，威压敌人。自枪支输入，百步之外即可射杀，夸饰打扮的习俗便再无必要，只躲于暗处开火。而希望劝和的妇女立于阵中的举动，也变得不可能。这也可视为新生事物带来的改变。

枪支的输入起于民国。民国初年，杨春芳驻兵雷波时，即卖枪支给彝人，得利甚厚。此后枪械不断流入凉山，到中华人民共和国成立前，凉山户平拥枪一支，甚至不止这数。

凉山的贫困，我说了很多原因，常年打冤家，耗资，死人，从而不能积累财富，也是重要原因；当彝人开始买枪，投资更大，以枪击杀的损失也更大。所以，凉山之贫困，绝不只是凉山人自己的问题。民国年间除了卖枪给彝人，汉地毒贩还不顾性命，往返彝族聚居区，购买鸦片，众多黑彝尝到甜头，大面积择沃土、废庄稼、植罂粟。罂粟耗地力，农产减少的同时，土地变得越发贫瘠。同时，黑彝从中发横财，越发强势独立，不服管束；却也因此，加上鸦片之害，为主流社会所不容，使本就边缘化的凉山，变得更加边缘。

二、公正的定义

家支的强劲生命力，我说过，既来自护佑也来自笼罩，护佑和笼罩如此水乳交融，是人性决定的，在此不讨论。

我想说的是，中华人民共和国成立后，家支并没解体，打冤家也没消停。据《凉山彝族自治州概况》载，1950—1954年，政府工作团在凉山调解了一万多起家支纠纷。1952年8—11月，昭觉、普格、布拖、美姑等地，发生了十六次较大规模的冤家械斗，其中一次，双方动员七千余人，战斗持续五天五夜，"死伤极为惨重"。到1983年，昭觉县80%以上的民事纠纷由家支决断。也正是那段时间，土地下户，劳动者变成散落的个体，基层组织一度涣散，有些村子的公章，竟是用根绳子吊在村委会的窗子外面，谁需要自己去盖。于是，被打压下去的家支，又借此迅速抬头。1991年1—10月，单美姑一县，就发生打冤家恶性案件十九起，造成经济损失五万余元。那时候的五万余元，实在是个大数目，在凉山，甚至称得上天文数字。紧跟着，有人跳出来清理旧账：某局副局长，年轻时任工作队队长，曾组织群众追捕叛乱在逃的黑彝奴隶主，该奴隶主拒捕，被当场击毙，三十多年过去，那黑彝家支找到已退休在家的副局长，索要偿命金。副局长没有报案，以一条黑彝命值四条白彝命的价格支付了。他之所以不报案，是他深知，报案将遇到更大麻烦，因此宁愿花钱，为子孙后代买太平。

到而今，表面上，家支已偃旗息鼓，内部却依然活跃。至今天上午为止，我问过四十一个男女青年，都表示，自己的婚姻须家支做主，像那位女教师是自觉自愿，但也有人不情不愿。出现家支内斗，由家支头人判决，即使闹上法庭，也是判两次，一次由法院判，一次由家支判，若非坐牢杀头的大案，法院判的就靠边站，以家支判定为准。他们明确说，宁愿违背国家法律，甚至宁愿被枪毙，也不违背家支。家支牵涉到祖祖辈辈几千年，违背了家支，被家支开除，亲戚不认你，朋友不认你，生活区域里人人看不起你，你和你的子孙后代都抬不起头。而触犯国家法律，即便死了，也只死我一个。

这是观念，也是习俗，在他们那里，习俗大于法律。

家支的操控力如此强大，基层干部的选举就可想见了。

有人告诉我，他上初中就入党了。我说你那时还没成年，咋就入党了呢？他说他叔叔在那边是家支头人，也是村干部，叔叔很喜欢他，想让他早些接班，也就提前让他入了党。要不是因为他考学出来，进了县城，早就是村支书了。

我到过的村子，几乎都有这种反映。谁的家支人多，谁就当干部，这是必然的，投票选举，弱势家支怎么也玩不过。即便弱势家支出了个能人，被上级看中，非让他当干部，勒令重选，可选一万次，还是以前那人。退一步讲，就算弱势家支的人当上了，工作中也如行沼泽，最终只得让"贤"。

让大家支人做干部，有其合理性，人多嘛，理论上也就代表多数人的利益，可他们通常只为自己家支捞好处，比如评低保，给贫困户指标。如果100个人，当99人是同一个利益集团，你作为干部，也作为那个集团中的一员，你只为那99人谋福利，看上去是为多数，且是绝大多数，却与公正毫无关系。公正的核心内涵，是摒弃私心。2009年，联合国把每年的2月20日定为社会公正日,其宗旨,除消除贫困、实现男女平等外,特别强调:为"每个人"争取社会公正,是促进发展和人的尊严这一使命的核心所在。

公正既属道德范畴,同时也如丹尼尔·笛福所言,"是施政的目的",选出来的人不公正,目的就无法实现。由此可见,民主并不等同于选举,选举只是实现民主的一种形式;而民主的本质不是形式,是公正。

没有公正,当选者照样不能代表民众。

举个例子:

毕艳和郭红霞,深更半夜还在采集信息,全村225户,每户不漏,以求最大限度地将贫困户识别精准,但她们把意见提交上去,当场就被有些干部否决了。理由是"不公正"。但一个显然的事实在于,要从公正的角度推进这项工作,驻村干部是最合适人选,他们不跟谁是亲戚,态度认真,又无偏袒,一把尺子量过去,线上线下,清清楚楚。要不是乡人大主任沙露,毕艳她们的辛苦就白费了。作为当地人,又作为彝族人,沙露心里明白:你们不同意,无非是自己家支的人没都被纳进来。他不管这套,符合的,不是你家支的也符合;不符合的,是你家支的也不符合。在沙露看来,当地干部轻易否定驻村干部,驻村干部的劳动和智慧,在彝族聚居区就发挥不了作用,彝族聚居区的精神贫困,就永远也解决不了。

日哈乡就坚决撤换了一位村支书。那支书是觉呷村的,不是三天打鱼两天晒网,而是一天打鱼二十九天晒网。前面说过,该村由绵阳涪城区对口援建,涪城区投入很大,村里却不见起色,乡上给支书传达事情,到他这里也就到头,其他干部听不到声音。驻村工作队去协助，他也不配合。可牵涉到自己家支的利益，他又动如脱兔。这是典型的家支头人作风。乡上贯彻党中央国务院"坚决撤换不胜任、不合格、不尽职的村党组织书记"指示，把那位村支书撤下了，让刚从西昌学院毕业、渴望回村做事的一个年轻人接任。那年轻人名叫阿皮说布，有文化，有热情，又尽力，在乡领导和工作队的帮助下，一个月就把工作拿上了手。

这也正好符合了培养后备人才的需要。我最开始提出的问题，也就是帮扶干部离开之后怎么办的问题，他们早就在思考了。"要留下一支带不走的队伍。"这是上级的要求，也是帮扶干部的使命。除完善村级妇联，还在以前民兵的基础上，组织青年先锋队，先锋队成员不一定常年在家，他们逢年过节打工回来，给村民做点事情，也就起到了作用。对村社干部，一方面利用老干部的威望，发挥他们的余热；另一方面大力提拔有文化、有理想的年轻人，鼓励大学生返乡创业，培养他们入党，建立梯队，让其慢慢接班。帮扶干部都清楚地认识到，不把后备人才安排好，自己干得再出色，都不算完成任务。"以后国家不可能派这么多驻村干部，所以要靠他们自己。现在是我们带着他们干，我们走了，他们就能接着干，一代一代干下去。脱贫攻坚是要人干的，乡村振兴也是要人干的，没有人，脱不了贫，也振兴不了。"他们说的"人"，是指干部人才。

如觉呷村老支书的那种家支头人，会对培养和任用基层新型干部形成一定阻力，但他们越来越得不到老百姓的支持。老百姓在比较当中，发现离了他们，不仅天没有垮塌，还变得更加高远晴朗，就会自然而然地做出选择。

但我们要充分理解的是，家支头人的利益权衡，不是心血来潮，而是千百年来多种因素纠结形成的准则和观念。中华人民共和国成立之初，考虑到民族地区的特殊性，并没将奴隶主一律打倒，而是利用彝族上层人士在民众中的影响，争取他们合作建政。当时他们心怀戒备，以为是像国民党将军邓秀廷那样，名义上请他们去县府做委员，实则是去做人质，就把被开除家支的人支吾去充数。后来发现，不仅不是做人质，待遇还相当好，又提出撤换，其中一个头人，竟要求换他年仅十二岁的儿子去①。这样的事，在你我听来是笑话，而在他们，却是天经地义的，就像刚上初中（也只有十二三岁）就批其入党，以便提早接班一样天经地义。

这时候，再去回想一下那位彝族朋友说彝族领导不管彝族百姓的话，包括阿尔拉莫的话，也包括蒋明清的话，或许就又多了一层认识。

三、"我们是亲戚"

我比较好奇的是，当下的中国是一个移动的中国，异地搬迁还不算，关键是出门打工的，天南地北，一年才回来一次是常事，有的数年不归，还有极少数，干脆在外地定居下来，家支还有意义吗？不就自动解体了吗？

对此，龙沟乡党委书记马比伍哈告诉我：非但没解体，还更加紧密了。

---

① 参见林耀华《三上凉山》。

164

这是手机带来的。而今的凉山民众，家家都有手机，如果需要，也可以个个都有手机。以前要联系家支成员，需走老远的路，一天半天，甚至三天五日，还不能把信带到，现在么，一个电话、一条短信或微信，几秒钟就能联系上。

我这才更加懂得了凉山家支是以血缘为纽带，而非地缘。

新技术带来的生活改变，是立竿见影的。新技术可以引向积极面，比如老板萨龙说，他1990年代曾有个预言，说再过十多二十年，彝语就会消失。谁知网络普及后，有人开了彝语网站，还有人拍了彝语视频，将《勒俄特依》《玛牧特依》等经典在视频上朗诵，结果彝语不仅没消失，研究彝语和学习彝语的还更多了，分布也更广了。新技术也可引向消极面，比如枪支进入凉山，凉山的传统社会首先想到的不是调整自己，而是迅速与家支制度勾结，成为奴隶主掳掠人口、镇压娃子、打击冤家的利器，给凉山内外带来灾难性后果。

但不管积极面还是消极面，新技术带来的生活变化都能一眼见到。

然而，它所赋予的观念更新，却需要十足的耐心。

其实，凉山人并不缺乏对新生事物的好奇。尽管电影初入凉山时，民众看见银幕上的人一闪而过，以为是鬼，十分恐怖，不得已，放映队只好把场子拉到村外去；照相和做体质测量，又觉得相机和测量仪都是摄魂的怪物。但过后，银幕上的"鬼"并没出来害人，照张相也没魂去身死，好奇心就火苗一样蹿。当第一台挖挖机进入支尔莫乡时，乡民见那家伙伸出长手臂，低吼着缓缓前行，遇小河沟，先用钩子把前面抓住，屁股掉过来，自己就过去了；若有石头挡路，或者并没挡路，只是不喜欢那块石头，一耳光就把它拍下沟去！这等神物，远近传颂，四方来观，它走，他们走；它停，他们停，这样从早看到晚。甚至有人背上炒面，去守住了看，看几天几夜才回。

可深究起来，这到底只是旁观者的好奇，不能切入自身的习俗体系，否则就引起抗拒。家支可谓凉山彝人最深沉的"习俗"，以至于形成制度。家支成员之间的相互支撑，让他们度过了漫长而艰难的岁月，却也因为彼此的高度依赖，让他们觉得，财产除了供自己吃穿，就是帮助亲戚，致使私有经济和商品观念始终得不到发育。当然这不只是家支制度一手造成，小农经济本身就强调"民以食为天"，因而"轻商而不从之"。范文澜在《中国通史简编》里说，刘邦即帝后，令商贾不得着丝织衣服，不得携兵器自卫，不得乘车骑马，不得仕官为吏，不得购买土地，买饥民子女为奴婢需无偿释免，算赋比常人加倍。商人的地位，可谓低到了尘埃里。然而，那毕竟是两千多年前的事了。尽管在整个封建时期，轻商是主流，但商品经济的潜滋暗长，从未断绝。而在凉山，小农经济加山地文化，再来一个家支制度，商品经济连发育的机会也不给。

几年之前的凉山民众，都觉得做买卖是丢脸的，现在虽有长足进步，却还是有不光彩的感觉。理由是：你既然有多出来的东西，为啥不给亲友而要卖掉？你因此被指责。不得已去卖只鸡，也是把那鸡裹在擦尔瓦里，从上街走到下街，又从下街走到上街，始终不敢亮出来，更不敢叫卖，最终是趁着暮色，把鸡又抱回了家。要破除家支的消极影响，培育商品观念是极为重要的环节，因为，商道上即使亲兄弟，也要明算账，商道上无家支可言。

我讲个事情给你听。

支尔莫乡悬崖村底下有条河，我在地图上没查到它的名字，问人，这个说叫这，那个说叫那，看来它本来就没名字。昭觉有名有姓的河流主要有四条：昭觉河、三湾河、西罗河、溜筒河，均由西北向东南注入金沙江。昭觉河是县境内流域最长、水资源最丰富的河流。三湾河是昭觉河的主要支流，因在四开乡连转三个大弯而得名。西罗河发源于县境西部，在昭觉仅为上游，称地坡日莫河。溜筒河发源于美姑，是昭觉、美姑和雷波三县的界河，美姑大桥上游称美姑河，下游称溜筒河。但昭觉人并不这样分，他们既把它叫美姑河，也把它叫溜筒河。我所说的那条无名河，当是溜筒河的支流，但昭觉人同样把它叫成溜筒河或美姑河。我前面介绍悬崖村时，说它在美姑河右岸，就是这样来的。

现在我要说的是，支尔莫乡境内的河流上，修了个电站，叫苏巴姑电站，该电站据说有亚洲第一、世界第二的落差，也如三峡，是高峡出平湖，只是水量不大，发电量小。不过，这些在这个故事里都可略过，关键处在于，当修电站的风声传来，与支尔莫乡接壤的雷波县莫红乡人就行动起来了。雷波虽同属凉山东五县，但如前所述，彝汉杂处，年时已久，加上靠近宜宾，和宜宾是同一个经济圈，因此想事做事，已与昭觉、布拖等，大不相同。

修苏巴姑电站，所占土地集中在支尔莫乡的悬崖村和来洛村，又主要集中在悬崖村，来洛村是进水口，明管道、暗管道都在悬崖村。对雷波县莫红乡的彝人来说，这消息太重要了，重要到刻不容缓。悬崖村人赶集，都是去莫红乡，那是离他们最近的集市。每到赶集日子，平时不跟他们打交道的莫红乡人，突然变得亲近起来，站住了打招呼、说话，没说上两句，呀，我们是亲戚！于是拉亲戚进馆子，吃羊肉，喝酒，几两白酒或几瓶啤酒灌下去，就说：我最近想做点子啥事情，就差地，你那里有片荒山给我行不行？这证明他们已经调查过。悬崖村的"亲戚"一听，不是亲戚么，亲戚要，咋能说行不行？当然行！何况还喝了人家的酒。再说确实大多是荒山，庄稼种不出来，连柴火也不大长。对方欢喜得心子乱蹦，却不露到脸上来，郑重其事地说：我们还是写个协议。这边嘿一声：这有啥子嘛，你拿去用就是，写啥子协议嘛！对方说：虽然没得啥子，还是写个协议好，签不签字都无所谓，按个手印就行了。言毕把早就准备好的协议摸出来，印泥也摸出来。这边觉得，为一座荒山搞成这样，自己这亲戚当得很没脸面，但既然啥都摆在面前了，那就按个手印吧。于是就按了。

结果要修电站，要占土地，要赔偿。

所占土地，就是按了手印给了"亲戚"的荒山。

赔偿少的几千，多的几万。

然而，这钱，都被雷波人领走了。

字是原主签的，因为户头是他们，负责电站修建的中水七局需户头签字。

签了字，领了钱，转手就交给"亲戚"。

因为跟"亲戚"有协议，而且"亲戚"就等在旁边。

到这时候，他们才知道，那几两白酒、几瓶啤酒，是比黄连还苦的苦水。

有的不愿去签字，反正得不成钱。而工程要抢进度，你挨着不签咋行？于是被逮住后领，拎住肩膀，推到桌前。字不签可以,就像在那协议上一样,按个手印就行。不愿按也没关系,被人押着,手抓过去就按了。

字签了,手印按了,钱也给别人了,却心里不服,就嚷闹起来。

四、洗澡

那时候,在支尔莫乡做乡党委书记的,是阿皮几体。

这个"猴子书记",那些天更加频繁地在藤蔓搭成的天梯上穿梭。

其实他开始就觉得奇怪,封库之前,核查占地,村里咋来了那么多雷波人?他们吵吵闹闹,很激动的样子,相反昭觉人、悬崖村人,人少不说,还个个蔫头耷脸。"为啥子我们的土地,却是外头的人来关心?为啥子我们的人只是走来走去,指着核查人脑壳说话的,却都是雷波莫红乡人?"

原来是那么回事。

悬崖村人想不通。除了因为自己的地、别人得钱(而且分明是笔巨款),还要担惊受怕:施工的时候,放一炮,满山抖,人得出屋避险,有些人不方便出来,或者不愿意出来,乡上和村上的干部,就去把他们架出来、抬出来。

他们找到阿皮几体,要书记帮他们把跟雷波人的协议推翻,把钱要回来。

而阿皮几体只觉得悲哀。

仅仅隔一条河……这不能怪人家狡猾,只能怪自己原始。你在讲亲戚,讲家支,而人家,早就迈过那一步了。幸好还知道人民币现实，还晓得后悔，不然更没希望。他对乡亲们说："你们跟人家手印都按了，手印是有法律效力的，有法律在那里管起的，这事就过去了。你们现在是要好生想想，都是爹妈生的，都是一模一样的人，为啥子就比人家差恁远！你们替人家数了钱，心肠好的，又给你们打了几斤酒，你们喝过那酒没得？喝起来是个啥子滋味儿？"

又说："本来是我们的土地，凭啥子给人家？这笔钱不外流，对我们的地方经济会拉动很大，可是白白给出去了。我们这地方，钱不好找，你们住在悬崖上，背一背篼青椒下去卖，卖不掉又不可能背回来，背回来难不说，搁几天还坏了，就只能等着人家杀价。你背个猪儿去卖，还只能背小猪儿，大了背不下去，宰杀了背下去，人家又怀疑你那是瘟猪。这么难，还不长脑壳！"

此后几年，每逢下乡，每逢开会，阿皮几体都要讲起这件事情。

正如后来的帮扶干部徐振宇一样，阿皮几体认识到，老百姓思想僵化，是因为见得少。在家里见到的就是家，走出家门才能看到世界。这方面他自己有过体会。六年前，州上安排一批乡干部去潍坊党校学习，一路上，他发现西昌人走路比昭觉人快，成都人比西昌人快，到了山东，又发现山东人比四川人快；学习期间，学校组织去青岛参观，是个周末，可五四广场上只有三个拄拐杖的老人，他就问当地导游：这么漂亮的公园，为啥没人呢？导游噢一声："哪像你们成都人？成都人就是喝茶嘛、打麻将嘛，我们是做生意的嘛。"还以为他是成都人呢，如果知道他是大凉山人，不晓得还会说啥！

这给了他很大的触动。

底下的百姓，见得就更少，更看不到外界的生活。因为看不到，就把自己的幸福观建立在很原始很低级的基础上，只知道邻比邻，户比户，你没鞋子穿，我能蹬双半截鞋，我就比你幸福。这样的幸福观，根本不可能激发什么内生动力，外界怎样在抢时间，抢速度，抢进步，与他们没有任何关系。

所以必须让他们见识。

首先是让村干部见识。阿皮几体带村干部在县城吃炒肉，就在那期间。又把他们带到雷波，看雷波人怎样生活，怎样种植。雷波的脐橙全国有名，一亩能赚七八万，支尔莫乡和那边山连山，水连水，都是一个地域，却怎么也种不好，他就让他们去学，也请雷波人过来教（正好的是，村民莫色瓦哈娶了个雷波县上田坝的媳妇，顺便把技术也"娶"过来了）。他对干部们说：你们不是只听党的话就行，你们要带领村民致富，让村民过上好日子，才算是真正听了党的话。他还把村干部带到本县的竹核乡。竹核交通便利，又靠近县城，意识不一样，平时也讲亲戚，讲家支，可亲戚讲完，家支讲完，该谈生意的时候，马上一是一，二是二。不像支尔莫只讲家支。竹核有很多温泉，他让干部们都下去洗个澡，这些人平时脸都难得洗，别说洗澡，当着众人脱衣服，更是羞愧难当。他说，脱衣服也是思想解放，你思想不解放，就不敢下池子。干部们最终都"解放"了，而且真的变得不一样。当再带他们去西昌看过，就更不一样。

阿皮几体又把村寨里的年轻人带到成都，带到天友公司参观（大平台上的集装箱酒店，就是天友公司建的）。同时，他鼓励年轻人出门打工。打工不仅能把白花花的钱挣回来，还能带回外

171

界的气息，帮助本地移风易俗。

可以说，不论物质脱贫还是思想脱贫，打工都是最便捷有效的途径。不止凉山，不止昭觉，全国各地的脱贫攻坚，基本都遵循着这条路子。其中的利弊，很早以前我就对你说起过，就不再多说了。

刚开始精准扶贫的时候，全国选了五个点作为典型打造，悬崖村被选上了。中央电视台一二十人，在那里住了将近半年，阿皮几体利用这机会，让老百姓见识电视是怎样"做"出来的。他还主动请记者去。从新闻报道的角度，昭觉被宣传得最多的，就是支尔莫乡。也请摄影家和作家去，这些人去了，阿皮几体没别的要求，只要求他们给老百姓讲讲山外的事情，让老百姓看看他们用的电脑，看看他们自然的生活状态。他把每一个细节都当成錾子，往固化的脑筋里戳。

"猴子书记"的良苦用心，老百姓看在眼里，内心里感念他，当他被调到县扶贫开发局，乡里人追到县上，问为啥子把我们的阿皮书记弄走了。别人解释不通，子克拉格便对阿皮几体说："你自己的老乡，你自己去做工作。"

每当阿皮几体回到乡上，只要正当时令，老百姓都给他做苞谷粑吃，煮四季豆饭吃，他们知道这是阿皮书记最爱吃的食物。若有别的领导同行，做四季豆饭显得怠慢，也会单独给阿皮几体做一碗。

我和阿皮几体去支尔莫乡时，老百姓干着活，也停下来，走过来，无论男女，无论老少，都带着孩子般的羞涩，问书记几时回来的，要住多久，并请他去家里吃饭。阿皮几体一一回答了，说没时间去你家了，他们又去干活。

"老乡真的变了,"阿皮几体对我说,"我刚到乡上时,去县城开个会回来,他们就全围过来了,人围过来,狗也围过来,鸡也围过来,听我说县城的事。说完了他们也不散,又摆龙门阵,摆一天半天。没事做嘛。有事也不想做。现在你看,都晓得忙活路了。再看他们走路,脚下乒乒乓乓的,即使在钢梯上也走得飞快。以前是走几步,停下来,又走几步,又停下来。停下来不说,还坐下来。"

沉思片刻,阿皮几体说:"以前是悲哀地坐起,现在是快乐地奔忙。"

不仅知道忙自己的活,也有了超越家支的集体意识。

悬崖村第一书记帕查有格说,钢梯没请外面人修,是他们自己干,请人太花钱,钢管要一根一根往上背,背一趟两百多块,村上承受不起,只能自己干。开始大家确实也不愿意,但帕查有格对老百姓说:这是给我们自己修的,不是给别人修的,天天在路上走的,不是别人,是我们自己。这样做思想工作,他们就想通了。有的钢管六米长,背着上山,稍不注意就很危险,但大家没有怨言,齐心协力,"几个月就干起来了"。

这几天,中央政治局常委、政协主席汪洋到凉山视察,前天到了昭觉。汪洋强调,要深入贯彻落实习近平总书记关于扶贫工作的重要论述,深入贯彻落实中央经济工作会议关于打赢脱贫攻坚战的重要部署,确保全面小康路上一个民族都不掉队。在考察昭觉境内佛山企业参与建设的佛昭产业园和高山夏草莓产业园时,汪洋鼓励企业争当草莓界的华为。对四川脱贫攻坚取得的显著成绩和民族地区发生的深刻变化,汪洋给予了充分肯定,同时指出,凉山州的脱贫攻坚,对全国夺取脱贫攻坚全面胜利有着重要影响,而贫困群众既是脱贫攻坚的对象,更是脱贫致富的主体。无论是现在解决绝对贫困,还是将来解决相对贫困,归根到底都要靠群众自身努力,要树立自力更生、勤劳致富的观念,引导贫困群众依靠自己的双手摘掉穷帽、斩断穷根。为巩固已经取得的成果并取得更大成果,汪洋要求,要持之以恒地推进移风易俗,引导群众摒弃陈规陋习,融入现代文明生活[①]。

还有许许多多的工作,等着凉山人和昭觉人去做。

[①] 参见央广网 2019 年 12 月 15 日。

第八章

脸和脸面

一、禁忌

我给你的信件和通过微信发给你的短简，绝大部分都谈两个字：改变。可事实上，我自己却常常像那些远古的祖先，担心黑夜之后没有清晨，冬天之后还是冬天；担心"不增长和不大加速就必然落伍"的观念，将使我们彻底丧失关怀地球的能力；担心资本的强力渗透，逼自然步步后退，使森林消失，大地喑哑；担心技术的贪婪革命对世界面貌的深度调整，最终会导致失控；担心人类的调整引发自然的反调整，可能让数万年凝聚的文明毁于一旦；担心我们所谓的精神贫困，仅指"经济精神"的贫困，却与内在灵魂无关，从而使这样的贫困定义本身就成为一种贫困；担心浮夸风正以变种的方式，侵蚀我们的社会肌理……

内心矛盾的撕扯，时时让我不安。而任何一点细微改变，都会波及我的情绪。比如今天早上7点，我去四楼吃早饭，门却没开，服务员告诉我，还要等五分钟，我并不急这五分钟，但心里就是不舒服，因为自从住进来，我就是7点钟准时去的，他们也准时开了门。这等小事也如此，又怎能轻率地鄙薄人们对千百年来形成的习惯的依赖。我还清晰地记得，前年冬天也像今年，我在外出长差，当我回到成都，走进小区，抬眼看见熟悉的那树山茶花在寒风中盛开，花朵跟往年一样繁密，一样深红，我内心里为它保持了这个"习惯"，充满深沉的感激。

日本学者佐佐木高明写过一本书，叫《照叶树林文化之路》，书名就提出了他的概念：照叶树林文化。青冈栎类、樟树、山茶等，称为照叶树林，居住在照叶树林带诸民族共有的文化要素，称照叶树林文化。凉山的山地文化，与此同"科"。在世界各类地形地貌中，山地维持着多种"关键生态系统"，为一半以上人口提供水和生物资源，也是许多族群文化的发源地和聚集地，承续着人类文明的火种。中国目前，事实上只有西南地区才被视为生物多样性和文化多样性相对繁盛的区域，迷宫般的山峰和幽深的峡谷，"使得这里拥有众多的小生境，承载了种类丰富的动植物。因山地地形和多民族聚居的多样性，这里仍然保留有传统的农业耕作方式和生物文化系统，但这些具有环境友好内涵的山地生产方式正在面临弱化和消失的威胁"[1]。

恶化和消失，成为我们不想遇见却又时时碰面的词语。

那么，我们对这一地区的改变，就有更多值得思考的空间。

当商品观念深入凉山，人们眼里的一草一木，就不具有任何神性——只有"钱"性。支尔莫乡以前是原始森林，随便一棵树，砍下来就锯一大车，现在完全不具备原始森林的形态。索玛花在彝族文化里被赋予沉重内涵，而今被大量挖走。索玛花树不只是人们印象中的灌木，以前，凉山人用锯下的索玛花树做磨

---

[1] 中国科学院农业政策研究中心等学科团队发布的行动研究报告《流动的山地智慧》。

盘，可以想见其直径，现在见不到那样的伟岸大木了，只剩下灌木了。而就是这灌木，也被挖走，带到山外卖钱。阿尔拉莫对此很焦虑，自己花钱雇保安守护。他这一举动，受到了子克拉格的表扬。"我不是为了得表扬才那样做，"阿尔拉莫说，"我是彝族之子，索玛花是我们的族花。"

但很显然，即使是一块礁石，也挡不住洪流。

现代学者在谈及禁忌时，往往带着批判的口吻，因为禁忌总是和原始、野蛮一类词语沾亲带故。比如彝人的禁忌就多如牛毛：订婚、过年杀的猪羊，忌无胆汁或脾脏暗淡翻卷；忌用白毛、棕红色老母猪过年；孕妇忌过桥，忌入他人婚礼，忌正视畸形动植物；婴儿未满月忌见狐臭人；对婴儿忌用胖、重、漂亮等赞词；五谷忌在手中抛玩；白天点火把忌到处走动；屋内忌吹口哨；锄、斧忌放在一起；苞谷粑忌从火塘右侧放入取出；拉羊到堂屋备杀时，羊突然叫者忌食；忌用镰刀割肉而食；忌食搅拌时筷子折断的食物；男子忌食推磨时磨轴折断的面粉；当仇人面忌折断树枝；屋内女子爬梯忌上楼；屋外女子爬梯忌上屋顶；做客忌坐在堆放东西和睡铺的下方和左方；忌饭久煮不熟；忌火塘内火突然熄灭；忌父子房屋大门对开；忌在虎日、牛日、蛇日烧葬死人；忌吊丧者未分得肉食；首次穿黑衣者，忌不请毕摩占卜；忌在房内备马鞍；忌野鸟飞停屋上；忌闻豺狼夜啼……以及前面提到过的忌洗脸洗脚，忌当众放屁，忌言小便、大便、生育之类言辞等等。此类禁忌，将人绳捆索绑，动弹不得，批判和修正，都是必要的。

然而，要是人类没有任何一点禁忌呢？

可以肯定的是，那会更加可怕，会把人类引向真正的野蛮。

177

那么，这是不是意味着，改变是一种错误？

又不是。

毕竟，许多东西确实是落伍了，不仅要改变，而且改变得太晚。更重要的在于，贫穷，不是任何国家、任何地区、任何民族和任何个人的标志，为维护世界的多样性，就让某些区域忍受贫穷，这是不公正的，是人对人的霸权。

二、面子和里子

是的，尽管"日益发达的货币经济就像腐蚀性的酸类一样，渗入农村公社的以自然经济为基础的传统生活方式"[1]，但在凉山，特别是在布拖、昭觉这类地区，货币经济在与家支制度的碰撞中，至今依然处于弱势。

这首先是家支制度的强势，再就是货币经济本身就不发达。

你的话只说对了一半，被家支保护当然是彝人的幸福，但自己能拿出东西奉献给家支，同样是幸福，所以即便有了剩余，也不拿到市场上变钱。而在漫长的岁月里，除极少数奴隶主阶层，缺衣少食是其基本生活面貌，谁都想得到别人的援助，你分明有几个鸡蛋，有一升荞麦，却不援助亲友，而是去卖掉，你就是不义的，是可耻的。久而久之，便形成做生意可耻的观念。

由此衍生，只要是家支成员，到了你家，你就得供吃供喝。

他们把这称为"大方"。

前面说，1950年代初期，电影放映队进凉山，先在村里放，

---

[1] 《马克思恩格斯选集》第四卷，转引自左文华《论古希腊早期僭主政治的历史地位》。

彝人见银幕上的人影子一闪即逝，以为是鬼，深为恐惧，只好搬到村外去放。但村外也没放几天，就撤走了。同去的还有医疗服务队，也撤了。原因是，你在哪里设点，四面八方的人跑来，就在哪里找亲戚。我说过，他们心里有本家谱，找亲戚是那么容易，几句话一搭，亲戚就认上了，认上了就在亲戚家吃喝。本就是根苍蝇腿子，吃喝几天，就空了。这个问题政府不能不考虑。到1980年代，鼓励多种经营，昭觉一基层干部经人动员，贷款在集镇上开了个小饭馆，想以此致富，结果不到一个月就关门大吉，非但没能赚钱，还血本无归——同一家支人来赶集，都到他饭馆里吃，这是不能收钱的，收钱你就是可耻的。家支成员也不会主动给钱，因为给钱是坏店主名誉，不给钱才能保全他的名誉，所以白吃白喝，心安理得[①]。

这种名誉观，显然与内在精神没有任何联系，而是浮到脸上来的。

由此形成面子观。

面子观凡人都有，只是因为传统文化的关系，中国人显得更重些。鲁迅称面子主义是中国人的"精神纲领"（《说"面子"》），林语堂在他的《吾国吾民》里，对面子做过深入探讨，认为统治中国人的"三女神"，是"面子、命运和恩典"。

举个例，我老家有个妇人，每当有熟人在身旁，她就会脖子一梗，侧耳细听，然后说："我要上街，法院的车接我来了。"是她女婿在县法院上班。其实那地界与乡镇隔着三山五岳，公路又还没修到村里来，根本听不见车声，她是以此昭示自己的面

[①] 参见林耀华《三上凉山》。

子：你们的儿子儿媳、女儿女婿，都是农民，而我的女婿是公家人，而且在法院，而且还用法院的车来接我。

曾有些年，某些地方的领导干部回老家上坟，用警车开道，从法律上讲，这是权力滥用，其实他没想那么复杂，他背后的支撑很简单：面子。

可见面子需要突破一种东西，包括规章、制度和法律，突破的东西越大，面子越大。所以我特别同意一种观点：面子是等级社会的产物。

因是等级，就可升而不可降。比如你由科级做到了处级，开会的时候，你的位置就要提前，否则就会丢面子，你坐在熟悉的科级的位置上，就会脸红筋胀。更不能冒犯。比如某团领导的夫人去敦煌，工作人员像对待普通游客一样该检查的检查，她觉得丢了面子，扇工作人员耳光。还比如一群内地游客去香港购物时遭欺诈，投诉时说："我们在内地不是一般老百姓，我们是有身份的人。"在这里，遭欺诈本身已退居次席，冒犯了他们的身份，让他们丢了面子，成了关键所在。

面子还需有见证者，否则构不成面子。见证者十分重要。有人打比方，说如果张艺谋当着李安的面夸章子怡戏演得好，那么章子怡很有面子，如果张艺谋当着一个三轮车夫夸章子怡，章子怡的面子就小多了，仅存一点，也因为是张艺谋夸的；如果不是张艺谋，是某个店小二，章子怡或许也会做出高兴的样子，但面子是完全谈不上了。因此谁夸的（施予者）也十分关键。

归结到一点：面子正如其名，是外在的。

但为了这个外在，不知多少人付出了深重代价。

台湾学者殷海光在他的《中国文化展望》里说："因着彼此

顾全面子，中国过去的文化分子常常轻易地牺牲了实际利益，甚至于牺牲了对是非真假的追求。"

我这里不谈文化分子，也不谈是非真假，只说实际利益。

具体地说，是彝人的"实际利益"。

中国人的面子观重，凉山彝人尤其重。

"彝族人不怕死，怕没面子。"他们自己这样说。

这是因为，他们每个人的面子都不只是自己的面子，还是整个家支的面子；再就是，千百年一路过来，他们发现，除了面子，自己其实再没别的什么。

面子观延续至今，就有了许多古怪举动。徐航对我说，有人借了农信社300块钱，期限到了，不是去还钱，而是请农信社人员到家里来看，诉自己的苦，说暂时还不出来，然后请人家吃饭，杀头小猪，或杀只羊子。肉吃了，酒喝了，农信社说，钱不还是不行的啊，这是国家的钱，但是你有困难，可以缓一缓。就为这个"可以缓一缓"，他那面子顿时大放光芒，到处去对人说："农信社的钱我可以不马上还了。"他的小猪，他的羊子，他的酒，花了根本不止300块，但由于可以晚点还，就觉得面子大得不得了，就可以把牛皮吹上天。"在有市场历史的地区这是个笑话，"徐航说，"但在昭觉就是事实，司空见惯。"

三、打牛和打鬼

当然不只是昭觉的问题。比如喜德县的欧学芝说，有人婚丧嫁娶，把百元钞挂在绳子上或粘在树枝上，牵着那绳子，扛着那树枝，一路游街。有的干脆把钱粘在身上游街。吉洛哈古说，为显示自己女儿"叫了个好价",看哪里熟人多,就故意挨过去,以很不在意的口气说:"我亲家昨天晚上又给我送了60万来。"其实他亲家很可能只是来借个东西,喝了他几杯酒,还可能根本就没来。

欧学芝说的事,我并没在昭觉看到。我进昭觉第一天,就见到娶亲(或是送亲)队伍,三四十个女人,都穿了盛装,打着甩手,面带微笑,沿公路朝一个方向走。那情景是很动人的。不过我是坐在车上,一晃而过,至于有没有我没看见的部分,就不清楚了。但清楚的是:都收高额彩礼。

彩礼的事我前面已经说过。除高额彩礼,还薄养厚葬。这在大凉山彝族聚居区十分严重,严重到不只是一夜返贫,而是让子子孙孙背债,是压在他们身上的大山。凉山凉山,走不完的路,爬不完的山,这绝不只是对自然的描述。

比如解放乡火普村村民马拉友惹,母亲去世后,计划杀二十头牛,而他自己有多少牛呢?一头也没有。由此可以推断,办个丧事杀十多二十头牛,实在算少的。我曾说,水西土司祭祖也好,像吴三桂认为的那样谋反也好,彝经记载的有句话是,"打牛遍地红",虽无具体数目,却可以想见。当然他是土司,一般人不能跟他比,然而杀八十头牛是否也足够让人惊心动魄?还有杀百头牛的。我没见过那场景,只见过照片,死牛摆了一坝。彝人不喜说杀,说打,打牛、打猪、打鸡,牛用重槌击死,鸡用手掐,让其闭气而死。看来用刀杀鸡,是近些年才兴起。他们的万物有灵观,到这时候就不灵了,牛也好,鸡也好,都不再是应该尊重的生命,而只是成为对自己的某种证明。这些我不多言,单说那种"打法",休说贫困户,就是中产者,也承受不起。

厚葬,其实也是挣面子。

薄养不怕丢面子,怕不厚葬丢面子。

但他们振振有词,比如马拉友惹就说:"母亲养我那么久,未必我不该打二十头牛吗?"仿佛是为母亲着想,是表现自己的孝心。

除了"打牛",还花巨款放烟花。有天夜里,我从洒拉地坡乡回县城,见公路右侧几百米外漫天艳丽,同行的马海里根告诉我,是有人办丧事了。走了很远,再回头看,还是漫天艳丽。戴自弦说,在他那"山陡石头多"的呷姑洛姐村,普通人家办个丧事,也要放掉五六万元的烟花。

当地政府和帮扶干部,费尽心血,让他们增加收入,脱离贫困,可只要结个媳妇,办个丧事,顿时土崩瓦解。而结媳妇,特别是办丧事,是几乎人人都会遇到的事情。

这成为大凉山彝族聚居区移风易俗的重点之一。

戴自弦看问题透彻,又是个直性子,不管对领导,还是对百姓,他说话都一针见血。他对村民说:"人死了,看不到你放的烟花,你放那么多,就是想显富嘛。你富不富,大家一起住了好多辈人,未必不晓得?如果富的话,昭觉就不是全国深度贫困县了,就用不着国家和外地干部来扶贫了。帮我们的那个扬州老板,人家一年挣几个亿,昭觉全县才一亿多点儿,你一个县比一个私人老板的边边儿都不如,你显啥子?显给哪个看?吃饭量肚皮,搭米量家底,有多大的能力办多大的事,像你们这样,死要面子活受罪,永远都还不清债务,永远都只能当穷人!别人来扶你,你一团稀泥,扶一万辈子也扶不上墙,过一万辈子你还是个穷人!不改陋习恶习,出去住宾馆都不让住，你还有啥子面子？"

话要说，制度更要定。昭觉的村村寨寨，都有村规民约，对彩礼和葬礼，都定了花销上限。各村情况不同，数目并不一致，像四开乡，办丧事只能打五头牛，解放乡是四头牛。规定是死的，执行过程中，会根据情形灵活处理。比如克惹伍沙说，你定五头以内，万一他有六姊妹七姊妹，其中五姊妹各打了一头，那没打的，脸就没法搁，因此又松动一下：兄弟姐妹多的，一家只能打一头。可即使这样，执行起来也极其艰难，因为这不是"陋习"或"恶习"那样简单，而是"传统"。因为是"传统"，一些领导和文化人才难以逾越。他们遇到同样的事，也是在比打了多少牛，打了多少羊，花了多少钱出去，谁花得多，谁就脸上有光，就被远近传诵。这种比法，既坚固了"传统"，也形成上行下效。

火普村第一书记马天，来自凉山州广播电视台，2015年至今，和肖晗、张毅等人一样，很快就满五年。尽管家住西昌，但作为彝族人，他对自己同胞有着细微的把握，决心用移风易俗这把钥匙，打开社会文明和群众致富两把锁。因成绩突击，马天获得四川省"优秀第一书记"称号。2018年2月11日，习总书记到昭觉，视察了两个村：三岔河乡的三河村，解放乡的火普村。在村民节列俄阿木家的火塘边，习总书记同村民代表和驻村扶贫工作队员，用拉家常的方式开了个小型座谈会，嘱咐要驱除贫穷愚昧落后的"鬼"[1]。那天马天有幸参加，认识到高额彩礼和薄养厚葬，既是贫穷的"鬼"，也是愚昧落后的

---

[1] 参见中国网2019年8月25日《习近平凉山之行，这5个细节令人感动》。

"鬼";愚昧落后的"鬼",为贫穷的"鬼"保驾护航,撑腰打气,因此必须首先驱除。

马天的办法是:

第一,开大会,讲道理。

第二,开小会,讲道理。小会就是一个一个组地开,一户一户地宣传。

第三,大会小会开一次不行,开两次不行,就开十次八次,每次都讲道理。

第四,党员、8名村干部和村民代表,组成"红白理事会",结对帮扶全村172户、706人,还是讲道理。

第五,请德古,继续讲道理。

这里有个新名词,德古,我以前没给你介绍过。

德古就是调解员。

早在彝族部落时代,德古就有了,他们是聪明、睿智、豁达、公正的化身,与政治地位、经济地位和性别无关,靠的是口碑,是自然形成的,老百姓认谁,谁就成为德古。其主要功能是化解矛盾、平息纠纷,因此在彝人中,德古被称为"和平使者"。先是义务出面,后演化为职业,纠纷平息后享受谢礼。在等级制度十分森严的彝人社会,丰富自己的知识,培育自己的德行和口才,以期成为德古,是许多出身卑微者的人生目标[1]。如果平息的不是普通纠纷,而是一触即发的血腥之争,便立即有了名气,被竞相邀请,成为"大德古"。彝人喜欢用一个"大"字来表达崇敬,厉害的毕摩称大毕摩,厉害的德古称大德古。

---

[1] 参见苏杰兵《德古在彝人生活中的作用》。

马天和村支书吉色次哈，邀请有则阿黑等德古，前去说服村民。有则阿黑表示，他先从自己家支做工作。这正显示了德古的公正性。可有时候，你公正是你的事，你不要公正到我头上来。众多村民表示，父母去世，谁打牛多，谁就是孝子，只打四头牛，枉为人子。说这是祖祖辈辈传下来的规矩，绝不能改。还有人说，人活到最后，连十多二十头牛都得不到吗？马拉友惹直接说："我不听你们的！我要把母亲的丧事风风光光地办，绝对不听！"

马天上门去做工作，可人家说不听就不听，声称有事，甩门就走。这在以热情好客著称的彝人那里，是很重的拒绝，相当于把人撵走。

尴尬是其次的，马天的难处在于，他自己是彝族人，他不按彝族的老规矩来，人家就会戳他脊梁骨。

"戳脊梁骨也得把这事按下来，不然以后的工作就没法做。"

他想到了最后一招。

彝族人不是讲家支吗，不是讲亲戚吗，他就讲亲戚。

这一讲，居然就讲上了。

"说到底，彝族人都是沾亲带故的。"他说。

如果都能背出七八十代祖先，我估计海南人跟北京人也能搞成沾亲带故。

马天把亲戚讲上了。是亲戚就不好撵了，就好说话了。

这样的事克惹伍沙也讲过，四开乡修学校，要征地，他开会讲了很多道理，说我们要从长远着想，不能只考虑眼前，修学校是公益事业，关系到我们的子孙后代。但这些话并没得到支持，抵触情绪很大，都守在地里，不愿让出来。"有个女娃儿拿镰刀来砍我。"克惹伍沙说着，抽了一口冷气。到最后，他跟马天一样，想到了彝族的规矩，讲家支，"讲着讲着，我们是亲戚，她就走了"。

马天跟马拉友惹讲上了亲戚，便也顺利地进了马拉友惹的家。

他向马拉友惹保证："我把钱给你节约下来，但绝对不扫你的脸。"

接着做出更大的保证："不仅不扫你的脸，还把面子给你挣大！"

这才说到命门儿上去了——面子。

既然少花钱还能挣面子，马拉友惹说："那我就高兴了，我听你的。"

四、大规矩和小规矩

我不知道你听出了怎样的意味，反正我是觉得，这当中潜伏着一种危机。依然是与家支制度相关联的危机。如果克惹伍沙和马天不是彝族人呢？如果讲不上亲戚呢？比如与马拉友惹同村的阿子有日，小儿子结婚，花了20多万彩礼，拉马日格嫁女，要收30万彩礼。马天请德古阿勒你呷去做工作，阿勒你呷说，最高只能收8万，这是村规民约定的，大家都按了手印的，拉马日格说："我收8万可以，但差额你给我补齐！"症结依然在那里，并没解开。

但另一个事实是，在祖宗传下来的规矩当中，收受彩礼，办丧事打牛，可以说都只是小规矩；凡事家支头人做主，才能算是大规矩。但现在大规矩都在变了。一些基层干部（往往是家支头人）责怪帮扶干部跟他们抢民心，就是对变化的不满。以前是他说了就算，并且以为这种局面万世不拔，可而今，他说了不一定算，甚至根本不算。对他们而言，这种变化是摇山撼地的。这且不说，觉呷村的那个支书，还直接就被下掉了。问题在于，就像我上次说过的，家支头人的话不算数，或直接被下掉，天没有塌，地没有陷，老百姓的日子没有变坏，而是在变好，这东西是实实在在的。民心所向，已有位移，从老百姓对帮扶干部的"心痛"，表明了对他们的欢迎和信任。

既然大规矩都变了，小规矩更不是铁打的。

再看看其他小规矩，会发现它们本身就摇摇欲坠。

前面说，日哈乡的张军对老百姓讲，不能再像以前，杀头猪一顿就搞得骨头都不剩，早上有头猪，中午一顿吃了，晚上又成了个贫困户。怎么会呢？一头猪怎会一顿就吃光了呢？这是因为彝人有了肉食，是与邻居和家支人分享，别说杀头猪，就是杀头牛，同样是一顿，最多几顿就光了。事实上，许多时候根本就不够分。特布洛乡乡长阿合木呷说，他小的时候，家里杀了牲口，父母都只准许他们吃一小块肉，父亲自己则只喝口汤，别的都分出去。彝人的"大方"，给家支人供吃供喝是一方面，更主要的方面是不独食、重分享。

事实上，供吃供喝不只对家支人，对路客也是。凉山地界人户稀疏，以前能打尖的店子几乎没有，路客渴了、饿了、累了，见到人家就是店子。你是不能拒绝的，也不会拒绝，你难保自己某一天也会出门，也会遭遇同样的事，久了，就形成规矩。"店主"不收钱，但你给礼物他会收。与邻居等分享肉食，也有客观原因，比如没有冰箱，不能保存，我分给你，你就成了我的天然冰箱，以后你家来了客人，你又把肉分给我吃，我又成了你的天然冰箱。

这种习俗，对凉山社会千百年来的运转，起了十分重要的作用，富的杀牛分，普通家庭杀猪杀羊分，穷的杀鸡分，这无形中构成了财富再分配体系。多人告诉我："那时候，只有堡子里来了客人，我们才能吃上肉，才能吃得饱。"

但这习俗背后的精神，却与人趋利避害的本性相抵触。

因为抵触，就会有自我调整。

比如我养了一只羊，如果杀掉，就要与人分享，那我就一直养着，一直不杀，俗称养"万岁羊"。一般分析认为，养"万岁羊"完全是因为彝人商品观念缺乏所致，实际还有内藏的私心：不愿分享。

人言：汉人不吃小猪肉，彝人不吃嫩南瓜。前半句是指汉人养猪，都把猪养大才杀，通常是不杀小猪的，杀小猪非但不划算，小猪肉还带腥味儿。但彝人多杀小猪。子克拉格说，从这件事情看出，说彝族大方是不对的，彝族也是吝啬的民族：既然肉是大家分吃，"我杀头大猪给你几爷子吃，哪晓得你还不还得起我？杀头小猪儿就行了。小猪儿有腥臭，管他的，多吃几次就习惯了"。

不愿分享并非现在才是。林耀华在《凉山彝家》里说，他请的黑彝保头在路上买了酒，让娃子挑着，到某一处，保头让娃子躲在树林里不动，天黑再动，是因为前面有人家，若被看见，酒就完蛋。

不知道你还记不记得，在讨论彝人为什么住在高山上时，县妇联主席贾莉说,以前,越往大山里走,人越多,平坝上反而没人,是为了安全。但我谨慎地加了一句:"这是其中的部分原因。"另一部分原因是什么呢?怕被吃。过火把节也好,赶集也好,平坝总是相对集中的区域,不愿住到那样的区域,是不愿被剐。

"人是经济人,是理性人。"子克拉格说。

他的意思是,完全不必担心彝人被解除了高额彩礼和薄礼厚葬两座大山,又会返回去把那两座山背起来。不会的。他们要算账的。你帮他节约了,他是很高兴的。节约了还为他挣了面子,他更高兴。即使没挣面子,他也会说:我本来准备打多少头牛,打多少只羊,打多少头猪,可是政策不允许。这样说了,面子没丢,面子还在那里。如果准许他打,他准备打二十头牛,现在不让打,他就说成准备打五十头牛,甚至八十头牛,如此,面子不仅没丢,还撑得圆圆的。这确实也是实情。而今很多彝人就是那样做的。口头上,彩礼依然叫价很高,但实际不收那么多。比如叫七十万,可能只收了几万块。因为不收那么多彩礼,彝人选女婿的时候,学会了看女婿的人品、能力和潜力。

子克拉格作为一个有视野和气度的县委书记,对自己民族的局限看得很清,但这是建立在民族自尊心基础上的。比如在谈到彝人分食坨坨肉,谈到动不动就打多少头牛时,他说,有人说那是铺张浪费,现在是,以前不是。以前彝族住在深山老林里,附近没市场,称不到斤斤肉,招待客人只能杀牲,又没冰箱,吃不完,只能分给邻居,这样互助合作就形成了。你只考察一顿,当然是铺张浪费:分明只来了一个客人,就杀一只羊子,甚至杀一头牛;但你考察一年,就发现这家人只杀过一只羊子,只杀过一头牛，却一年四季都在吃肉，而且吃的是新鲜肉，因为别人的也分给他。这是最经济的，是原始集体主义的一种分配方式。有条件的杀牛，没条件的杀小猪，在政府解决不了老百姓吃肉问题的时候，杀牛的是在做慈善，是对国家能力的补充。你不能对做慈善的人说他铺张浪费。当年那些大户人家多杀几头牲口，让大家多吃几顿肉，他损失了物质利益，但收获了面子，大家吃了他的，都很尊重他，路上见了，往旁边让一让，他精神上很享受。人到后来，都要追求精神上的享受。

我特别尊重子克拉格的民族自尊心。没有自尊心的反思也好、批判也好，其实都只是情绪化的表达，许多时候还是冒充的情怀。

但他还是强调："现在就是铺张浪费了。冰箱有了，肉可以保存，而且大家又不缺肉吃，你为啥子还打那么多牛？为啥子还那样干？"

现在那样干的少了。不仅政策不允许，还因为，现在人口流动性大，你给他吃了，他人走了，你是收不回来的，老百姓都明白这点。以前为挣面子，办酒设席的时候，牛贵打牛，羊贵打羊；现在搞餐饮革命，做配菜，搞营养均衡，那样干的也少了。以前把猪养得很肥是面子，现在肉太肥，人家还嫌吃起来伤人。

"少了"的意思是，还有。

因为形成了文化，形成了观念。

所以移风易俗，须久久为功。

五、英雄观

　　常与面子互换着说的是脸，挣面子可说成争脸，丢面子可说成丢脸。但人类学家胡先缙对二者做了区分，认为"面子"更具社会性，"脸"则更注重内在道德修为。也有人说，"脸"反映的是自尊心，"面子"反映的是虚荣心。

　　捞面子需有见证者（旁观者），就是其社会性，没人看到，就无所谓捞面子，也无所谓丢面子。你乱穿马路，随地吐痰，哪怕偷东西，欺负弱小，只要没人发现，也都不丢面子。这是典型的耻感文化。美国学者鲁思·本尼迪克特对此有非常好的论述，她说："耻辱感是对他人批评的一种反应……它要求有旁观者，至少是想象出来的旁观者。"与耻感文化对应的是罪感文化。本尼迪克特说："在一个荣誉意味着无愧于自己心目中的自我形象的民族中，一个人即使在无人知晓自己的不端行为的情况下，也会为罪恶感所烦恼。"（《菊与刀——日本文化的诸模式》）中国是一个耻感文化特别发达的国家。有学者说，儒家文化的基石就是耻感文化，其积极意义，是可以成为强大的约束力，规范人的社会行为。然而，当人的社会性暂时消失，也就是"面子"问题暂时不成为问题的时候，耻感文化的约束力便也暂时解体。

　　这时候，"脸"就该出场了。

　　子克拉格、张军等昭觉本地干部和外地帮扶干部，在脱贫攻坚战役中，做事生怕不能给自己交代，生怕得了上级表扬，自己却看不起自己，他们要的，就不是"面子"，是"脸"。

　　但普遍而言，"面子"的力量大于"脸"。李孝定著《甲骨文字集释》里说，在甲骨文里，"面"就出现了，"面"的意识，在商代就有了，而"脸"最早出现于元朝。单从时间上，就差了三千年左右[1]。

至于面子观何以在彝人社会发展得尤其强盛，除我指出过的原因，还与自卑感有关。彝人骄傲，却也深隐着自卑，这是历史造成的。对自己越怀疑（包括地位和能力），越重面子。面子是对真实价值的遮掩和装饰。前面说，彝人若被开除家支，过得就十分艰难，就具体情形而言，当然难，但还有个难处：没面子。乡村不比城市，城市人群扎堆，恰恰也可被人群淹没，乡村却不行，乡村既是血缘社会，也是地缘社会，祖祖辈辈那样住过来，根根底底别人都知晓，即使像大凉山，翻几条岗子也不见人烟，并不意味着山那边就不知道山这边的事。乡村的狗叫、鸟鸣、风吹，都可传递消息。这并非神秘主义。其实，越是人烟稀疏之地，越没有隐私，人怕孤独，只要有个人说话就好，说什么不计较，为排除孤独，那点儿隐私算啥？碰到人就和盘托出了。你听听同样地广人稀的黄土高原上的民歌，三哥哥四妹妹的那么吼着唱，就明白我说的意思。

据阿皮几体说，在彝人社会，自杀最低等，最没有面子（强迫的除外），因为你没有面对困难的勇气。如果你是自杀的，亲戚来参加你的丧礼，先要将你踢两脚。如果两口子吵了架，一方就自杀了，活着的一方也会将死者踢两脚。但有一种自杀很有面子：你杀了人，然后自杀。你容不下别人，同时也容不下自己，是勇气的象征。对这种自杀者，亲友会风风光光

---

[1] 参见佐斌《中国人的脸与面子》。

地为他操办丧事。

特殊的生存环境,使彝人异常注重勇气。老早我就说过,彝族男人如果三四十岁还活着,特别是到四十五岁还活着,是很没有面子的。那时候战争频仍,既要应付山外的军队,又要打冤家,还要抢娃子,彝人平时是民,战时是兵,打了那么多仗,居然活么大岁数还没死,证明你胆小,你苟活,你是个懦夫。这是面子观,也是英雄观。那时候,彝族的年轻人都等着打仗,乱世才能出英雄,他们想当英雄,不然和平时期,讲关系,论资排辈,混不出来。由此看来,彝人的好战,也并非血统自带,而是生存环境和等级社会合力的结果。

面子还与禁忌相连,比如偷了"不能偷的",你很没面子。

面子一旦丢了,用纸糊一个戴上去,糊得再像,别人也知道是纸糊的。谁也不愿落到这样的下场。正是在这个意义上,显现出面子的积极面。帮扶干部既利用这种积极面,又非常注意照顾彝人的面子。比如他们给你送腊肉来,送萝卜、酸菜、鸡蛋来,如果知道是谁送的,你不收,他就很没面子(徐振宇说,他会没面子到跟你记仇),因此帮扶干部就把百元钞打零,随时揣在身上,换一种场合,换一种方式,把钱付给他。你照价付钱他没面子,因为那是他的人情,但如果你"平白无故"给他钱,他又很有面子。许多村干部强调每个家庭至少养一头母猪,不光是生了小猪能卖钱,还考虑彝人家来了客人,有小猪可杀,不然自己没有,又绷面子,只好去借,借来借去,就永远翻不了身。

在农民夜校上,干部们讲得最多的话题之一,是老人在世的时候,要好好孝敬,老人去世了,就让他们安心走,你大操大办,背一身重债,他们不会安心。同时告诉村民,以前活到三四十岁没面子,那是因为战争;现在没有战争,如果你家老人也只活那岁数,证明你没孝心,没把他们照顾好,是很没面子的。

  这样的新风尚,尽管来得艰难,但也在慢慢形成。2010年以前,老人活到五六十岁就很风光,子女见到亲友就很体面;到而今,如果不是不可抗拒的因素,老人没活到六七十岁就走了,亲友就对你有看法,甚至都不大帮你。如前所述,家支成员不帮你,将你孤立起来,是非常没有面子的事。

第九章

神秘通道

一、命名权

你前几天问毕摩是否与家支同时出现,我没回答你,是想见了毕摩再说。很久以前我就希望拜见毕摩的,昨天终于如愿。这位毕摩名叫阿尔阿合切尔,住在西昌城郊。于是我赶往西昌。阿尔拉莫先等在那里,马海里根后面跟来。

西昌的太阳似乎从没缺席过,这天又是一天丽日,我比在昭觉时减了羽绒外套,还是热。跟阿尔拉莫会面后,从北碧府路上车,二十余分钟后,出城进了个彝家村寨,只见村道纵横,曲曲弯弯,稍不留心就迷路。阿尔拉莫和阿尔阿合切尔毕摩是同家支人,平时也多有交往,但他也迷了路。敲开一家院门,见一家五口躺在院坝里晒太阳,中有一个十七八岁的女子,汉话说得好,我们连声道歉,她微笑着连声应答:"没得啥子,没得啥子。"她穿的是无袖衫,可见气温高到什么程度,也可见西昌地界彝族年轻一代的开化程度。

阿尔阿合切尔毕摩四十来岁光景,高身圆脸,眉目喜善,着短衣宽裤(衣服前胸、前襟、袖口均绣白色花纹,裤子膝头处绣暗红花纹,花纹之上浅蓝色,之下纯黑色),披擦尔瓦,戴英雄髻头饰。清朗的屋子里,横一架铺了红线毯的木床,床铺同样整洁、干净,影墙上挂着法帽、法衣、签筒、经袋、神扇、神铃等法器,法器下撂几口木箱,装着经书。屋子里的摆设,阿尔阿合切尔的衣着和举止,都给人神秘的、沉入时间深处的感觉。但他抽烟,猛然间又回到现实和人间。对汉话,他一句也不会说,一句也听不懂,幸好有两个翻译。

"远古的时候,人类还没产生人类文明的时候,毕摩就有了。"坐下之后,阿尔阿合切尔开言道。那么由此你就知道,毕摩比家支早多了,早到地老天荒去了。阿尔毕摩继续说:"万事万物,都从天到地。但天聋地哑,需要人代天地说话,毕摩被选中,从事这一职业。毕摩从天开始。自从有了天体,就有了毕摩文化的概念。毕摩的法物是天造的,毕摩的经书是神授的。"

这些话听得我悚然一惊。

李高怡所著《凉山彝族毕摩法器初探》里提到,彝经《毕补特依》(祭祖经)里说,在人类的祖先邛部以前,就有57代人做毕摩,"但因不念经书,不摇神铃,不佩杉签筒,不持竹神扇,不戴神斗笠,驱鬼鬼不走,祈福福不至"。邛部以后,毕摩借经书和法器所赋予的法力,"祛病驱鬼,招魂纳福,无所不能"。这里有个词,邛部,又称"邛部川蛮",对于它究竟是什么年代,我请教了一些人,说法不一。大体认为,距今有2000余年,再前推57代,以每代25年计,又是将近1500年,那么毕摩的历史应该有4000年左右。但听阿尔阿合切尔说来,远不止这数,远到只能用"洪荒"来表述。

"彝族首领称子莫,"阿尔阿合切尔接着说,"子莫不同于土司,土司是朝廷封的,只有七八百年历史,子莫是彝族自己的,有千千万万年历史。最早,毕摩是子莫的祭司官,也是自然的记录者。毕摩有清晰的传承家谱。"然后他背诵那些家谱。他的祖上,是凉山地区第一代大毕摩。噼噼啪啪背老半天,把阿尔拉莫和马海里根也弄糊涂了,翻译的速度跟不上了。

被打断之后,阿尔阿合切尔显出失望的神色。看得出来,家谱是他的神秘通道。毕摩是终身制,一代一代传,他从十五岁开始学,早就收徒弟了。可此刻,他被堵在了通道外面。于是端坐于独凳上,话少了,主要是阿尔拉莫在说了。他听不懂阿尔拉莫说的汉话,但眼睛里始终含着迷惑的笑意。

我想看看他的经书。我知道,经书是毕摩最神秘和最神圣的法物,每次参加重大仪式和节日庆典,都要杀只白色或红色公鸡敬奉经书,虔诚膜拜。我心想我这要求是不是过分,但阿尔毕摩非常慷慨,起身去打开箱子,一卷一卷取出来,展开。每看一卷,他并不急于还原,而是搁入旁边的"神桶",大概是等我们走后,再细细放入。经书全用白布包裹。某些图形(每套经书配套一张图),包括彝人寻祖图,直接画在布上,多为树枝模样,也就是我曾说过的"插神枝"。要插了神枝,发了场,才能超度。对我而言,这的确就是天书。阿尔毕摩解释,说做灵魂超度的时候,哪种死法用哪种图,很讲究:这张图是得传染病死的,这张图是得痢疾死的,这张图是得伤寒死的,这张图是家支械斗死的……死得不干净的,祖先不会收,因此要净化过后,才能跟着祖先走。对方是哪种死法,他就带哪种经书去做法事,而且去了就必须做,否则对主人不利,他自己回来也会脑壳痛。此外打雷不能做,地上有蛇不能做。在街上随便做的,不是正经毕摩。

听他解释，我还是当听天书。

阿尔拉莫和马海里根也是。

这东西只有毕摩能懂。

彝族早期，毕摩掌握着全部知识，《夜郎君法规》有明确规定："君令十四条：凡文字书契，经典与书籍，祭经和医书，各支史书等，全归毕摩管。平民和百姓，不得乱收藏。凡是平民中，有书不交者，严惩不宽容。"首先是知识独占，然后是精神笼罩。但我说过，笼罩和护佑密不可分，正如家支制度对家支成员。我们惯常听到的是，毕摩是"干迷信"，但在彝人那里，不是迷信，是信仰。这种信仰根深蒂固。在昭觉（当然不止昭觉），不少地方都以毕摩的名字命名，像李凯所在的力史以等村，力史以等，就是过去一个毕摩的名字。毕摩是彝人的心理医生和精神导师，让他们有皈依感，遇事请毕摩，让他们有安全感。

毕摩的活动，几乎渗透了彝人的全部生活。

新生儿取名，父母取的不算，要毕摩取，毕摩取了名，才算一个真正的人，加上新生儿出生的消息要告知祖先，只有毕摩才能和死者通话。彝人户口簿上的名字，是其社会符号，正名或者说真名，是毕摩取的，严守秘密，唯亲人知道。比如阿尔拉莫问马海里根真名，他虽说了，也说得含混。他们觉得，毕摩的命名是自己的一部分，和牙齿眼睛一样，因此对自己名字的恶意对待，会损害到自己的身体，于是极力隐讳，只在十分庄严的时刻才拿出来用。据说，正是对名字的禁忌，产生了方言，带来彝族语言的混乱和不稳定。不过我觉得，彝族方言的产生，更重要的原因还是家支的各立山头和自我封闭。

——最为庄严的时刻，是死亡。所以彝人死的那天，就不会用户口名，而用毕摩的命名。

彝人死了，还不能算死，要毕摩做了法事，才算真正死去。也就是说，毕摩具有命名权，也具有死亡权。

实际生活中，订婚、结婚、火把节、出猎、播种、祈福、驱鬼……都请毕摩。尽管驱鬼也可请苏尼，但请到毕摩更安心。彝人相信，毕摩的法力更为深厚，苏尼行职前，需毕摩开光，毕摩若行诅咒，苏尼的羊皮鼓一敲就碎，这都证明，苏尼是低于毕摩的。按阿尔拉莫的说法，毕摩是大文化，苏尼是小文化。毕摩自然也高于德古。从某种程度说，他们都是调解员，但德古只调解人世，毕摩却调解人世与鬼神，范围更广不说，关键是毕摩所调解的，很大部分是人类的未知。

彝人同时相信，鬼是真实存在的。事物的命名不是空穴来风，先有了风，才会取名叫风。古人没有飞机的概念，是因为本来就没有飞机。这当然不是彝人才这样看，吕叔湘在《语文常谈》里说，一切名词或概念，都是客观事物的反映，如果世上没有马这种四足兽，人类语言中就不会出现马这样一个名词。最奇的是王增永所著《华夏文化源流考》，其中说：农耕社会之前的实词，神名里有尸、巫、黄、鬼。特别要提请注意的是，他说的是"实词"。

二、信仰与迷信

如果你感兴趣，可听听毕摩念经，网上就可以听。我就是从网上听的，尽管一句也不懂，却动人魂魄。源于心灵和自然深处的东西，其实并不需要词句。我请阿尔阿合切尔毕摩念段经文，但他说，毕摩的经文不能随便念，否则危害听者，听者会腹痛不止，满地打滚，甚至因此毙命。既然严重至此，我哪还敢强求。

我只是请人译了一段。

彝人平安节祈福，不是要烧块石头丢进水里嘛，当听见石头进水的响声，毕摩便开口：所有的不干净，都清洗过了，索玛索玛。桑树、松树，都洗过了，索玛索玛。祖先做的对不起天，对不起地，对不起人的事情，都抛弃了，索玛索玛。祖先的灵都请到屋里来了，所有正义的、和谐的，都请进来了，索玛索玛。你要保护主人，保护所有得到祝福的人，索玛索玛。所有的牲畜你要保护，所有的庄稼你要保护，索玛索玛。要有新生命诞生，对新生命你要保护，索玛索玛……

因为这样的经文，彝人说，毕摩是普度天下的。

所以是信仰，不是迷信。

但恰恰是这时候，我们应该辨析这两个概念。史学家黄仁宇认为，二者的分野有时很模糊，"当一个人强迫自己对一件事、一种前途建立信念，则其与宗教似的皈依就相去极微，因为凡是一个人处于困境，他就不愿放弃任何足以取得成功的可能性，即使这种可能性极为渺茫，没有根据，他也要把它当成精神上的寄托"（《万历十五年》）。但我们必须要掰开的是：信仰是告诉真相，迷信是制造神秘感；信仰注重内心，迷信追求形式；信仰持守原则而知变通，迷信迷而不觉，封闭僵化；信仰摒除功利，迷信贪求人世。这当中，肯定有难以剥离的部分，比如，许多时候，形式与内容水乳交融，信仰也同样注重形式，等等。但大致还是有个标准。如此看来，信仰和迷信的界限并不模糊，而是清晰可见的。

毕摩初期的活动，无所谓迷信，当然更谈不上信仰。那时，人类无力分辨自然和超自然，意识模糊而混沌，即使有一点稀薄的理智，也无力凭借它为自己找到出路，便把一切归于神灵。而神灵又是隐身者，我们不能把神灵叫来，大家一起坐下来，抽支烟，喝顿酒，把事情摊开了说，因此人类随时处于紧张状态，随时感觉自己的命运被不可知的力量所操控。毕摩（包括苏尼）应时而生。毕摩说，我能和天地鬼神沟通。他们掌握的丰富知识，讲出的许多道理，蒙昧民众闻所未闻，于是信他，希望通过他的口，知道自己的吉凶祸福，也希望通过他的能力，祈福避祸。即是说，毕摩满足了人们"知道"的愿望，也满足了对人生寻找答案以及趋利避害的愿望。

只是万万没想到，这会成为对自己命运的另一种操控力量。

我的意思是，当我们在某种背景下获得了一种精神资源，它就会助力前行。但世易时移，那种资源要么不够，要么过时，不够得填补，过时得抛弃或改变，如此方能铸就生机；保守僵化，只能走向枯萎。考察中外史，无一例外。我感觉到，大凉山毕摩所投放出的精神质地，很多已经弥漫着陈腐的气息了。

尽管彝族都有毕摩，但我怀疑只有大凉山彝族聚居区的毕摩，才如此完整地承继了祖制，包括巫术和神秘感。彝族和大凉山彝族，是要分开谈的，大凉山彝族又要把纯粹的彝族聚居区和民族杂居地区分开来谈。《夜郎君法规》里的诸多条款，像第九条："四方的民众，所有的臣民，男女婚姻事，不准许硬逼，男女相慕爱，相互订终身，男女各双方，相互都愿意。要是谁违犯，以强去欺弱，违反了规章，重者要砍头，轻者就说教。"第十一条:"凡属君臣民,要认真耕作,家家要丰收,年年有肥猪,月月有肥羊……"明显与大凉山彝族聚居地区行事不符。

三、"代天履职"

时至今日,凉山毕摩也非常注意维护其神秘性。很大程度上,这即是精神资源匮乏和没有更新的结果。尽管昭觉不少人把毕摩文化称为毕摩教,但很明显,它并没能发展成宗教。人类文化的时间表显示,巫术文化仅排在制造和使用工具之后,并因其对未知的好奇和掌控欲,催生了哲学、艺术和宗教,甚至包括科学,也受到巫术的启示。弗雷泽说,以为朝天上泼水就会下雨,这是巫术;后来发现不管用,便叩拜神灵祈求赐雨,这是宗教;见还不管用,才学会了天气预报和人工降雨,这是科学。总之,人类走到今天,巫术是重要推手,功不可没,但究竟说来,它靠的只是直觉,缺失实证、思辨和理性精神。且不说巫术不是科学,与宗教也相距遥远,宗教强调证悟,强调觉醒,相信巫术行为并非产生某种结果的原因,比如春天过了是夏天,并非巫术带来,而是有更深刻的力量。巫术是人按自己的意愿去塑造世界,而宗教是人将自身谦卑地委身于神的悲悯之中。

宗教的这些特质,毕摩文化都不具备。

老板萨龙说:"佛教、道教、毕摩教,对世界各有各的解释方法。有的人生了病,滴水不沾,几天都不死,有的人吃着吃着饭就死了,毕摩的解释是:一天吃两顿饭,是一公一母,多了就不行,就乱。你妈妈生你那天,你一生该吃多少顿饭,是有定数的,我们现在一天吃好几顿,还吃夜宵,是预支了。"这话让我想起康熙南巡时，问两江总督张鹏翮及江苏巡抚宋荦："'闻吴人每日必五餐，得毋以口腹累人乎？'鹏翮奏云：'此习俗使然。'上笑云：'此事恐尔等亦未能劝化也。'"[①]这里也说到"习俗"，也说到"劝化"，老板萨龙的说法，实有劝化之功。但他接着说："可以用钱来换，要一头大母猪，请毕摩来作法，把你的疾病和罪过，过渡到母猪身上。"又退还到巫术。

昭觉县委宣传部的为色阿呷莫说："我妈腰杆痛，她就会拿个鸡蛋，在自己身上扫扫扫，然后去给毕摩，毕摩把这个鸡蛋打在一碗清水里，用蛋壳搅几下，不把蛋黄搅散，只搅蛋白，搅过后看蛋白的纹路，指出你哪股筋有问题，哪根骨头有问题。你说他瞎编，他又编得很准。"老板萨龙说："为什么看鸡蛋那么准？这是天体物理学。你用鸡蛋在身上扫，相当于扫二维码，把你的信息全部扫在里面了。"

这解释倒是十分有趣，却还是神秘主义。

但如果科学说，洗脸能保持卫生、清除病毒，你说不，洗脸的人心不善。这种神秘主义，就毫无价值。

例子不胜枚举。比如毕摩烧根牛羊的肩胛骨，以烧出来的纹路占卜吉凶。将一根木棍用刀砍、砍、砍，之后察看刀痕，再结合生辰八字测定命运。鸡蛋不仅用于识别病根，还用于判断你家祖先成神成鬼。打冤家的战士，事前取小撮羊仔毛，请毕摩念经画符，再缝入贴身内衣，绝女色二十一天，这战士即能刀枪不入。毕摩坐帷念经，寻万里凶手，雪多年沉冤——凶手在毕摩的经声里，不自觉地投案自首，或咬舌自裁……

---

① 孙静安：《栖霞阁野乘》。

后面一种被称为"神秘裁判",更多的是用于断定曲直:当两者的矛盾大到不可调和——德古调和不了,现在又不能打冤家,就找毕摩。毕摩让双方穿白衣,披白毡,上山告知天地,然后:一、嚼生米。两家支头人和毕摩本人,都嚼九颗生米,其间毕摩念经,时辰到,理端的嘴巴自然张开,理亏的两片嘴长在一起,打开时血流不止。二、捞月锅。将鸡蛋放入水中,点火烧水,烧得滚开,毕摩先示范,伸手去捞,很自在地把鸡蛋捞出来。接着纠纷双方去捞,理端的跟毕摩一样,理亏的手被烫坏。三、端铧口。用九根柴烧着旺火,双方端着个盘子,盘子底下垫张白布,都伸到火上去,毕摩不断念经,理端的毫发无损,帕子也不会烧着,理亏的连帕带手烧烂。无须三关都过,过一关便曲直自现。

因是毕摩断的,理亏被罚的一家也不敢再兴风作浪。

"比法院还公正,"彝族人这样说,"毕摩是代天履职。"

因深信不疑,这样说很正常,但与现代观念是格格不入的。

彝人订婚不叫订婚,叫"卡住链条"。订婚那天,杀个猪,看猪脾,那东西像根领带,平顺润泽主吉祥,就算"卡"住了;若起皱啊啥的,证明不好,将来日子难过。看了脾,再看胆,胆代表人丁,胆大预示人丁兴旺,胆小反之,若无胆,就更糟了。在谈彝族禁忌时,我也说过,订婚和过年,杀猪"忌无胆汁或脾脏暗淡翻卷"。可问题在于,双方订婚,除门当户对,还有政治和经济地位等多方面考量,杀个猪却这个样子。于是不服,再杀。还不行,接着杀。直到杀出个脾顺的、胆大的才罢。这与毕摩有很大关系。彝族的禁忌,仿佛是自然形成,其实多由毕摩制定。但这种杀法,在深度贫困地区,有几人能够承受?

彝人病了，首先想到的是请毕摩，医保交了，也不去医院，一生病就请毕摩。这是彝族聚居区病亡率高的原因之一。有的是请了毕摩，万般作法，人却不行了，才再去医院。子克拉格对此很生气，做出规定：颠倒顺序，先医，医不成可找毕摩。"不然好了你说是毕摩干的，死了你说是医院不行。"有的进了医院，把毕摩也请到医院，趁医生护士不在，毕摩就关起门来作法。

而请毕摩不是白请的，若做三五天法事，要给毕摩一万多元费用，作法一两个钟头，也得数百乃至数千。

因此戴自弦旗帜鲜明，说阻碍彝族聚居区发展的另一因素，就是毕摩。

"有人称那是文化精髓，"他说，"其实就是个迷信。"真正的文化精髓，不会让人生恐惧心，而毕摩让人产生恐惧：不做，就免不了灾殃。"这是愚弄百姓。一直愚弄，就一直相信，而且越来越信。"

长此以往，形成坚不可摧的心理结构。

美国汉学家史景迁写过一本书，叫《利玛窦的记忆之宫——当西方遇到东方》，其中说：中国人"努力创造出虚构的场所，或者将虚构的场所与真实场所结合在一起，并且通过经常性的实践与回顾，把它们永久地镌刻在记忆之中，最终要能使这些虚构的场所变成'似乎真实并且永难去除的东西'"。

这些话，与戴自弦表达的是一个意思。

戴自弦接着说："干毕摩必杀牲口，你杀一头猪，毕摩说不行，还要杀头羊子，杀了羊子，又说不行，还要杀牛，你就彻底完蛋了。"那些分明去医院治愈的，回来还是要请毕摩，不请，身上没病，心里有病。假如老百姓一年养三头猪，正常情况下干三场毕摩（彝人每年阴历三月、七月、十月都得送鬼），三头猪就干完了，经济就瓦解了。可是你的诉求满足没有？你找毕摩祈福，肯定求过让你发财，让你有面子，他让你发财没有？给你面子没有？戴自弦对村民们说："那东西管用的话，你早就富起来了！你整了几百场上千场，结果还是吃酸菜洋芋！"

这些话或许有些极端，毕竟，心理治疗也是治疗。

但恰恰是这个"心理"，证明了需要改变观念，需要移风易俗。

不过还是那句话，领导干部要带头。

目下的情形是，许多机关人员、领导干部，"一年至少也要干三场"。听他们说，不管你做了多大的官，只要是彝族人，"都必须干，不然对不起祖宗"。还说："对彝族而言，干毕摩就像吃饭，与生俱来。没有这个，就不是彝族。"

他们干三场五场，不至于经济瓦解，老百姓就麻烦了。

对毕摩收取费用，且是高额费用，连阿尔拉莫也有些叹息。阿尔拉莫是那样热爱自己的民族，他说"我们是最神秘的民族"，其神秘性的具体表现，很大程度即是毕摩文化。他认为毕摩文化对人的身心健康，对维护社会稳定，都有极大好处。然而，当干一场毕摩需要支付几百几千甚至上万块钱的时候，还有何神秘可言？天是神秘的，天要收钱吗？人世间的全部神秘，免除功利是基本前提。所以阿尔拉莫有些叹息。尤其是作为毕摩世家，他的叹息就带着自愧的意味。他说："开始的时候也不收好处，现在的毕摩不一样了。我对我们这个家族的毕摩说，人家自愿给就是，给多少是多少。"

但我不是这样看。

毕摩收费，恰好证明了他们的与时俱进。既然这是我的职业，我以此职业为生，你们也需要这个职业，你们把我请去，我熬更守夜地作法，付出了辛劳，当然应该收费；不只是辛劳，还有我的知识、神秘、对你们心理的抚慰等，都是我的商品，你们购买了我的商品，付费理所应当。而且为了收费，毕摩是想了办法的，比如去了就必须做，这就是办法，你不能把我请去，又说不做了，我就白跑一趟；又比如，据说毕摩除了能与天地鬼神沟通，还能治中风、偏瘫、风湿等疾病，尤其善治疑难杂症，但这并不是说，你在街上突然中风了，有毕摩路过，他就会出手给你治，不会的。因为他们说，自己平时没有法力，只有被邀请去做法事的时候，身上才会被赋予一种神秘的力量。

毕摩的这种价值观，一定会影响彝族民众，让他们重新审视自己信了千百年的"信"，并逐步做出调整。

四、四只拦路虎

记得一个多月前，我就给你说到一个词，叫"四治专员"。美甘乡的鲜敏、竹核乡的刘杰等，都是专职四治专员。派往凉山的帮扶干部，事实上分两大块：一块是驻村干部，另一块就是四治专员。

凉山州委书记林书成2019年初发表文章，《牢记习近平总书记殷切嘱托，奋力开启新时代凉山脱贫奔康新征程》，其中说：习总书记视察凉山时特别讲道，"过去的确是有'鬼'的，愚昧、落后、贫穷就是'鬼'"。我前面提到的马天，从他的工作实际出发，把高额彩礼和薄养厚葬当成首先要驱除的"鬼"。

208

林书成站在统揽凉山大局的角度,概括出四项:"教育落后和毒品、艾滋病、超生多。"这四项既是凉山的"鬼",也是凉山脱贫攻坚的四只拦路虎[①]。

四治专员的任务,就是治毒、治艾、治超、治愚。当然不是每个人都全面管,而是根据专长,各有分工。比如鲜敏,负责治艾和治超,主要是治超。本来他是派到打尖沙洛村的,鉴于美甘乡的省派队员较少,他就经常去乡上干活。鲜敏比第一书记张毅和驻村队员郭亮都年长,加上处事利落,为人磊落,大家都不叫他职务和名字,而叫鲜哥。自从去乡里干活,他就由打尖沙洛村的鲜哥,成了全乡的鲜哥,不管比他年长年少,都这么叫他。乡党委书记杨群也是这样叫他。

汉族地区普遍实行独生子女政策的时候,彝族聚居区的机关干部可生两个小孩,普通百姓可生三个,多了,就是超生。凉山超生十分严重,"据统计,凉山州10个贫困县2010—2015年平均人口出生率18.9‰,远远高于全省9‰的平均水平,政策外多孩生育率19.1%,大大超出全省3.6%的平均水平"[②]。因而生育秩序整治成为凉山脱贫攻坚的硬骨头。

最有效的手段是做节育手术。因留守在家的多为女人,节育手术也就主要是给女人安环或做皮埋。这任务相当繁重。繁重的不是人多,而是怎样把人动员过去。单动员其实是不可能的,她们到处跑,到处躲藏,甚至跑到邻县的布拖。无论跑到哪儿,张毅等村干部都必须尽力将她们寻出来,送到卫生院去。鲜敏等候在那里。有时等一天半天没人,比如我去那天,下午5点过,他

---

① 《人民网——四川频道》2019年3月1日。
② 《四川日报》2018年7月9日。

就回到了村里，正泡方便面吃，也不知是午饭还是晚饭——对扶贫干部来说，下午四五点钟吃午饭是常事。但有时候，要干到晚上九、十点钟甚至通宵。

能做手术的医生只有鲜敏一人。鲜敏到美甘之前，全乡没有一个持上岗证的医生，育龄妇女安环，只能去县上，她们大字不识，去哪个科室都不知道，不仅困难重重，劳民伤财，还山高路陡，安全堪忧，让本就难办的计生工作雪上加霜。鲜敏给乡党委建议，成立计生手术室，得到批准后，两个月就建起来了。美甘卫生院因此成为全县唯一可做节育手术的乡卫生院。

可超生的拦路虎依然盘踞山头。

在彝族聚居区，生了五个六个、七个八个，若没能生出一个男孩儿，就一直生，直到生出来或再也生不动为止。彝族的"薄养"，不只针对老人，还针对孩子，只管生，生下来如何培养，不加考虑。不过，这情形和当年的汉族地区农村是一样的。我老家一个人告诉我：养娃儿多简单，放在地畔上就长大了。

当年汉族地区的计划生育做得相当艰难，但比较起来，彝族聚居区更难。原因是，除了同样具有汉族地区多子多福的观念——子，仅指儿子；多子多福包括不断香火（家族结构），不受外人欺负（权力结构），有更多劳动力及老了有更多儿孙奉养（社会伦理结构），等等——还有就是他们对生命的看法：活着的时候，发现不了生命的价值，因而也就不计较生命的质量，生命质量是在死后发现的。比如打冤家，死了，死得很光荣，他们叫"有名气"，名气比生命大。汉族也讲"名气"，但汉族的生命观不止这一种，可以选择。此外，毕摩做灵盘超度时的特殊要求，是彝族聚居区计划生育难以推进的重要原因。

210

既然彝经说藏彝汉是三兄弟，彝人打交道的民族，也主要就是汉族和藏族。他们相信，汉人的魂在灵牌里，藏人的魂在门牙里，彝人的魂在竹筒里。因此彝人死后，由毕摩将死者的魂"毕"进竹筒，再将竹筒挂到幺儿子家的房梁上（这跟汉人有别，汉人凡事由长子出面，彝人是幼子）。竹子是毕摩指定的，说你家的魂灵在哪座山上，你去那山上砍根野竹子来。当死者烧化，骨殖全捡进了白色口袋（将来放进野狗难至的高山岩穴，且萨乌牛认为这是巴人悬棺葬的演进，彝人只是将巴人笨重的木棺简化成了竹筒，将尸体火化后变幻成了灵魂。这是他断定巴人是彝族先民的一部分的重要证据），在烧化处撒了荞麦种子（荞麦与彝族历史一样源远流长，撒荞麦是祝福后世兴旺），用铧口犁开，把种子埋进去。如此尘归尘，土归土，毕摩就"毕"死者的魂，同时指引归祖路线。

彝人把祖居地叫兹兹蒲乌，说远古先祖在大地上各处寻找，经三十三次迁徙，才找到这善美之地，"屋后有山能放羊，屋前有坝能栽秧，坝上有坪能跑马，沼泽地带能放猪，寨内有青年玩耍处，院内有妇女闲谈处，门前还有待客处"。如此定居下来，繁衍生息，终于使"兹兹蒲乌这地方，七代宝剑在此晃，八代骏马在此骑，九代德古在此讲，祖先根业在此建，子孙繁衍在此兴……"①

尽管彝人的起源地有多种说法，但凉山彝人送魂，都是过金沙江入云南地界，不见往北送魂者。我曾引用过的《招魂经》《送魂经》描述宏大悲壮的渡江场面，那江，也是金沙江，再加

---

① 《勒俄特依·兹的住地》。

211

上彝人有泼水节，北方没有，因此他们还是坚定地认为，自己的"兹兹蒲乌"在云南，死者的魂也是送往云南。

去云南毕竟也是一段漫长的旅途。昭觉还占些便宜，或许因为昭觉是"大地的中心"。据说分住凉山各地的彝人，死后魂灵都先送到昭觉，再经布拖、金阳等地，渡江而去。可即便是昭觉人，那一路过去，也有无数的山岭崖头、恶浪险滩，因此路怎么走，需毕摩教诲，所谓"人死要教魂，教魂回祖籍"。毕摩口中念诵，谆谆叮嘱：你不要走黑路，你要走白路。你哪匹山不能走，哪条路不能走，哪个方向不能走。你到了哪个地方，可以喝口水。到了哪个地方，可以歇口气。到了哪个地方，你就跟祖先一起生活了。祖先的地方，是你的天堂。你要保佑你的子孙后代……

经念完，死者的魂就到竹筒里了，可以挂到幺儿子的房梁上了。

但不是一直挂在那里，到时候也要送入岩穴。

只有儿子才能送。家中无子，没人拿死者的魂，就由毕摩把那竹筒砸了，他的魂就无法进入岩穴。

如前所述，彝人死后不算死，要毕摩做过法事才算死。但还没说完整，要毕摩做过了法事，并由儿子将"毕"进死者灵魂的竹筒送进岩穴才能算死，否则他就没走完一生。他死了，却没有死的状态，因此不能回到祖先温暖的怀抱。另一方面，彝人认为，灵魂是可变的——无非两种变化：变为好魂，走上正道，升入祖先神界；变为恶魂，飘荡凡间，任人撑打驱赶，从此与祖界茫茫万古，山川隔绝。这对于祖先崇拜、"视死如归"的彝人，是多么深重的打击。

而由谁来阻止死者的灵魂变成恶魂呢?

由毕摩。

但死者的灵魂变成了好魂,还不够,还要儿子把竹筒送进岩穴。

甚至包括在那之前,就是将死者抬往火化地的时候,家有儿子的,尸体在肩上抬;没有儿子的,绑在腰间抬。这即使不是歧视,也是一种分别。

所以,彝人生了十个八个女儿,也要拼死拼活,再生出个儿子来。

这其中,毕摩显然起了极大的作用。

是负作用。

按彝人的说法,毕摩文化是毕摩教,那么我非常理解毕摩的那种"教规",说穿了倒不神秘,而是现实到骨。《夜郎君法规》如是说:"君令十二条:凡属君境内,所有的男子,都可娶三妻。由于战争多,男的战死多,如今的人间,女多男子少,便做此规定。各地的民众,要多子多孙,多生男儿者,奖大牛一头,奖田土三块。"毕摩教规的由来,定与此有关。

然而,那是当年的情形。

就连《夜郎君法规》也加了限定:"如今的人间。"

到了如今,情形变了,眼前的世界,有了新的格局,"规定"也到了应该修改的时候。尽管彝族人都说,毕摩文化深入他们的血液,是不可动摇的根基,但我还是感觉到,如果这种文化没有能力为自己创造新的神话,并让这种神话在现实和现代文明之间找到通衢,它在阻碍社会发展的同时,也必将被洪流慢慢移开。

五、知识与幻觉

　　我这样说，还基于跟毕摩的具体接触。阿尔阿合切尔的形貌和言辞，都十分动人，但我们终究无法形成交流。我明显感觉到，毕摩活动不止深入了彝人的心理和精神领域，还对他们的实际生活多有干预。我想从阿尔阿合切尔那里了解：当很多自然现象都可得到明确解释，毕摩文化如何面对这种解释？当有了新的解释系统，而且彝族民众通过与山外的接触，慢慢知晓并接受了这种解释，毕摩文化如何与当下发生联系？如果说"文化是一种人性化的力量"①，毕摩文化又如何从更人性化的角度，去满足老百姓的日常需要？

　　他没有回答。是不能回答。

　　老板萨龙曾说，他当年从凉山大学辞职，一路在云贵川桂流浪，找毕摩请教，其实毕摩并没有教他什么，毕摩只知其然，不知其所以然。他们说："事情是这样……"至于为什么是这样，不解释。我当时说："凡立于峰巅者，是不讲理由的，'神说，要有光，于是有了光'，讲什么理由？"这好像有点玩笑话的意思，其实不是玩笑，只不过，那讲的是神话时期。弗雷泽在他的《金枝》里说："最初的巫师们仅仅是从巫术应用的角度来看待巫术的，他从不分析他的巫术所依据的心理过程，也不思考他的活动所包含的抽象哲理。他也和其他绝大多数人一样根本不会逻辑推理，他进行推理却并不了解智力活动过程，就像他消化食物

---

① 乔治·斯坦纳：《语言与沉默》。

却对他的生理过程完全无知一样,而这两个过程对这两种活动都是最必要的。简言之,对他来说,巫术只是一种技艺,而从不是一种科学。"我认为,这段话对认识毕摩文化,是很有帮助的。

离开阿尔阿合切尔家,回到西昌城区,我在阿尔拉莫开在健康路的索玛花天然燕麦酒专卖店里,见了另一毕摩。这位毕摩名叫阿尔呷体。一听,就知道跟阿尔拉莫和阿尔阿合切尔属同一家支。倒不是阿尔拉莫有私心,只带我见他家支的毕摩,而是他家支的毕摩在凉山非常有名。前面说了,凉山地区第一代大毕摩,就出自这个家族。阿尔呷体更年轻,他自己说35岁,实则像二十多岁的样子。但他门下已有8个徒弟,都是十八九岁、二十来岁的。

阿尔呷体初通汉话,但同样不能形成交流。其实是更不能交流。他只说:"毕摩文化当中,每一样都是可贵的,都是精髓。"既如此,当然也就不能动。

康德有个说法:为了给信仰留下空间,有必要否定知识。而在《纯粹理性批判》中,他力证要获得知识,坚信哲学应当与自然科学成果达成妥协,否则就"不过是幻觉"。"否定知识"的说法,倒也并非出于讽刺,是他深深地感觉到,人的思想可能受制于经验,从而不能达到更高层次。但世间的每一句话,都有两种理解,一种是深度的,一种是浅层的,将这两种理解倒推回去,会发现,表面上是同一句话,其实是完全不同的两句话。

因为毕摩做法事需杀生,不管你杀鸡杀羊,还是杀猪杀牛,总得杀,而且还要把第一块肉烧烤之后,给毕摩吃(烧是为弄出烟子,告知天神,毕摩是代天吃)。乡下好说,城里咋办?现在,不仅越来越多的有钱人进了城,连很多贫困户都搬进了城。

在谈到这一点时,阿尔呷体才叹息:"是啊……城里不好做,没有场合,杀牲口,烧烟子,都不方便。城里人都是回老家去做。"

回老家又是一趟事,同样不方便。

再说,以前牲口是自己养的,进城后不能养,只能买,又是一笔开销。

难怪阿尔呷体和他父亲已不能比。他父亲有82个徒弟,遍布全州。

我感觉到,毕摩自己已经在做出调整,除有了收费的市场观念,被病人家属请到医院做法事,明显只能悄悄做,不可能杀牲口和烧火,至少不能在现场杀、现场烧。

他们在调整,彝族民众当然也有调整,否则阿尔呷体的徒弟不至于比他父亲少那么多,尽管这其中有年龄的问题、信任度的问题,但肯定还有需要量的问题。

只不过,调整是缓慢的,也是极其有限的。

像必须生个儿子送灵之类,就依然是千年的疙瘩。

所以鲜敏他们的工作就做得非常难。

六、不只是口号

让女人去节育,本身就难,节育过后,又是一难:男人打工回来,第一件事,就是找政府,找做手术的医生,让怎样把环安进去的,就怎样给取出来。他们找到鲜敏那里,鲜敏的回答是:"我只敢安,不敢取。"对方说,不取可以,赔我100万。有个男人从外面回来时,老婆已安环两个多月,但他说老婆这里痛那里痛,必须取。乡政府说,去检查,看是不是环的问题。鲜敏带他们去县医院,结果痛不痛都跟环没有关系。男人却不依不饶,对鲜敏说:"你不取,老子要你的命。"乡长听说这事,亲自到鲜敏住的村委会守护,守几天没见动静,就回去了,只是叮嘱:进门就把门关死。半个月后,鲜敏开会回来,正要进门,听身后一声怪叫,慌忙回头,见左右开弓的两把刀已朝他劈来。幸好那天村长在,他自己也手脚麻利,迅速冲进了屋。

"那天晚上,"鲜敏说,"我躺在被窝里流了泪。我真正体会到了那四个字:砥砺前行。以前说'不忘初心,牢记使命,砥砺前行,不胜不休',以为就是口号,举起拳头喊就是,通过来昭觉帮扶,通过脱贫攻坚,我知道那不只是口号。"

鲜敏来之前,美甘乡的节育率只有24%,经过一年的努力,2018年达81.3%。2019年虽还未到年终,但完成85%没有问题。

鲜敏因此获得四川省四治专员先进个人称号。

行百里者半九十。鲜敏承认,越到后面,他心里越有阴影,越不安宁。他在明处,防不胜防。但既然"治超"对彝族聚居区和国家都有好处,又把他派到这里来了,就必须"砥砺前行"。乡党委书记杨群担心他的安危,说:"鲜哥,你尽力而为就是。"他说:"书记,我来就是干这个的,我只能尽力小心。"这令杨群很感动。作为彝族人,杨群大会小会都灌输一个观念:"国家给这么好的政策,给了钱,又派来帮扶干部,我们自己再不努力的话,我们这个民族真的就完了。"他和县委书记子克拉格一样,对自己民族有痛彻的反省。

"鲜哥他们跟我们不一样,"张毅说,"像我,毕竟就是昭觉县的,就生活在这个地方,下乡扶贫,是我的责任。鲜哥是省上派来的，能够来，精神上就是高尚的。我们这地方，地图导航二十多三十公里，可没有两三个钟头根本到不了。鲜哥是有技术的人，是高级知识分子，到这里来有点屈才了。"

但鲜敏自己不这样看。正如徐航、黄礼泉等佛山帮扶干部，还有张军、徐振宇、陈立宇等省派帮扶干部一样，觉得能参与到这项国家战略当中，是一种荣耀；而且他感觉到，自己到昭觉，比在成都能发挥更大的作用。这里的主要干部，从县委书记，到乡党委书记，到村上第一书记，都对他们的工作非常支持。他们在认真努力，本地干部也在认真努力。张毅昏倒无数次，都坚持工作了将近五年，打尖沙洛村2018年就顺利脱贫了，张毅也没离开，还在继续坚持。张毅后来获得四川省综合帮扶队先进个人。昭觉全县22个省级表彰人员，打尖沙洛村占了两个。此外，从绵阳去的驻村队员郭亮，得了县级表彰。

所以鲜敏说，他从本地干部身上，也学到了很多优秀品质。

第十章

切肤之痛

一、"黄金通道"

我对你说了那么多家支制度及毕摩文化对彝族社会和彝人生活的阻碍和伤害,但我必须再次强调的是,长时期以来,是它们"拥"着彝人度过了荆棘丛生的岁月,因此即使到了今天,即使在彝族聚居区大力推行移风易俗,也不能对它们做简单评判。必要的尊重,合理的利用,家支和毕摩,就都会焕发出"正向"活力,对脱贫攻坚,特别是对整治大凉山彝族聚居区的"四只拦路虎",又特别是对禁毒防艾,具有非常切实的帮助。

毒品是大凉山彝族聚居区的老大难。前面我已提及,民国时期,黑彝就大量种植鸦片,那时候,"鸦片是黑彝的糖",但毒品反映的是更深层的结构矛盾,并非问题的根源。中华人民共和国成立后,对凉山毒品从限制到禁绝,昭觉县委1954年11月17日发布的《关于加强处理烟毒问题的指示》,就是该县禁绝烟毒的号令[①]。之后几十年,确也有显著成效。但到了1990

---

① 《昭觉县志》(1999年版)。

年代，毒品仿佛"突然"在大凉山活跃起来。马海里根、吉木子石等多人告诉我说，那时候卖毒品就像卖白菜，他们去看电影，电影院门口就是卖毒品的，"买不买？我家的比他们家的大"。比如你一百块买个小的，他的会大一点。说他们没有商品观念，这时候倒有了。

那声"我家的"和"他们家的"，活画出毒贩的声势。

除了卖，还吸。自己吸，也用来招待客人，当然是贵客；你走进某一家，这家主人递给你的不是酸菜汤，也不是酒，而是海洛因，你顿时脸上有光。毒品成为时尚，也成为面子。贾莉说，能吸毒，说明你有钱，没钱买毒的，出门很不好意思，就用辣椒面把鼻子抹红，显示自己也是吸了毒才出来的。

这让人想到《世说新语》，想到《太平广记》，想到"魏晋风流"。魏晋是个"看脸"的时代，这脸，一是相貌，二是面子。你知道的，当年时兴吃一种药，叫"五石散"，据说吃后肤如凝脂，元气丰沛。其实那就是一种毒品。因肇始于曹操的继子兼女婿，便流行开，特别是在名士中流行。他们轻装缓带，打着赤脚，在大街小巷、山野村道，不停地走来走去。世人以为那是名士做派，其实是吃了五石散浑身燥热，需以冷食调剂，还得行走发散，称"石发"或"行散"，发散不好会死人。吃段时间就丢不下，是因上瘾。吃后精神亢奋，喜怒无常，像"竹林七贤"之一的刘伶，不仅人前裸露，有苍蝇骚扰，即拔剑砍杀，苍蝇飞走，还提剑追赶，是因致人癫狂。可就这东西，经名士一闹，凡有点钱的，尽皆效仿，由追逐时尚，到寻求刺激，到斗富摆阔。没有富斗没有阔摆咋办？就装，比如走路故意摇头晃脑，或大冬天在户外敞衣横卧，人问："何者？"答曰："石发。"

多么相像。

但既为名士，就是对生活有筛选能力的人，于普通民众，却不能这样要求。

凉山毒品泛滥，据说是先有人到外地，接触到毒品，比黄金还贵的身价，让他们觉得拥有和吸食，都是一种脸面。可这张脸面不是随便能戴的，你身上那几个钱，它连鄙夷一下也嫌丢份儿，所以首先要让腰包鼓起来。语言不通，文化低下，本就难找事做，更别说高收入工种，便另寻他途。偷便是一种途径。我前面说了很多偷盗的原因，吸毒自然是不能漏的，是重要原因。当他们因此"挣"到钱，终于有了脸面，并把这脸面戴回故乡，即刻引起羡慕。出于义气，有了令人羡慕的东西，就拿出来分享。只是太有限了，实在太贵了，就说脸面不要吧，可已经上瘾了。身上没钱，去偷去抢，又不是那么容易得手，怎么办呢？

无须动多大脑筋，就能做出这道算数题：既然买起来那么贵，贩卖定能挣到大钱；有了货源，自己可吸，又能分给亲友，还能发家，是三倍的脸面。

于是，在凉山，今日仨，明日仨，逐渐形成规模空前的贩毒大军。

贩之前，是"背"，成群结队，甚至整村整村，挎着背篼，沿陡峭山路，去往金沙江，去往云南。金三角是货源的远端，近端是云南。当时，多条贩毒通道都被封锁，金三角和云南的毒贩也正急寻出口，也想到了凉山。凉山地广人稀，警力根本管不过来。再说，见钱眼开是人之本性，极贫的凉山，为了钱，可以连命也不要。如此，凉山很快成为毒品的"黄金通道"。

不少人因此成为暴发户。都知道西昌的房价高，在四川，成都之外,就算西昌房价高,以前说是成都人炒起来的,成都的有钱人要到西昌"晒太阳",就纷纷去那里买房,这次我才听西昌人说,根本没那回事,就是凉山人自己炒起来的,确切地说,是凉山的毒贩炒起来的。除了炒房,厚葬啊高彩礼啊,也都有了更雄厚的资本。听说布拖一家人为老人办丧,打牛过百,单是这项开支,就逾百万,但主人毫不在意,说:"大不了去背一趟嘛。"

这里有两点引起我的兴趣:

一、大凉山彝人认定自己的祖灵在云南,他们去云南背毒,一路上有没有过心理波动?他们的老人去世后,要把魂送往云南,送魂路线与背毒路线,有不少重合,按照他们的神秘主义原则,途中是否遇到过祖灵的拦阻?他们如何给祖先解释和交代?祖先又是什么态度?这些问题,没有人回答我。我采访了五个当年的毒贩,他们一律是低头沉默。今天我又去竹核乡见了一个,他有六年贩毒史,照样是低头沉默,不同的是,低头之前,朝我笑了一下。

二、既然当时不少人发财,怎么一遇打击,迅速就变穷了?最初打击毒贩,并不像现在这样严厉,根本谈不上让他们付出倾家荡产的代价。真正严厉起来,是近几年的事,特别是习总书记视察凉山之后的事——吉布鹰升一提到习总书记就热泪盈眶,说:"习总书记来过后的一年多,比过去十九年成效还大,习总书记救了我们这个民族。"——那么,他们的钱都到哪里去了?对此,我也没得到任何正面回答。侧面回答是有的,比如曲比阿西说:"我们那里男女都吸毒。我们那里没有不吸毒的。"曲比阿西是竹核乡人,过几天我会专门对你说说她。她的话，还有其他人的话证明，凉山人"背"来的毒品，基本是凉山人自己消耗。

二、张三李四与三号四号

魏晋人吃五石散，自我感觉良好，所谓"飘飘忽忽，恍如神仙中人"。可很快，甜头去了，苦头来了，疯癫还是其次，更大的不堪在于："舌缩入喉，痈疮陷背，脊肉烂溃。"[1]这副模样，再说他们像神仙，我估计仙界会生气的。还有更严重的后果，比如，在医学和文学上都广有建树的皇甫谧，因服散致残，北魏道武帝、献文帝及晋哀帝等，因服散或瘫或死……难怪药王孙思邈要在临终前叮嘱弟子："遇此方，即须焚之。"作为唐代人，孙医生也痛感五石散贻害世人太深，让弟子遇到配制五石散的药方，要即刻烧毁，万勿留存。

可五石散和海洛因比，又只是小巫。

前面我讲，不良的饮食习惯，诸如纵酒、烧烤，让很多人失去了丈夫、儿子和父亲，但这些事，都不能和吸毒相提并论。形势是如此严峻，2019年4月24日，四川省高级人民法院在西昌召开新闻发布会，通报凉山毒品犯罪案件，指出以下特点：一、毒品犯罪突出且涉毒数量惊人，仅2018年，涉案毒品数量达万克以上的案件有27起，个案毒品数量最高达141.0594千克。二、传统运输与网络贩卖、物流转移等新型贩毒手段并存，同时，重大制毒活动有向凉山转移的倾向。三、外流贩运活跃，

---

[1] 《晋书》。

零包贩运问题突出。四、毒品引发的次生犯罪不断增加。凉山州吸毒人员覆盖凉山所有县（市），消费市场庞大，从而引起盗窃、抢劫、卖淫等，"因贫涉毒、因毒致病、毒病致贫、毒病致孤"现象严重①。

从中透露出这样的信息：以前，凉山人"背"回毒品，是在内部消耗，而今已向外销售，而且可能出现"重大制毒活动"。

我采访过的吸毒人员，都说，开始吸并不舒服，只是"赶时髦，挣面子"，才跟着吸，然后就"很舒服了，很享受了"。殊不知毒品正是在你的"享受"中摧毁一个生命和一个家庭，甚至摧毁一个民族和一个国家。

为认真贯彻落实习总书记视察凉山时的指示精神，全面禁绝毒品，四川省委省政府2018年即决定："今后三年，抽调省公安厅和18个市（州）公安局业务骨干对口支援凉山州禁毒缉毒工作。"2019年10月31日，凉山召开禁毒协会成立大会，国家禁毒办副主任李宪辉、公安部禁毒局政治处主任赵军等前往参加。大会通过了《凉山州禁毒协会章程》，选举了理事会、监事会、会长、副会长等。李宪辉在讲话中说：2018年以来，凉山各级部门，围绕毒品治理三年攻坚目标规划，推动新时代禁毒人民战争向纵深发展，探索出了很多新路子，比如"1+15+N"绿色家园、"2+3+X"戒毒康复工程、"索玛花"康复工程、"三级书记抓禁毒、千村万户肃毒害"工程，等等②。凉山州紧跟着召开会议，州委书记、州委禁毒委第一主任林书成，州长、州委禁毒委主任苏嘎尔布主持、参加并讲话，强调要牢固树立"毒品一日不

---

① 参见《封面新闻》2019年4月24日。
② 参见中国禁毒网2019年11月1日。

绝，禁毒一刻不止"的思想。

这里略做解释——

绿色家园：强制隔离戒毒所。凉山州绿色家园建在盐源县，距县城20多公里，含戒毒康复社区8个，公安和司法强制隔离戒毒所各1个。

1+15+N：1，指凉山州绿色家园；15，指除盐源、木里二县外其余15个县级小型绿色家园（木里是藏族自治县）；N，指各乡镇社区戒毒康复工作站。

2+3+X：2年强制戒，3年社戒社康，X年循环。

具体到昭觉，据凉山州禁毒办副主任、州公安局禁毒局局长付海燕说，昭觉的吸毒人员基数、外流贩毒人数、被外地公安机关查获涉毒人数、新滋生吸毒人数四项指标，均列全州前列。

然而，2019年是昭觉"禁毒摘帽"年。

任务十分艰巨，为达成目标，各级干部的确冒了很多风险，想了很多办法。他们承认，有些办法不一定"合法"，比如连坐法：以村为单位，五户编一组，彼此监督，只要一人沾毒，五家人所有的扶贫政策，包括五保、低保，全部取消。这称为网格化管理。特布洛乡乡长阿合木呷介绍，他们采用了这种方法。比如连建法：党委政府与卫生院、村委会连建，专人负责到点，先把干部的工资扣掉一部分，乡镇干部扣五千，村干部扣两千，干得好，年终两倍三倍奖励；干得不好，扣掉的部分就充公。四开乡党委书记克惹伍沙介绍，他们采用了这种方法。

其实，上述方法昭觉多地都在采用。

不一定合法，却也见出决心和力度。决心和力度必须与危害度对等，甚至超过。在政治经济学上有个提法，叫"压倒性投入"，对禁毒，就必须"压倒性投入"，否则难见成效。昭觉有个难得的无毒村，叫波吉村，他们说起来是很骄傲的："我们是全国无毒村。"有这份骄傲，也是得益于禁毒力度。

克惹伍沙说，他们乡有人做零包贩卖，也就是一克两克地卖，你把他抓起来，过几天放了，又继续卖，而且那一克两克，又好藏，还不容易抓。"但只要你在做，就总有露馅的时候，你藏在树枝上，藏在地洞里，带着狼狗也要给你找出来。有回找到过后，我叫人去把房子给他抄了！必须从经济上打垮他，不然他挣五万，你罚他两万，相当于是在鼓励他贩毒。你不服，可以去告我！"给我说起时，克惹伍沙还抑制不住愤怒。他是有切肤之痛的。四开乡有个副乡长就是吸毒死的。在他身边，还有些幼小的孩子，爸爸妈妈都吸毒死了，或者爸爸吸毒死了，妈妈接着疯了；尽管乡政府对这些孩子关照有加，毕竟再没有父母的关照了。

除了这些方法，还埋线人。

在彝族聚居区埋线人，非常难。彝人不告密。凭这一点，可见出彝族是个有尊严的民族。《玛牧特依》谆谆教诲："贪财莫告密，告密者贪吃，告密者失尊。如若失尊严，小伙没面子。"这算相对温和的劝诫，更厉害的是彝人谚语："摔跤是上头的赢，死亡是下头的赢。"意即死亡是一种获得，不管死者生前做过什么，只要他死了，导致他死亡的人都会付出代价，比如他吸毒、贩毒，你去告了密，使他获刑，甚至获重刑，被枪毙，那么告密者将遭受报复——他的死亡本身就是对你的报复。

由此我们又看出，虽有尊严，却无大义。没有大义的尊严，无法形成基石性的精神资源和能量，因此也就从根本上谈不上价值。正如有一些信仰，你很坚定，我们却无法从你的信仰中看出理想，这种信仰也就失去了意义。

但既然不告密是彝人的传统或"风俗"，你就不能简单地以为给予某种灌输即可解决问题。还是那句话：得想办法。在尊重的前提下提出新思维。我觉得，阿合木呷他们的做法，真是动了脑筋的。你说告发别人龌龊，本来是他不对，你去告发了，就整成了你不对，那么首先就得淡化这种负罪心理。于是将每家每户编号，你告发的时候，不是说张三李四，而是说三号四号，你告发的是号，不是人，人是热的，号是冷的，那种不适感就减轻了。而且编号有个好处：便于警察上门。你说某某村张三家，警察不知道张三家住哪里，还得告密者带路，说都不能说，哪能带路？你说三号，好了，警察进了村子，直接就找过去了。

不适感减轻，并不等于没有。

这又得宣传教育："今天是别人家娃儿吸毒，到某一天，可能就影响到你自己家的娃儿。"如此晓以利害，即使还有不适感，也豁出去了。

到了基层，你会发现，基层干部的工作是那样繁杂、那样沉重，一级一级，都累加在他们头上，"忍辱负重"这个成语，他们配得上担当。让我佩服的是，他们总有办法去解决。这与"熟悉"密不可分。熟悉当地，熟悉传统，熟悉农民。他们的办法都是土办法，有时很难拿到台面上说，而正是这种接地气的"土"，才真正管用。纯粹的书生，干不了他们的事。书生下乡扶贫，得益的，的确不只是帮扶对象，单从基层干部身上，书生也会学到很多。我是说如果善于学习的话。

三、民心不必抢

配合上述办法并加以强化的,是家支和毕摩。

在多村宣传栏上,我都看到一帧情景类似的照片,叫"禁毒歃血盟誓"或"禁毒防艾歃血盟誓"。我去竹核乡拉牙村时,见村委会拉着很长的横幅:"竹核乡拉牙村禁毒防艾千村万户大宣讲暨'歃血盟誓'大会"。

这听上去仿佛看旧电影。打牛钻牛皮,饮牛血酒;打鸡,饮鸡血酒……牛是贵重物,鸡是神物,饮血发誓,是重誓。自古及今,这方法在大凉山彝族聚居区广泛使用。比如,两冤家和解,大家饮血酒;邓秀廷为笼络彝人阻止红军,和家支头人饮血酒;刘伯承和小叶丹结盟,饮血酒;凉山临近解放,国民党的师长、县长、恶霸等,逃进黑彝统治中心羿子村,彼此饮血酒;1950年代初,彝人继续出外掠夺奴隶,扰乱汉族地区,政府遵照彝俗,与他们饮血酒,并达成"政府爱护和保护彝胞,彝胞不再抓汉人当娃子和退回新抓娃子"的协议。

而今禁毒,也是歃血盟誓。

方法是一样的,就看怎么用,用在什么地方。

吸毒贩毒者饮血酒前,当众发誓,从此绝不沾毒。这个"众",含家支头人,或叫族长,此外还有村长、家长等。有的实行"六长制",含县长、乡长、教育局局长(或校长)在内。有的实行"九长制",含派出所所长、法庭庭长、司法所所长在内。盟誓后如有违背,法办之外,家支头人会立即将其开除。

然而,再是忌惮开除家支,毕竟是戒毒。戒烟都难,别说戒毒。阿合木呷说,他有个朋友的弟弟吸毒,数次戒毒,数次复吸,朋友痛心疾首,将弟弟用大索拴住,不时抽打。有天他一支接一支抽烟,他老婆说:"你啥时候把烟戒了嘛。"他恨恨地说:"叫我戒烟,不如叫我死!"此言一出,他才心里一震:"我戒烟都这么恼火,弟弟是戒毒啊……"

可再难也得戒,因为那是毒。

不怕开除家支,那就进一步发力:请来毕摩。

歃血盟誓那天,毕摩到场。杀鸡时,毕摩行巫术,下诅咒。

巫术分两种,一称白色巫术,是善意的巫术,比如祈雨;一称黑色巫术,是恶意的巫术,比如诅咒。但这又要分,为禁毒防艾而行诅咒,是白色还是黑色?不管黑色白色,彝人都深信,毕摩的诅咒直通天地鬼神,触犯必倒霉。为色阿呷莫说,毕摩扎草人做法事,做过之后,将草人送走,送到很远很远的地方,路人偶遇,也嫌晦气,朝那东西吐口水。但他们村有个孤寡老人,虽知道不好,但人老了,"砍不起柴",加上认为自己反正这么老,不必忌讳,就捡回来烧,结果浑身"起籽籽"(长疮)。

我注意到,在关于戒毒的见闻中,很难有严重上瘾而自行戒掉的,但彝人就有,我采访过的就有一个。他承认还有心瘾,可心瘾再重,也绝不再犯,因为他已经当着"九长"和毕摩喝过血酒了,发过誓了。

家支头人和毕摩,在这件事上深明大义。

各级组织在工作中也特别讲究方法。最好的方法是尊重。乡上和村里,有了大的事情,比如要建花椒基地,要办绣品厂,要把种圆根萝卜的那片地用来种羊肚菌等,就以党组织为龙头,选出党员代表、贫困户代表、家支代表参加,下去宣传,让老百姓知道政府的意图,并引导带动。开支部会时,即使家支头人不是干部,也请到场,主动征求他们的意见,过年过节去慰问他们,让他们觉得自己依然很有地位,工作起来就非常积极,很愿意利用自己的威望,说服群众,调解纠纷。同时各村组织党员志愿服务队,了解群众的疾苦和意愿,并和家支头人加强沟通。到年底,进行家支评比:你这个家支有没有吸毒的?吸毒人员是增加了还是减少了?既评集体,也评个人,干得好的奖励。如此,长脸不是长一个人的脸,是长整个家支的脸,丢脸也不是丢一个人的脸,是丢整个家支的脸。家支间再不是以前那种负面攀比,彼此结怨,而是正向竞争,你追我赶。

尽管也有人怨帮扶干部抢了他们的民心,但家支头人(包括村干部)也敏锐地感觉到,民心其实不需要抢,谁对民好,民心就向谁。由此,如我前面所说,权力结构正在悄然转移。这是彝人社会中最深刻的变化之一。顺应是最好的出路。而且,毒品对彝人的伤害,他们是看见的,"有的死了,有的不成人形",他们说这话时,很是伤感。作为头人,绝不愿意自己的家支成员是那样的结局。

几方合力,尽管昭觉的禁毒形势依然严峻,但成效也很显著。

首先,他们明白了吸毒不仅挣不来面子,还丢面子。这已经是很大的进步。正如贾莉所说,就像认识到不洗脸不好是进步,认识到人不跟猪睡在一起是进步,认识到彩礼不能太高是进步,知道把坨坨肉改成回锅肉是进步……他们不停地在学习。"有些人觉得,国家扶持力度那么大,凉山为啥还是那样穷,还是有那些乱七八糟的东西,其实跟以前比,他们已经跑了很大一截。"我去好几个乡,都看到戒毒人员给禁毒中心送的锦旗,有的送给单位，有的送给个人，比如："赠：美丽的警花阿西牛牛，工作认真，时刻问我们着想。"把"为"写成了"问"。这证明，他们已经充分认识到吸毒不好，戒毒才好。

其次，年轻人吸毒的少了。在凉山，昭觉最先建立吸毒人员档案，从哪年开始，现在戒毒的情况，都记录在册。实行动态管理，人在外地也能掌握，死不悔改，就列入黑名单，火车飞机都不能坐。竹核乡曾是毒品重灾区，四治专员刘杰说："现在年轻娃儿一个都没得吸毒的。"马比伍哈说，他们龙沟乡，吸毒的至少在30岁以上，"老乡都看不起吸毒的，大家都要面子，被人看不起，面子都没得，人还有啥活头？"克惹伍沙说，四开乡的年轻人"没有吸毒的"，那些吸毒人员，"干过一口的都算，都在四五十岁以上"。

再就是，进入昭觉的毒品数量，大大减少。这从毒品的价格也能看出变化，阿合木呷说："以前在昭觉，1克毒200多块，现在1000多块都买不到。"

第十一章

渊面之下

一、车里的哭声

如果吸毒没有那么严重的次生灾害,这个话题就可以到此结束了。

这意思是还不能结束。

如果我有更多的时间对你说,你也有兴趣听,就远不能结束。

你知道,这个次生灾害是艾滋病。

最初吸毒,是烧着吸,后来毒瘾大了,烧一小坨不行了,就注射。照吸毒者的说法,烧着吸非但不过瘾,还浪费得很,注射一半的量,都比吸好。你见过注射毒品有一定时日的人吗?二十年前我就见过。那时候,我还在达州市一家报社当记者,国际禁毒日(6月26日)的头一天,我去戒毒所采访,其中一个二十四五岁的女子,穿着短袖T恤,伸过手臂,说:"你捏看。"不需要捏,碰一下,就给我土崩瓦解的感觉。是某种固有观念和浪漫想象的瓦解。那手臂硬如钢条。一个女子的手硬如钢条!而她说,她身上每一处都这么硬,再想注射,哪里都插不下针,往往是戳断几根针头,也喂不了几滴药进她的血管。说这些时，她面色平静，对警察在一旁的训诫，她也是平静地接受，平静地承认错误，平静地表达后悔。来到昭觉，每当我跟吸毒者面对面，就想起那个女子，我不知道她是否成功戒毒，也不知道她是否还活着。

买针具也是花钱的，而在吸毒者看来，要不是买毒品，任何开销都不值当，都没花到正道上去。于是，分明是一次性针管，却用十次八次也舍不得丢。当几人伙在一起，一人毒瘾犯了，没带针管，或者根本就没买针管，便对同伴说："我忘带针管了，你的我用一下呢。"大家不是讲哥们儿义气吗，毒品都分给你吸，借一下针管还不行？于是，不仅多次用，还共用。

能不花钱用别人的针具，很高兴；自己的能借给朋友用，有面子，也高兴；但高兴的不只是他们，还有艾滋病毒。艾滋病毒已住进了某个人的身体，可一个身体太窄，需要扩充国土，需要更多的身体、更多的宿主。吸毒者非常体谅地满足了它们的诉求。吸毒者注射毒品时，是把静脉血抽出来，把药搅匀后打进去，想到管壁上可能还有残留，舍不得，便再抽一管血出来，涮干净了，再打进去。如此，病毒像得水的鱼儿，轻松自在地完成了入侵和繁衍。

但他们根本没把得艾滋病当回事，"就像得个感冒"。

人言："得艾滋病会死的。"

答曰："死有啥子了不起？"

我初到昭觉时就对你说过，彝人"视死如归"，说他们这种对待死亡的态度，影响了一系列行为，包括对毒品的放纵，对艾滋的无惧。前天，我跟县卫健局局长安理达又谈起这个话题，他说："我们彝族相信，人到一定年龄不死，就变成了鬼。还觉得老了不死,会占了年轻人的福。这是从自然中来的。黄叶子应该先落,如果先落了青叶子,是违反自然——彝族的格言是这样说的。可是彝族格言里还有一句话:'老的想死,但看到山上的滚石,还是要让。'这证明在潜意识里还是想活。"特别是精准扶贫过后,有些60多岁的老人说:"现在吃这么好,住这么好,日子过得这么好,我还没活够,还想再活60年。"证明以前之所以觉得自己该死,并非真的想死,而是粮食不够吃,衣服不够穿,钱不够用,让儿孙受苦,是对儿孙的一种牺牲。

可是他们不愿承认这一点,只觉得"不怕死"是彝族的传统。小农经济的封闭性,必致厚古薄今,凡传统就都是好的。这个"好",既是对因袭的依赖性,是实实在在感觉到的依赖的好,同时也是对违背传统的惧怕,因此即使违背了,也不承认,属于做得说不得那种。

有天,我和老板萨龙、马海里根去美甘乡看两家人。

第一家共4口人,最年长的快满14岁,最年幼的3岁,是四姐弟,两个大的是姐姐,两个小的是弟弟。他们的父母都死了。死于艾滋病。

有彝人说,彝族没有孤儿,因为有家支收养,"其他民族稍远一点的亲戚就不管,彝族不行"。某个家庭父母亲去世了,家支里面必须管,否则丢了脸面,跟别人开亲,人家就会有想法:那家族零零散散的,跟他们开啥子亲?"所以遗弃是没有的,只是条件有限,管得不好,该读书的可能没读书。"但阿吉拉则等人又说,咋可能没有孤儿呢?哪个民族没有孤儿呢?

不管哪种说法,这四姊妹是孤儿,不仅父母死了,所有近亲长辈都死了。全死于艾滋病。村委会对他们很照顾,国家发的补贴，由村委会帮忙保管，一应生活所需，包括米、油、盐等，由村委会买好，送到家里去。

我们到达时，天已黑透，张毅、鲜敏和郭亮带路，用手机照明，来到这家院门前。狗凶恶狂吠，但推开院门看不见狗，是拴在一个棚子里。院里乱，屋里倒还整洁，火塘边放着三只搪瓷碗，碗里是坨坨肉，最小的那个穿着开裆裤，蹲在地上抓肉啃，满嘴油，眼睛明明亮亮地盯住我们。最大的那个说："我妹妹还没回来。"她妹妹上学去了。姐弟四人，只有老二在上学。鲜敏说，我们等会儿去路上接。学堂离家远。老大汉话说得好，她说是爸爸教的，也是跟电视学的。她还会唱汉语歌曲，但羞涩，不唱，说唱得太难听了。其实这是个很大方的孩子，连羞涩也大方，一说一笑。张毅问米吃完没有，说还没有。看着挂在屋当中横木上的几块腊肉，鲜敏说，你还可以嘛，还剩这么多肉。她又笑，说谢谢叔叔。郭亮说："我们帮他们养殖。"张毅说："她自己也努力，今年养了两头猪，杀一头吃，再卖一头，卖了1800多块。"又说，"她能干，每天上山砍柴。我们的意思还是想让她去上学，可是现在没办法。"她听了，说："我要是能干就好了，我就是不能干呢。"

她叫莫三伟。

母亲2018年3月死的，父亲晚死一个月，也就是说，一个月之内，这家孩子就父母双亡。那时候，莫三伟还不满12岁，却成为家里的顶梁柱了。如果只是带着弟弟妹妹长大也好，可没那么简单：她的两个弟弟都得着艾滋病，是母婴传播。

大弟弟很瘦，眼睛有点落窝，小弟弟相对胖一点。大弟弟虽只有6岁，却像对自己的处境有所察觉，神情忧郁，小弟弟啃着

235

肉吃，倒是浑然不觉。鲜敏问莫三伟："药坚持在吃吗？"她说："天天给他们吃。谢谢叔叔。"

第二家是对夫妻，年不上30，都得着艾滋病。两人刚从北方打工回来，问还去不去，说不去了，身上没劲，只能做轻活路，挣不到钱。他们打工多是帮人摘棉花，有很强的季节性。摘棉花结束，在外面"晃"着找工作，但别人看他们那身板（男的尤其瘦弱，穿很厚的衣服，披着擦尔瓦，还缩着脖子，很怕冷），就不会把工作给他们做，晃一阵只好回来了。鲜敏又叮嘱定时定量吃药。

回去的路上，马海里根开车，我坐在副驾，老板萨龙坐后排，他把头伸前来，对马海里根说："阿格（马海里根的网名），我想哭。"说时已是哭腔，话音刚落，就伤心断肠地哭起来，边哭边说，"我们彝族不可救药了……"

马海里根开着车，对我说："他多数时候住在西昌，没亲眼见过艾滋病人。我见得多了。前些年，大家争着得，喊着说：他得了艾滋病啰，政府发给他一头老母猪啰！为得老母猪，就去得艾滋病。那时候看不起人，就说：哼，他！艾滋病都没得起！"这和安理达说的一样。他说，艾滋病刚出来的时候，政府送礼品慰问，有些人就想，得了艾滋病还可以拿东西，很羡慕，就也去把艾滋病得上。马海里根接着说："我2015年来宣传部的时候，经常陪专家学者、新闻记者去接触艾滋病人，比这两家造孽（可怜）的多得很。那年8月份我们去一户人家，老婆吸毒死了，老公得着艾滋病，只剩骨头一把，躺在床上呻吟，下头几个娃儿，全靠一个80多岁的老人照顾。老人实在太老了，干柴棒一样。房子也破。今天这两家，房子住得不错嘛，又有政府扶持和干部关心。那时候虽然也有，但远远没有现在力度大。你如果两三年前来这里，都会把你伤心死。"

老板萨龙哭声低了，但还在抽泣，擤着鼻涕。

"那时候大家认为，"马海里根继续说，"得艾滋病有啥子可怕的？大不了一死嘛……"

老板萨龙听到后面这句半截子话，愤然收了哭声，大声指斥："这就是我们的传统，这就是我们的劣根性！'大不了一死'，所以就不怕得艾滋病！你不能再说这话了，再说我要打人的！"

那第二天，我们又同去昭觉县人民医院疾控中心，见去打针服药的艾滋病人，如赶集市一般，特别是那些七八岁十来岁的孩子，针一打，书包还没挎上肩，就朝学校飞奔，生怕迟到了。见到这样的景象，老板萨龙一声儿也没言语。在陪我三个小时的采访中，他始终沉默着。幸好我采访的人都会说汉话，不需要他翻译。

二、"怕"的两面

如果我对你说，艾滋病人知道打针吃药，同样是转变观念带来的巨大进步，你不要吃惊，因为事实就是这样。

最初，他们认为得艾滋病就跟吸毒一样，是很光荣很有面子的事情；当得了艾滋病还能得慰问品，尤其感到有面子——这种面子观，确实有让人费解的地方。"给我，是看得起我"，并不管是为什么给，也不管给的是什么——政府发的老母猪小鸡崽，都高高兴兴地收下了，但发药，直接就扔了。反正是免费发的，扔了不心痛，加上觉得实在没必要吃。如果担心扔了药得不到慰问品，就等医疗队离开后，悄悄扔。

"首先要让他们怕得这个病，"安理达说，"知道怕，就是进步。"

于是将他们集中起来，看艾滋病宣传片：那些病情发作的，瘦如麻秆，全身溃烂……但这带来另一个后果：怕了，就不去检测，也不去治疗。便又根据年龄做了区分，年纪大的，宣传就温和一些，把图弄小点儿，更多地做正面引导；对年轻人则必须狠，让他们充分认识到艾滋病的危害。到2018年，昭觉实行全县大体检，外出务工的也召回，覆盖率达98%以上。体检结果是惊人的，且发现传播途径已明显位移。以前多是吸毒共用针具，现在更多的是性传播。事实上，就全国而言，早在2006年，中国疾控中心艾滋病防治专家吴尊友就说，性传播已经超过吸毒人群。他那时候公布的数据，是49.6%：48.3%[1]；而到了2019年，九成以上（94.7%）都是通过性途径感染[2]；某些区域，性传播比例高达98%以上。

像昭觉这类大凉山腹地，无非是慢了几拍。

过了些时候，又不知从哪里传出流言，说发药给他们，不是把他们治好，是想把他们毒死。我采访过的艾滋病人都表示，他们都听到过这种传言，而且也都相信。2018年6月21日，习总书记视察凉山四个月后，世卫组织抗击结核病和艾滋病亲善大使彭丽媛到昭觉，关心病人，捐助设备。四开乡卫生院院长贾巴尔日专门带我看了彭丽媛捐来的远程诊疗仪。贾巴尔日以前是支尔莫

---

[1] 中新网、新浪网，2006年12月1日。
[2] 李彦昕：《2019年全球艾滋病现状及竞争格局分析》。

乡卫生院院长，到四开乡后，并不只负责该乡艾滋病防治，是负责一个片区，包括几个乡。他称彭丽媛为彭老师，这称呼听起来特别自然、亲切。他说，彭老师不仅带来了这个仪器，还带来了App，装在手机上。可是，彭老师离开后，又有人传，说艾滋病根本没那么可怕，县上故意说得可怕，"是想骗彭老师的钱"。

之所以出现各种流言，陈立宇认为，与吃药的初期反应有关。头晕、恶心、呕吐、没劲。连医生暴露预防吃药，也会出现这些不良反应。还处于感染期和潜伏期的病人就想，我没吃药是个好人，吃了药反倒成了个病人，不是想把我毒死是什么？至于那些因病死去的，他们又并不认为是得艾滋病死的。

吃药的不良反应一个月后就会好转，如果不吃药呢？

当然后果很严重。

有人说，艾滋病导致死亡是最严重的后果，但我不这样看，我认为最严重的后果是母婴传播，或叫代际传播，就像莫三伟的两个弟弟，刚出生，就被无辜地推向深渊。坚持吃药，不仅能有效延长寿命（陈立宇说，80%的人可以活到正常年龄），大大降低传染率，还可母婴阻断。安理达、贾巴尔日和刘杰都介绍，病毒载量（1毫升血液里的病毒量）低于1000，传染性就会大大降低。

我见到的第一个艾滋病人，并不是莫三伟的弟弟。那之前，我去竹核乡就见过，是个女人，30多岁，包着头巾，露出小小的瓜子脸，生孩子前她就吃着药，因此儿子没被传染。安理达说，即使双阳家庭（夫妻均是艾滋病患者），只要药吃得好，自然分娩也不会传给孩子。这叫母婴阻断。对此，安理达还专门请教过专家，专家说，胎盘具有很强的防病毒能力，乙肝丙肝梅毒艾滋病之类，都进不去，孩子被感染，是在出生时母亲出现创口，但只要血液里病毒载量低，母亲有创口也能保证孩子健康。

彝族百姓不是可以生三个孩子吗？为稳妥起见，如果你已经有了两个，而自己又是阳性，想再生一个，政府就动员你，能不怀就不怀，能不生就不生，能不传就不传——但坚决不能死。你犟着要生，那么在生之前一个多月，就住到医院去，医院随时监控，至少保证在医院住42天，检测没问题，可以生。孩子出生后，由妇幼保健院医生指导，配奶粉喂，不喂母乳。奶粉由国家补助。然后三个月检测一次，半年检测一次，18个月检测一次，如果孩子到一岁半还是阴性，就可以确证没被传染。

三、把嘴张开

当我接触到这一块儿，深深感佩于昭觉人的决心。防艾和禁毒一样，干部包干，实行1+M+N模式。"1"是党委政府，"M"是医生，"N"是服务对象。党委政府不是个笼统概念，而是具体到人。医生也具体到人，先扣掉部分工资，称为责任金，到时看效果。好，补发而且奖励；不好，直接扣除而且很可能下课。"1"起领导作用，"M"则要对"N"劝诫和监督，包括监督吃药。

这工作十分细致，也十分繁重。安理达说，昭觉全县在岗医生740人，在凉山各县算多的，但艾滋病防治花费了很大精力。疾控中心牵头抓总，看病治疗医院管，母婴阻断妇幼保健院管，县上的医生随时下乡，用彝汉双语宣传，还暗访督导。乡卫生院负责所在社区和村寨，还聘请艾防员。艾滋病吃药有特殊要求，比如你开始是早上8点吃的,第二天也须是那时候,你不能头天是8点,第二天6点就吃了,或者拖到9点10点,那就没有效果,就叫治疗失败。这里没有上午、中午之类的模糊概念,而是非常准确,要上好闹钟,定时定量。医从性好的,规范服药的,病毒载量会很快从10000左右降到1000。

药物通常是三种,但艾滋病患者很多具有吸毒史,就可能感染了肝炎,还可能有结核,艾滋病药物和肝炎药物不冲突,但和结核药会有,医生开处方,得详查并加以考虑。几种病集于一身,每天得吃六七种药,一大把,很多病人文化低,记不住吃法,该吃一次的,可能吃了两次;该吃两次的,又只吃了一次。乡卫生院和聘请的艾防员要指导,县上的医生下去检查,走进病人家里,首先是数数,比如你某天把某种药物领了三盒,到现在应该只剩一盒,如果剩的不止一盒,就证明有漏吃;如果只剩了半盒,证明吃多了。除数盒子,还数颗粒。

同时结合乡规民约。艾滋病人想出去打工,谁也不敢不让他出去——前面说过,尽管帮扶干部和本地党委政府大力发展产业,可目前的昭觉,打工还是家庭收入的主要来源,也是脱贫的重要力量——出去打工可以,条件是先治疗,等病毒载量降到1000以下,传播风险小了再出门。出门后也必须坚持吃药、规范吃药,县里的责任人通过视频监督,时候到了,你把药拿出来,放进嘴里,喝水进去,再把嘴张开,喊一声"啊",表明药真的吞了。这也不行,是怕你转身就把药呕出来,因此要盯住你五分钟。通知你回来做病毒检测,你就得回,由相关部门报销车费。不回来也行,你在当地检测,把单子寄回来,如果认定有效,就可以继续在那里干,否则必须回来。有了视频过后,要全程监控,你去了哪家医院,走了哪些流程,都适时察看。如果既不回来检测,也不在当地检测,就利用村规民约,冻结其户口。"麻烦的是,"安理达说,"老身份证还在继续用,他的行动不会受到影响,你冻结,他不怕。"但还可以扣下他的各类补助。当然只是扣下,是暂缓发放,谁也不敢说给他扣除,"怕他想横了,报复社会"。

此外还利用同伴教育。

所谓同伴教育,就是艾滋病患者去教育艾滋病患者。

四、同伴教育者

我前面给你提到过的曲比阿西,就是个同伴教育者。

曲比阿西,从小聪明,读书成绩很好,上初中过后,一心想考中师,"考上了就能当老师,吃国家饭"。可是没考上。"我物理化学不是很好,教这两科的是同一个老师,不晓得是他教得不好,还是我其实不聪明。"考试落榜,她很伤心,待抹干眼泪,就决定读高中。然而,村里当时正好有个高中毕业生,还是她的朋友,那人毕业后回来,没几天就嫁人了。曲比阿西就想,读了高中无非还是这样,突然感觉没有意思,于是不想读了。朋友嫁人没多久,她也嫁了人。

有了自己的家庭,却没像一般彝族同胞那样,老老实实干农活、养牲口,而是做起了"生意",两口子联手,贩鸦片,也贩羊皮。这期间,她看到有些大老板穿金戴银的,而自己的生意做得小,只能算吃得上饭,就有些嫌弃老公,想跟他离。按彝族规矩,谁提出离婚,谁就两倍三倍赔偿彩礼钱,她赔了两倍半,也离了。但从此也没再嫁。"我不再嫁,是怕嫁人穷,宁愿一个人过。"但说这话时,哭腔已经出来,"有时候我真想哭啊,我那么早就孤孤单单的……"

她和前夫生了一儿一女,离婚后,儿女都由她养着。这应该是很少见的。后来她儿子贩毒,被判无期徒刑,儿媳就把家抛弃了,留下三个儿女,看也不回来看一眼。只是有一回,儿媳跟其中一个孩子有了联系,是她在外面赌博,输了500块,拿不出钱,就把那孩子抵给了人家。孩子不见了,曲比阿西多方打听,好不容易知道了下落,凑成500块钱,才去把那孩子领回来。

再后来,曲比阿西开始吸毒。她说,当时有个老板,零包贩卖毒品,他们村的人买来,"大家一起摆起吸"。很快上瘾。毒瘾上来,"就干不起活,骨头里头不舒服"。但她并不承认自己是吸毒才得了艾滋病,说她没打过针。她得病是因为拔牙。去家私人医院,等着拔牙的,五六个、七八个,坐一圈,医生这个拔了拔那个,都用一套家伙,也不消毒。当时就有个矮个子说:"我得了艾滋病啰。"那人看上去好好的,因此他自己没当回事,别人也没当回事。

但曲比阿西并非没听说过艾滋病的厉害,她早听说非洲人得了那病,脚干了,身上烂,很害怕。为此她还教育儿子,让他不要出去乱交女朋友。"没想到我们彝族同胞也得了,更没想到我自己也得了,我像做梦一样。"

政府发放药品,她也认为是要毒死她,拒绝吃。可是身体越来越差,每个月要输三回液,发烧、气管炎、肺炎,马上就要转成结核,胃里难受,随时拉肚子,像全世界的病都往她身上凑。"那时候有个美国医生,他在昭觉干了八年,去年(2018)3月才回国去了。他对我说,你要相信我,好好吃药,会好起来的。但我不听。后来又有人来劝我,我稍微开通些了,心里想,我还有三个孙子呢,最大的才7岁,小的那个刚2岁,我死了,他们就没人养,既然不吃药也是死,那就试着吃看。结果吃了一个月,就慢慢好起来,吃到第八个月,爬楼梯就轻松些了,饭量也大了,肚子也不拉了。只是还发烧,一夜要起来喝五六道水。但是我坚持。坚持到现在,你看我!"

她笑了。

她今年已经58岁,然而精神非常好,根本不像个病人。

尝到了服药的甜头,她就想跟病友们分享,和病友加微信,主动做起了同伴教育,把自己的故事讲给他们听。开始也有人不信,说她是医院的托儿,后来信了,都听她的了。"同伴教育是个很好的办法,"子克拉格说,"你这些说十句,不如他们说一句。"是因为大家处境一样,心理上没隔阂,能感同身受。

有天,曲比阿西来疾控中心,听到医生跟病人吵。这是常事。身为副院长、又是从华西这样的名牌医院过去的陈立宇,起初很不理解,医生怎么能跟病人吵架呢?可有一回,当他亲自和病人面对面,竟也控制不住情绪。你做什么都是错的,病人都觉得你是在整他,你抽他一点血,他说:"你是不是拿我的血去卖哟?"你给他一个手牌,他当场就砸了;你视频上看到他确实在按时吃药,可检测的时候,病毒载量却猛增几十万上百万,原来他是用酒下药,他咕嘟咕嘟地喝,你以为是喝水,结果是喝酒……让你生气的,不只是他的这些举动,还有你的一片心。曲比阿西看到他们吵,想到那么多人死了,她就亲眼看到一家人爸爸死了,女儿也死了,还有两兄弟一起死了,病人却还这么不听话。可她又理解病人的心情,知道他们怕在哪里,痛在哪里。
"我对张医生说,我可以来做同伴教育。"

张医生觉得是个好主意,向领导请示后,把她聘过来了。

孙子白天上学读书,她在这里做同伴教育。以前是在视频上做,现在面对面,可以说得更细,交流得更充分,更有针对性,因此效果也更好。

"我已经帮助一千多个人了。"她说。说时有一种深沉的满足。

刚来的时候,她周末休息,回去陪孩子,现在孩子大了,大的能照顾小的,她就跟医生一起加班。而在昭觉,安理达说,医护人员2017年就取消了周末,你可以周末晚上去趟西昌,但第二天10点之前,岗位上就必须见到人。

同伴教育几乎每个乡都有,报酬其实相当低,乡上的是每年400块,再适当补助电话费。但和曲比阿西一样,一旦认识到艾滋病不只关系到某一个人、某一群人,还关乎一个民族的生死存亡,他们看重的就不是钱。这和各级政府的宣讲分不开。负责任的领导,都不把防艾只当成工作来做。只当成工作,就可能作假,而作假非常简单,把健康的血液测两次,两个就过关了,测三次,三个就过关了。"教育作假要害人,医疗作假要死人。"克惹伍沙说。本着这样的信念和工作业绩,克惹伍沙获得四川省"脱贫攻坚先进个人"称号。

尽管用了这诸多办法,"不听话"的患者依然不少,医院就采取分级管理,医从性好的,在家吃药;不按规矩来的,集中吃药;到某个钟点之前,你必须到达指定地点,医生一样一样把药给你,守着你吃下去,然后按个手印,你就离开。在贾巴尔日那里，我看到厚厚一沓档案，上面按了密密麻麻的手印，谁吃的药，吃了什么药，几点几分吃的，由哪个医生监督，都有详细记录。

艾防经费按人头给，一人一千多——吃药是国家免费，这一千多元是督导吃药宣传的费用，若有剩余，可用于奖励患者。奖励金额由乡上定，钱多多奖，钱少少奖。关于怎么奖，是有过争议的，有人说，用来奖那些医从性差的人，鼓励他们好生吃药，安理达坚决不同意。他说："那种奖法，首先导向就错了。"最初发现艾滋病时，给患者送钱送物，结果都争着去得艾滋病，这是个深刻的教训。既然叫奖，就只能奖好，不能奖差。孔夫子还说，以德报怨，何以报德？把这句话变过来：以奖奖差，何以奖好？

奖励不限于物质，还包括给你个岗位，让你在工作中感觉到活着的价值和意义。聘你为同伴教育者，也算是岗位。贯彻党中央国务院精神——"创新生态扶贫机制，加大贫困地区生态保护修复力度，实现生态改善和脱贫双赢"[1]，让你做护林员、草管员，同样是岗位。克惹伍沙说，他让一个医从性好的艾滋病患者做护林员，给他个袖套戴上，他觉得特别光荣，每天拿起喇叭上山，干得特别仔细，特别扎劲。他这样身体练好了，还有了收入（每年七千多）。克惹伍沙见到他，喊他一声护林队队长，他"啪"的一声就给克惹伍沙敬礼。这时候，他的生命无比张扬。

---

[1] 中共中央、国务院《关于打赢脱贫攻坚战三年行动的指导意见》，2018年6月15日。

五、流浪的灵魂

　　省派四治专员和昭觉本地干部一起，付出了艰辛的努力。同时，他们用自己的技术、人脉和情怀，为艾滋病防治注入新的活力。

　　我去竹核乡那天，照例没有太阳，但空气里含着光，被北风扫尽叶子的青冈树，枝柯明亮，只是冷。刘杰在村委会外面接我，见他脸都冻青了。走进他的办公室，见满桌子都是资料，是吸毒人员和艾滋病人的档案，包括搬迁的、外嫁的，都建有数据库。他说，刚有个戒毒人员来开证明，想去办驾照，可他戒毒没满三年，证明不能开。然后带我去傍窗的角落，放视频给我看。州上给各地发放了禁毒防艾手册，但下面很多工作人员看不懂，他便开发了软件，录了视教片。艾防员走进患者家里，该做些什么、说些什么——对普通患者怎么说，对阳性孕妇怎么说，对阳性育龄妇女（15—49岁）怎么说，里面都讲得很清楚，既是通俗科普教程，也是工作流程。模板是他写的，请州上来拍的。刘杰来自成都市青羊区府南金沙社区卫生服务中心，到竹核乡之前，在州上干过一段时间，和州里相关人员熟悉，有邀请他们来拍摄的便利条件。

　　竹核乡的艾防工作已取得很大成就。以前，该乡艾滋病排全国第二，现在排全县第二了。但刘杰说，问题还是很严重，你讲一万遍，老百姓开口闭口照旧是那句话："大不了一死。"就这个观念。所以直到目前，防艾也主要是靠政府压，压力大，患者吃药，压力小就不吃了，老是这样反反复复。所以这时候特别需要耐心,并从各方面去关心他们。"一旦得上那种病,就成了弱势群体,这是个现实,只盯住他们的病,不一定有效果,要关心他们的生活。"

拉牙村有个四口之家,除男人健康,女人和一儿一女都是艾滋病患者。这女人曾经外嫁重庆某区县,离异时,对方只把户口本上她自己的那一页给了她,她没单列户口,再嫁时办不了结婚证,在丈夫的户籍地,她和两个孩子都成了"黑人口"。脱贫攻坚修彝家新寨,只有男人的指标,另三人都没有,低保同样没有,而这三个恰恰是病人,国家免费的抗病毒治疗,这三个病人也享受不到。村社干部也曾多次询问,都无法解决。

刘杰知道这事后,去派出所打听,告知先要到户籍所在地办理迁出手续,再办理结婚证。女人的丈夫打工去了,她娘家在金阳县丙底乡,刘杰驾着私车,带她回金阳,又说她的户籍并没从前夫所在地打回原址,需她本人去找到前夫,补打户口本。这事听上去不复杂,其实根本办不到。她前夫在千里之外,本就是江湖上跑的,茫茫人海,哪里去找?而且女人本身汉话都说不清,又穷得叮当响。她对刘杰说:"刘老师,谢谢你,我认命了,你想办法把我两个娃娃的户口解决了就好,他们还小,还要上学,还要吃药治疗。"

那之后不久,女人来找刘杰借钱,说她儿子这几天发烧,流鼻血,怕他发病,想到县医院去看,可家里真的没钱了。女人拿着钱离开后,刘杰心想,要不是深入基层,自己根本不知道有这样一群人存在,因为没户口,成了流浪的灵魂,精准扶贫政策,党和政府的关怀,到他们那里都成了盲点。他决心帮助这群人,将掌握的拉牙村6名黑人口信息,写成专题报告。之后凉山州卫健委副主任宋志斌、昭觉县卫健局副局长孙汉华到竹核乡调研时,他又做了当面反映。县上重视起来,报到州上,州上又报到省上,2018年彝族年收假第二天,好消息来了,县里对所有18岁以下未上户的艾滋病感染者补上户口。他们终于可以买医保了,可以免费吃药了,也不用担心没学上了。2019年,凉山州对艾滋病患病儿童实施民政救助政策,刘杰和同事又忙着帮助写材料,填申请表,经层层审核,让孩子们(包括那女人的孩子)每人每月能领到800元救助金。

刘杰认为,防艾是凉山卫生工作的重中之重,帮助患者,为党和政府分忧解难,是他作为一名共产党员和省派队员义不容辞的责任。责任感激发事业心,他和同事们创造性地做了"艾防员入户干预工作流程化研究",成果被凉山州卫健委采纳;同时编撰艾防员入户工作手册、基层艾防员健康教育工作手册等,完成了手机入户App开发应用,推动了艾滋病防治工作体系化、科学化、信息化。在他所帮扶的区域,抗病毒治疗率提高到了90%以上。

前面我多次提到过的鲜敏,到昭觉后流过两回泪。

其中一次我已说过,另一次是,他将美甘乡22名没吃上药的艾滋病患者,带到县上检测、拿药。这些人中,最年长的50多岁,最年幼的是莫三伟的小弟弟,当时只有一岁零八个月。正修路,不通班车,就租了三辆面包车。抗病毒治疗中心人很多,鲜敏各方联络,焦急等候,不知不觉间,就在那里走了三万多步。可到中午,还没检测到他们,而工作人员要午休,照这进度,今天根本完不成,他又不可能带着22个患者去住宾馆,也不可能带回美甘改天再去,去一趟是那样难,山高路陡,只是便宜的说法，要去那种路上走了，才知道究竟多难。于是他去交涉，让工作人员中午加班。这期间，那个1岁多的小东西又走丢了——他自个儿跑到外面去了。鲜敏急得满头大汗，把孩子找回来，又给22人买盒饭吃。好不容易查到美甘乡，又说那小东西太小，不好抽血，不能查。这就意味着，他分明得着病，却不能用药。鲜敏当场就火了，拍桌子骂娘，说你不会抽血，老子来抽！最终，所有人都查了，都拿到了药。下午六点半过，这群人从中心大门走出去，鲜敏走在最后面，他看着暮色中走在他前面的病人，心潮难平：今天，我完成了对他们的检测，让他们都吃上了药……想到这里，他哭了。

六、隐私

2014年，联合国艾滋病规划署提出中国"90—90—90"目标，即到2020年，90%的艾滋病感染者知道自己的感染状况，90%已诊断的感染者接受抗病毒治疗，90%接受抗病毒治疗者病毒得到抑制。

昭觉2019年即达成这一目标。他们希望2020年能升至95%。看上去只有几个百分点，其实十分艰巨，但所有参与者都认为，党和政府有这样的决心，他们苦点没什么，覆盖率越广，发病率就越低，对彝族，对整个国家，都是很好的交代。能在自己手上有这样的交代，他们感到光荣。为减轻县上的检测压力，美甘等乡也曾争取，看能否像做节育手术一样，在乡上设点。但没被批准。

因为，这里牵涉到一个学理问题，或者叫伦理问题：隐私。

隐私这个词语,据说周朝初年就有了,当时的意思是衣服,也就是把私处掩起来的东西。隐私意识自然出现得更早,扯片树叶遮住羞处,那意识就已萌芽。在中国古代的物种进化思想里,有没有隐私意识,是人和动物以及文明人和野蛮人最明显的区别。

关于隐私的阐释,有人是这样说的:隐私是一种与公共利益和群体利益无关,当事人不愿他人知道或他人不便知道的个人信息,当事人不愿他人干涉或他人不便干涉的个人私事,当事人不愿他人侵入或他人不便侵入的个人领域(有保密义务的除外)。因此隐私是个人的"自然权利"。

这解释当然没有问题。包括《现代汉语词典》上的解释:"不愿告人的或不愿公开的个人的事。"同样没有问题。

但问题还是产生了:

如何界定与公共利益和群体利益无关?

如何界定仅仅是个人的事?

艾滋病是有关还是无关?

是个人的事还是大家的事?

艾滋病要传染,不管是针具传播、血液传播还是性传播,总之要传播。

特别是性传播,必定关涉他人。

而性传播已经压倒性地超过别的途径。

既如此,就不是无关。

也不只是个人的事。

所以,艾滋病不能叫隐私。

我认同这样一种解释:"隐私是当事人不愿告人或不愿公

开、且不妨碍他人和社会利益的个人生活和行为。"我认为这是唯一科学的解释。

七、全副武装去医院

不是隐私的艾滋病被定性成了隐私，而隐私的最初内涵和核心内涵是羞耻。因为"羞耻"，给患者带来极大的精神困扰，同时也给艾滋病防治带来难以想象的困局。通过对昭觉的考察，我可以说，防艾工作之所以拖累了医务人员大部分精力，十之八九是因为"隐私"二字。

这同样是个观念问题。

是对艾滋病的观念，造成了这样的后果。

我也说过，有耻感是一种进步，以前你说他得了艾滋病，他乐呵呵的，很有面子；现在你说他得了艾滋病，他感到羞耻，要跟你翻脸。你说他孩子得了，叫他去领补助，他不要，他穷，想要钱，但这个钱他不要，是怕儿子将来找不到女人，女儿将来找不到婆家。这是对艾滋病看法的转变：从争着得，到不愿得，因此是进步。但很显然，这种进步并不是基于理性，本质上无非是另一种"面子"。

说个具体的例子给你听。

竹核乡尼日村四治专员王孝梅，2018年从邛崃平乐镇卫生院去昭觉，就遇到个"钉子户"。艾防员告诉她，有个26岁的阳性育龄妇女，多次动员，都不愿接受治疗。可越不愿意，越要动员，这是王孝梅的职责，于是她拨通了电话。连拨两次，都被挂断。王孝梅想，医患沟通不能面都没见就失败，只要能见面，就有希望，她便又发去短信："您好！我是省派到你们村的护士王孝梅，由我负责联系您相关疾病的管理，您放心，我是专业护士，会对您的个人信息保密。您现在这么年轻，配合医生进行规范管理才是最正确的选择，您有需要随时与我联系。"幸好，这位患者念过书，通汉文。十分钟后，短信回过来了："谢谢您王护士，我就是很害怕，害怕一治疗周围人全都知道了，我想要小孩又怕传染给小孩。"王孝梅马上告诉她，说是我对口跟你联系，信息绝对安全，不必有任何顾虑。还告诉她，目前虽不能彻底治愈，但只要配合医生，个人寿命可达60岁以上，传染性也能大大降低，你有95%以上的可能生一个健康宝宝。

这些道理，对方其实是懂的，可她的症结是害怕暴露。王孝梅说，你规范治疗，就不会反复给你电话；你不去治疗，从村社干部到省派干部，从村委会到乡党委政府，都会想方设法联系你、动员你，周围的人反而容易察觉。可她说，县医院好多医生都认识她，一去就会暴露。既如此，王孝梅提议："我可以开车陪你去医院，你在车上等，我把单子拿出来你签字。"

患者同意了。

两人约好，去了县医院。王孝梅拿着患者的身份证找到登记处，将需要她本人签字的知情同意书、信息表等，拿到车上让她签。

然而，患者是一个一个的个体，并不是所有患者都一样用药，必须做体检。

这下，她坚决不同意。

王孝梅再是温柔体贴，好话说尽，也劝不动她，只好跟乡卫生院院长联系，请求协调。最终同意她去西昌市人民医院体检。

一个星期后，体检报告取了回来，王孝梅拿着报告去县医院，找到主治医师。尽管有报告，医生不见患者，心里不踏实，不愿开处方。王孝梅反复解释，才把处方要到手，领了药，交到患者手上。患者的感激之情溢于言表，说自己其实明白这个病的危害，就是怕人知道，"以后我一定好好治疗"。

刚开始用药，头晕、发热，王孝梅生怕她放弃，不断鼓励她。

尽管她很听话，可麻烦还是来了。有天，王孝梅收到短信："王护士，我真的受不了了，我吃了东西就吐，全身都是皮疹，都是黄的。"王孝梅让马上拍个视频过来。一看知道是肝功能损害严重。正如陈立宇所说，这与医生不能具体检查病人、不能因人而异地用药，有密切关系。

遇到这种情况，除了动员她去医院，再没有别的办法。最最担心的还是她放弃，因此王孝梅千叮万嘱，说还有第二方案，等你去西昌医院处理好，我再去县抗病毒治疗中心给你调整方案。两个星期后，花费五千余元，终于把"黄染"控制住。她实在想治，实在想好，只是，怕人知道的羞耻心，比泰山还重。

就在拿到患者的处理报告时，王孝梅自己却病倒了，HPV病毒感染宫颈癌变。做完手术，她迅速回到岗位，第一件事，就是跟那位患者联系，并拿着她的报告去了县医院。这一次，医生无论如何也要见到本人，否则绝不开处方。作为医务工作者，王孝梅明白这是应该的，"健康所系，性命相托"，不能有任何含糊。因为想到了这一层，她提前就给患者准备了口罩、帽子，便让她戴上，整张脸除了眼睛，遮得严严实实。可即使这样，患者下车向诊室走去时，还像做贼。

八、那时候才有春天

上面的例子丝毫也不极端。

因为"隐私",安理达说,医务工作者付出了数倍的辛苦。不愿集中服药,医生就去患者家里。白天去他家,他怕别人知道,就晚上去,照例把药给他,"盯到服下去",张一下嘴,喊一声"啊",医生守五分钟,才走。医生去的时候,穿着白大褂,他不满意,说你穿白大褂来,别人都晓得,那么就不穿白大褂,穿个黑的去。他说你只到了我家,别人也怀疑,那么到了他家,然后还去另一家,到那另一家,就说你们平时身体咋样啊,医疗费报没有啊,无话找话地说几句,这样你家也去了,他家也去了,别人就不怀疑了。可是还不满意,说你每次都先来我家,那么下一次,就先到他家,再到你家……

这苦吃也就吃了,但有一些却吃不下。

因是隐私,你去动员他,就是侵犯了他的隐私,你说你保密,他怎么相信你会保密?即使你保密,你不是已经知道了吗?由于此,"你想不想活?""老子收拾你!""老子整死你!"诸如此类的话,当面就扔过来。这种威胁即使不付诸实施,也会带来心理重负。问题是你还并不知道他是否要付诸实施。

隐私,就这样形成强大的规约机制和心理疾患,包括我给你写信,涉及的相关人物也都用了化名,比如曲比阿西,就是化名。尽管她自己表示,她现在能够勇敢面对,也不怕亮相,《凉山日报》采访她,要配照片,她都说可以不打马赛克,但马赛克还是照样打,化名也照样用。

以前，彝人的婚姻有三大要素：一是骨头，即血统；二是家族有无麻风病史，他们非常害怕麻风病（可能与支尔莫乡曾修建麻风病院，集中收治麻风病人有关，也与麻风病人身体皮肤变形变色有关）；三是有无狐臭，他们对狐臭很忌讳。前面我也曾提到，在彝族的忌讳里，有一条是未满月的婴儿忌见狐臭人，既然婴儿忌讳，就不会与狐臭人结婚。婚姻的这三个方面，被称为三大原则。而今，三大原则依然摆在那里，却又多了一条，或者说两条：一是吸不吸毒，二是有无艾滋病。若吸毒，有艾滋，再是门当户对，也当场拉倒。

有无艾滋病是隐瞒不住的，近两年来，凉山实行全面婚检，一方查出阳性，医生必告知另一方。严格说来，这也不允许，隐私嘛，怎么能告诉别人？而且还是没有保密义务的人。但不告诉，意味着不知情的一方就要受害，艾滋病就会扩散。正像安理达质问的那样："你说保护艾滋病人的隐私，请问谁来保护无辜者？"性传播不同于吸毒和血液传播，它是非常隐蔽的，你卖淫嫖娼，抓到了可以判你，你找个朋友，就很正当。没得的那方非常被动，迟早要得，男传女机率很大，女传男机率相对小些；但时间长了，一方蒙在鼓里，又不采取措施，男的女的都逃不过。所以必须婚检，必须告知。这办法是昭觉首先开始实行，然后整个凉山州推广。我认为，这体现了昭觉和凉山负责任的态度。子克拉格说，2011年，昭觉全县婚检的只有六对，现在是结婚必检。

医生也在想办法规避对"隐私"的侵犯，告知的时候，不直接说有艾滋病，只说"有病"，对方就懂了。但懂了就麻烦了，就意味着退婚，意味着有些人结不了，有些人嫁不了。非但如此,你还让我背着"羞耻病"的恶名,不仅这次结不了,这次嫁不了,以后都是。而他们认为,这一切都是党政领导和医务工作者造成的,威胁的话,报复的话,就说得更加切齿。

不单是婚检,昭觉全面大体检时,这样的问题就出现了。夫妻若是双阳,医生很好开口,两口子回去,也会扯皮,追究是哪一方先得,但大体还算安稳,毕竟都得了。若是单阳,为保护另一方,也降低传染率,医生告知阴性的一方,就要冒很大风险,这可能造成家庭变故,离婚的,走极端的,都存在。有人指着医生的鼻子警告:"你敢给我家里那个说,老子就找你算账!"

一个好的局面是,现在大多主动把婚检提前:有意的双方先检测,都没问题的话,媒人才出动,才订婚。但这只是解决了男女双方的纠纷,医生的风险依然在那里,因为还是得告知。党委政府为降低医生的风险,也为艾滋病人考虑,鼓励大家把艾滋病人介绍给艾滋病人,子克拉格还在金阳县做领导时,制定了防艾二十条,其中就有这样一条。但这不能解决根本问题。

而且还有更重要的问题。

就是出门打工的那批人。

昭觉的艾滋病患者,有三分之一外流。这是2019年11月底的数据。这数据在不断变化。从趋势上看,只会变多,不会变少。只要病情没发作,他们身上就没有任何标记,男男女女,有各式各样的要求,对他们如何防范?

安理达认为,这方面国家是有疏漏的,"包括从国外高风险地区来的,也疏于检测,来过后,在大学跟中国学生谈朋友,传播速度相当快"。现为联合国艾滋病规划署专家委员会委员、中国疾控中心首席流行病学家的吴尊友明确表示,学生感染都是最近几年的事,近五年来,达35%的增长率,"这是在任何群体中都算非常高的",而且还有三分之一的感染者未被发现①。就整体而言,我国年复合增长率也高于全球水平,特别是青年群体和老年群体新发病例增长显著,且主要传播途径均为性传播②。在广大农村地区,单身非常普遍,如何解决这一问题,只靠婚检显然不够。凉山现在是亮在明处,反而好办些;没揭开盖子的地方,才是真正的雷区。正如一位艾防专家所言,十二级台风刮过,海面波涛汹涌,海底下依然平静,而那种平静,正是危险所在。

安理达说,他曾经有个不切实际的想法,给艾滋病患者装上定位器,随时跟踪;之所以说不切实际,就是做不到,人家讲隐私呢,讲人权呢,怎么能那样干?作为卫健局局长,安理达的观点是,从社会责任和防治效果出发,应将艾滋病患者集中管控。他觉得,在有些事情上,我们太在乎别人的评价了,其实只要我们自己做得好好的,别人乱说,是别人的事。

子克拉格持同样的观点。他认为把艾滋病搞成隐私,就是文化不自信。据大家医联报告,艾防科研已取得重大突破,艾滋病从死亡率极高的"超级癌症",变成了和高血压、糖尿病一样可控的慢性病,上市高效药物达三十余种,首个有31%保护效果的疫苗已经出现,只要规范治疗,患者完全可以重建尊严,重返社会。而且国内外科学家正加倍努力,结成跨国跨领域合作团队,

---

① 《艾滋病在中国:仍有三分之一的感染者未被发现》,《三联生活周刊》,2018年3月。
② 参见新华网《青年老年成艾滋病高发人群,防控工作任重道远》,2019年11月30日。

到2020年,即可完成三到四个疫苗的大规模临床试验。既如此,为啥要搞成隐私?隐私不仅意味着羞耻,还意味着歧视。何况,规范的前提是公开,不公开,永远也规范不了。子克拉格叹息,说:"到某一天,你跟一个艾滋病人坐着吃饭,你可以大明其白地问他:你最近艾滋病好点没有?——到那时,艾防的春天就真正到来了。"

第十二章

半边天

一、"不要脸"的女人

如果说,对"隐私"的界定是造成困局的全部原因,那显然不合事实,同时也会遮蔽很多东西。抽象的道理不说了,讲一个人吧。

知道这个人,是从贾莉那里。那天贾莉说,汉族要秀恩爱,而彝族害羞,两口子在家里头再亲热,出来都不走一块儿;不过现在敢并排走了,那些打工回来的,"就是只会说普通话的那群人",还挽着走,"也秀恩爱了"。打工的多在彝族年回来,尤其是东五县,对彝族年很重视。过完年再次出门前,妇联会将他们召集拢,教育他们不要卖淫嫖娼,要学会保护自己。最有效的保护当然是不做,但这谁也控制不了,于是又教用安全套。其实都会用,只是提醒。最初不会,讲解员把安全套戴在手指上演示,他们就以为是这样戴法,结果十根手指戴满,还是怀起了,也染上病了。此前阿吉拉则说,有个男人倒是戴对了,却同样出了问题,是因为他把前面剪了,问为啥剪,说不能小便,原来他不知道用了就摘下来扔掉,竟一直戴了半年。"现在不存在了,"贾莉说,"到底进步了。以前既不会戴,也不敢要,你免费发给他,他不要的,你塞到他手上,他一把扔掉,还骂你。我们这里有个女的,1980年代就讲用安全套,到街头去讲,救了很多人,但不少人骂她。这个人得了全国三八红旗手。"

离开贾莉后,我脑子里一直转着那个"女的"。当时我就想问,但不想打断贾莉。贾莉是个精明能干的妇联主席,人家对她的评价是"又会说又会做";在我们的传统当中,褒扬做,贬抑说,但在现代社会,说和做同样重要,因此贾莉身上,有昭觉并不多见的现代气质。遗憾的是,待她说完,又没时间问了,她跟同事要急着下乡。我是下午才在电话上问的,她说那个人是县医院健康教育科科长,也是县妇联兼职副主席,名叫吉木子石。

名字一说,你就不应该陌生了,前面我多次提到过这个人,只是没专门讲过她,我曾说她是个开朗而勇敢的人,要把她的故事讲给你听。

那天贾莉把吉木子石的电话给了我,我便跟她联系,约定见面。正值周末,但周末只是个时间概念,并不具有实际意义,该下乡的下乡,该去办公室的去办公室,我正想着在哪里和她见面,去她办公室怕人多,去茶楼怕吵闹,而且来昭觉这么久,我还没进过一次茶楼,不熟悉环境。正犹豫,她主动提出来我住的酒店,说她才从西昌回来,刚下车,顺道直接过来。这太好了,酒店里安静。

这个昭觉的先驱者,让我心生敬意,因此等待的过程中,我竟奇异地生出一丝紧张。二十分钟后,她来了。个子不高,典型的彝人长相,双手插进衣兜里,款步走到窗边,朝椅子上一坐,将羽绒大衣一裹,说:"冷尿得很!"

此言一出，两人都笑。

吉木子石1998年从凉山卫校毕业后，义务治理霍乱一年，这些我说过了。到1999年10月，她被分到防疫站，正式参加了工作。2005年，皮防站、血防站、防疫站三站合并，组成县疾控中心。那时候，彝族女性读书的很少，参加工作的更少。"大家受传统束缚太多，"吉木子石说，"张不了这张嘴，迈不开这双腿。"然而，"我们这代人，不管能力大小，都是跨世纪的接班人了，把你推到那里了。整个凉山，昭觉受毒品和艾滋病危害最深，1995年，昭觉就发现了艾滋病。"于是，吉木子石的工作重心，便是艾滋病防治。

贾莉说吉木子石1980年代就开始宣传，看来是记错了，她是从1990年代末开始的。当时有个"无国界医生组织"，主要住在西昌，住在昭觉的有四五个，租了房子，与防疫站合作，搞医疗救助，给小孩打预防针。吉木子石负责与"组织"协调，下去宣讲时，做彝语翻译。虽只是翻译，任务却十分艰巨，没有勇气和责任心，就做不了。如前所述，彝人是开放的性行为，封闭的性表达，别人用英语说，用汉话说，都听不懂，听不懂就等于没说；而你吉木子石的话听得懂，你居然说艾滋病会通过性传播，"性"这个词是绝对不能出口的，是忌讳的，是只能意会不能言传的。自那时候开始，吉木子石的名声"就坏了"。

好在还没坏透。当时针对的群体，主要是娱乐场所。

2000年，吉木子石去成都，在省卫生干部学院学习，两年后回来，继续做以前的事。其时，"无国界医生组织"已撤走，来了个"中英项目"，专门针对性病和艾滋病。这次，不只是去娱乐场所宣讲，还对街头大众。

从此,吉木子石的名声,无可挽回地"坏透了"。

骂她是疯子。

骂她不要脸。

朝她吐口水。

"我很委屈,我还是个姑娘,就被人这样指骂。可我又想,人家老外都来帮我们,我们自己还不开窍,太孬了!"

说罢又笑:"也怪不得人骂,赶场的时候,在集市上,拿着男人的那个模型讲咋个用避孕套,你说咋不骂我嘛!"

能自解,正是她的性格。因此她委屈,却不流泪,她对骂她的人说:"我们彝胞为啥子穷?为啥子落后?就因为你们成天'堵路口'!"意思是本来有路,却自己把路堵死。

但她还是给老外建议,说到了民族地区,还是要尊重民族地区的风俗习惯,把男女分开来讲。老外听从了,效果好了很多。虽如此,吉木子石还是"不要脸"。外人骂,亲戚也骂,还把状告到她父亲那里。她父亲是县医院的外科医生,是昭觉的"一把刀",父亲听了,叹息一声:"我这个女儿嫁不出去了。"

真正防治始于2004年,但治的人只有几个。一是不重视,二是国家免费药物十分受限,病人入住条件非常苛刻,需把病人的材料送到西昌,西昌送到成都,成都送到北京,返回来说同意了,才能吃药。或许是当时的艾滋病还不像现在这样狡猾,吃上一阵药,拿快诊拭子也查不出病毒了。快诊拭子便捷,敏感度高,口水里的都能查。有个人发病要死了,寿衣都穿上了,吉木子石说服家属,给他用药,结果很快好了,"现在都还活起的"。

2006年,又有了个"中默项目",一面宣讲,一面检测。

"中英项目"时就做检测，但那时钱太少，一两万，最多时也就十来万，只能搞些培训。"中默项目"给每个县的疾控中心配了辆车，虽还是窘迫，但工作可以开展了。

筛查五万多人，查出的病例让人吃惊。

"这下政府的压力大了，不敢上报。"但你不上报，吉木子石必须报给你。"我是做这个工作的，不报咋行？"但她也知道，查出过后，却没药给人家吃，怎么交代？所以大家都阴悄悄的。阴悄悄的结果是，三年后，病例翻了五倍。

再后来，老外都撤了，吉木子石就单枪匹马，一个人宣讲。

她对他们说："你害羞，我祖祖辈辈都是彝族人，未必我不害羞？害羞跟命比，哪个更重要？害羞一会儿就过了，命只有一次！"

她对他们说："即使你不要命，你想死，也要死得有尊严嘛，至少让亲戚朋友看到你是干干净净的嘛，死得乱七八糟，看着心烦！"

她对他们说："你们说我不要脸，我确实也没脸，我去外省开会，人家都不挨我坐，说那个人的那个县，有多少多少艾滋病人。"

她对他们说："你们害怕麻风病，艾滋病比麻风病还恼火！"

正如安理达所说，在引导他们、让他们知道预防的同时，也要让他们怕。

就这样，天天讲，连着讲，一个村接着一个村讲，吉木子石把自己讲成了慢性咽炎。但有一些东西又是她无能为力的。许多时候，人的所谓不怕，是因为没有希望。"凉山实在太穷了，昭觉实在太穷了。"这就是说,彝人当下的不怕死,和迁徙、战争、打冤家年代的不怕死,其实已有了性质上的变化。不了解这种变化,一味拿传统说事,很可能隔靴搔痒。可毕竟,吉木子石对此无能为力。那些年代尽管也有扶持政策,但与现在的精准扶贫,不可同日而语。

吉木子石当时所能做的,是让他们明白,穷命富命都是命,都该珍惜。此外还要让他们明白,艾滋病传播就那三种途径,平时一起生活不传染。每个乡、每个村,她都去搞培训,火把节的时候,她去跟艾滋病患者过节、吃饭。"我是实践者,不去跟他们挨着吃几顿,哪个相信吃饭不传染?可乡政府的还是不愿去,不仅不去,借出来的盆儿和马匙子,通通不要,叫我们赔。"

多年以后的今天,谈及这个话题,吉木子石深有感触:"在彝族聚居区移风易俗,真是难哪,单单一个安全套的推广,就花了二十年。"

她本是学临床的,应该坐在医院里开处方,看病人,结果二十多年来,都是东奔西跑地宣传使用安全套,为一个安全套,她付出了最美好的青春。

"年轻的时候,我也有过一腔抱负,想好好当个医生……"她沉吟着,"但我也不后悔,总得有人去做那些事,不然彝族就完了。不只是彝族。那些打工的到处跑,对整个国家都有伤害。该治了。不治就毁了。特别是下一代。"

让她欣慰的是,二十年前骂她不要脸,朝她吐口水,现在她去街上发安全套,老乡即使不好意思主动要,也不经意地、悄悄地来拿。

两年前,由县妇联搭建平台,请吉木子石下乡给农村妇女巡回培训,站在这样的讲台上,吉木子石流泪了。被骂的时候不流泪,现在她流泪了。"想那以前,我好孤单、好委屈地干着这些事情,现在这么多人来关心了,我这心头……"

对我说着,她的眼眶又湿了。

二、另一种禁锢

我始终觉得,传统观念再顽固,如果不与某种现实利益合谋,也很难在当代生活中找到位置。吸毒贩毒、对艾滋的无惧、法制观念的淡薄等,如果背后没有家支制度支撑,就不可能畅行无阻。这是从民间的角度来说的。

政府方面,当时吉木子石和一帮老外,办了宣传海报,在县城张贴,但命令他们马上撕掉,因为"影响招商引资"。白天不好去撕,吉木子石就半夜三更出去执行命令。前面我已说过,直到今天,昭觉的本土工业也就是个小型水泥厂,证明遮掩并没能达到目的,非但如此,还带来灾难性后果。现在政府很重视,划拨大量款项,派了四治专员,但要是当初如此,就不会让那么多生命逝去,不会让那么多家庭破碎,也不会让毒品和艾滋成为脱贫攻坚的拦路虎。

当然,凉山的苦衷在于,缺乏诚意不止于走马观花和曲解概念。

比如昭觉县宣传部部长张敏说,她深感苦恼和痛心的是,有些号称中国摄影家协会的人来,看不到昭觉发生的巨大变化,故意去拍那些破烂,政府分明给老百姓修了新房子,他们偏偏去拍老房子,拍脏乱差。

张敏说，为了凝聚正能量，宣传部费尽了苦心，习总书记来过后，他们组织创作了情景剧《习总书记卡沙沙》（谢谢您习总书记）、快板《历程》，并组织群众宣讲队，宣讲队成员是跟总书记参加过座谈的，像三河村第一书记张凌、火普村第一书记马天等，不仅在县内讲，还到全州十七个县市讲，并将其列入农民夜校学习内容，形成立体态势。此外预防艾滋病，拍了微电影，"控辍保学"，创作了小品……这些作品下乡用双语演出，老百姓喜闻乐见。因在理论宣讲方面工作出色，昭觉县委宣传部2019年获得了中宣部的表彰。

可你"明显出发点有问题"的照片，却给外界传递不实信息，相当于否定昭觉在脱贫攻坚中付出的努力和取得的成绩。"今年彝族年，外省来了一批人，拍快手，给娃娃送了些书，给老百姓送了点很廉价的衣服，然后就专门去拍落后的地方。"甚至有人，给当地人几块钱（他们把这称为做慈善），让那人把脸弄得稀脏，身上穿得稀烂，他们拍了拿出去卖钱。

"既然昭觉是全国深度贫困地区，"张敏说，"肯定有方方面面的问题，但我们大家都在积极地做，他们却去误导人，觉得我们扶不起来，实际上并不是那样。"习总书记去三河村的时候，新房子还没修，只把图纸给总书记看了，"现在修起来了，住房条件改善了，可那些人还是拍老房子。有些老房子我们是不拆的，总书记去过的，我们要建一个陈史馆，还有的要留着记忆，让老百姓知道自己以前住成啥样，现在住成啥样。"

我去悬崖村那天，碰到几个外地来的网络直播者，背包上写着他们的人生信条："活着就是折腾。"边气喘吁吁地爬钢梯，边迎风朝着手机摄像头高喊："这地方很穷，我们来捐点钱。"

第一书记帕查有格见了，对他们说："你们真心的话，宣传一下这里的风光，就很感激你们了，不能故意弄些乌七八糟的东西，不能搞假慈善，不然我马上报警！"看来他们确实是寒了心，以至于时时警觉。

那些人不知道，盯住旧的、破的、烂的，也是一种自我禁锢的观念，总觉得这样的凉山，才是"真实的"凉山。他们相信传说、传统而不相信眼见为实的改变。且不说是否恶意，至少从思维上讲，就是落伍的。

三、何为热爱

几十年下来，昭觉人都知道吉木子石是"搞艾滋病的"，自从艾滋病成为隐私，她再去宣传、发药，就只能晚上去了。她走到哪一家，别人就说那家人得了艾滋病；她去找朋友，别人就说她朋友也得了艾滋病。她连朋友家也不敢去了。"老百姓怕暴露隐私，你拿药去，身上还要带糖，把糖给他娃儿，哄他高兴，巴结他，你这样费尽心思，他还不愿意呢，还把药扔了呢！"说到这事，吉木子石很无奈，"比起老百姓来，文化人更麻烦，工作更不好做，他们更要脸皮，更不愿治疗。最恼火的是有个一官半职的，你把口水说干，还要给他想出各种保护隐私的办法。"因此，大部分精力，都花在这上面去了。

对此她和安理达一样是有看法的。她认为，工作重心应该放在对健康人群的干预，而不是已经得病的人。她觉得把医务力量都囤到感染者那里，是治表，是做面子工程。"你是病人，该吃药就吃药嘛，这有啥子好说的？国家扶持力度这么大，啥都是免费的，你来来去去治病还给你路费，药给你你自己不吃，怪哪个？那些七八十岁的都还想再活好多年，你病了不治，当真想死？我就不信你当真想死！我经常对感染者说，我爹妈、我阿普阿妈（爷爷奶奶），一年我都看不了两回，只天天来围着你们转，你们还不知好，死了也是自找的。党和政府有责任，医生护士有责任，未必你们自己就没责任？你们不是小娃娃，不是无辜感染上的，最大的责任还是你们自己嘛！自己把病得上了，反而变成了功劳？"

她的心直口快是出名的。一段时间，她在金曲乡呷朵村任第一书记，便时常对村民说："现在那么多工作队来，广东的、绵阳的、全省的，到处来人，结果你们四洗五洗的还要人教，哪个瞧得起！我都瞧不起！你们把祖宗的脸丢尽了！还要不要人家把碗递到你手上？要不要人家把饭喂进你嘴里？"她说彝族以前很歧视穷人，精准扶贫后，却争着当穷人，帮扶干部去了，就想从干部手里得点啥。她本人帮了六户，她就那么点死工资，可今天喊拿两百，明天喊拿五百，实在拿不起。"我们单位有个年轻人，是个汉族，不会彝语，他有个帮扶对象，说话他听不懂，就叫我帮忙翻译，结果对方说：等脱贫过后，还给不给我们啥子？我当时就冒火了，问他：你不愿意脱贫？你想当一辈子贫困户？你既然脱贫了，有吃有穿有住了，还要别人给你啥子？疯尿了！"

老百姓的这种思想，在彝族传说里就有。我早就说，彝人崇拜太阳，他们把太阳神叫火补耿里，遇险遭难，都禁不住大呼："火补耿里！"相传那太阳神无处不在，也无时不在，他眼观四方，耳听八面，对人有求必应，呼之而出。可是后来，一妇人见儿子把屎屙在了裤子里,呼喊一声"火补耿里",太阳神迅疾赶到,见状大怒:"这等小事也喊我!"愤然离去,从此不再有求必应了。因这缘故,"人们至今还在埋怨那妇人",可见等靠要的想法是根深蒂固的。

吉木子石对此非常不满,觉得太不争气了,见了就要"骂"。

当然她的中心工作还是"搞艾滋病"。尽管对现在的做法有意见,但一个人的能力,许多时候不是体现在你能把某件事情做到高端,而是想办法与现实调和。"现实"这个词内涵复杂,能调和是一种本事,对公共事务来说,不会与现实调和,基本上也就做不到高端。何况现在有了政府支持,也有了同行者。"我的老领导张主任,每天早上7点多钟就在班上,逮到很多吸毒的。"而今对吸毒者重拳出击,逮到就关五年(送到"绿色家园")。吸毒的少了,贩毒的自然就少了,通过吸毒传播艾滋病的也少了。吉木子石还开宣讲培训班,她对学员们说:"你多说一句话,就可能挽救一条生命。"

这是有切身体会的。前面提到的同伴教育者曲比阿西,就是吉木子石"说"过来的。当时曲比阿西内心愁苦,找到吉木子石倾诉,哭,"几天几天地哭"。她的顾虑在于,女儿当时已到金阳县参加了工作,如果她吃药,要丢女儿的脸。吉木子石听她哭,听她讲,然后告诉她:"你不吃药才丢娃儿的脸,你要是出现各种症状,比如身上溃烂啥的,你娃儿的脸就丢大了。你吃了药,好好生生的,就跟正常人一样,丢啥子脸?——就不丢脸了。"曲比阿西听了,又想到三个孙子,下了决心。

吉木子石的信念很朴实:占了哪个位置,干了哪项工作,就要尽其所能地干好。说"不忘初心,牢记使命",是在工作中,不是在嘴巴上。所谓工作,就是自己的本职工作。每个人都恪尽职守,全国上下就没有哪个零件卡壳,就运转得顺当。"有些人天天讲不忘初心,天天讲牢记使命,像是能干完了,结果该自己做的事情一样都没屎做好,这种人我最瞧不起!"

而自己适合哪种工作,是要选择的。吉木子石最初参工,可能还说不上选择,让她去,她就去了,但到后来,她就自觉地选择了"搞艾滋病"。她自信地认为,叫她干个乡长书记,她绝不比别人干得差,只会比别人干得好,但她最适合的,还是现在这个工作。她2009年获得昭觉县十大女杰称号,2017年获得全国三八红旗手,也都是因为现在这个工作。这个工作是她最大的价值体现。

她感到为难的是,领导说她宣传搞得好,让她继续宣传,却没有一点经费,也没有一辆车。没有车,凉山的路就意味着日光和星光,意味着昼夜兼程,走公路远,走小路险,说悬崖村险,其实比悬崖村更险的还多。尽管难,点点滴滴去做,日积月累,成效也就有了。想当初,她念初中的时候,昭觉就有很多吸毒的,"那些国家工作人员都穿起拖板鞋,在街上到处跑,到处去吸毒",那样过了一两年,艾滋病就出现了。到而今,"大家都认识到那不行了"。

和吉布鹰升一样,吉木子石说到习总书记就情动于中,说把毒品和艾滋病真正控制下来,是习总书记来过后,以前是口号喊得多。"我们老彝胞烧香拜祖宗,我就给他们说,你们要烧香,应该给习总书记烧!那些老太婆听了,就哭,说早像现在这样子的话,我那娃儿就不会死哟……"

不过我还关心一个问题：吉木子石到底嫁出去没有？

她听了哈哈大笑："嫁了嫁了。我老公是美姑县一个乡小学的数学老师。是媒人介绍的。我当年的疯狂举动媒人瞒了，没给他说，是我主动说给他的。他说你比县委书记还忙，你是州长！他能理解我的那些事。说起来，毒品和艾滋病，已经影响三代人了，血的代价了。"

这个对自己民族怒其不争的女人，对自己的民族是多么热爱。我发现，凡是愿意反思、且有反思能力的彝族人，对自己民族热爱的深度，是那些听不得说彝族半句"坏话"的人无可比拟的。当然这话也不只是适合于彝族。

吉木子石说，彝族跨越太大，走到今天，经历了很多，也蛮不容易的，是值得骄傲的。因为这份骄傲和热爱，使她心里充满隐忧，说现在的彝族年轻人，本民族的规矩都不大懂了。"我对我娃儿（儿子，14岁）说，等我老了的时候，你可能就变成个汉族人了。"平时，她和丈夫都会教孩子一些彝族的传统，"可今天一个朋友还对我说：'不要给娃儿灌输那些老东西！'可是我又想，一个民族总该有自己的风俗和行为习惯，人不能忘本。彝族也有好的方面。"

谈到儿子的未来，比如婚娶，她说："管他的，娶个汉族的，娶个美国的英国的，都是他自己情愿，我都不反对。21世纪的人了。但是我儿子说，妈妈，我还是想娶个彝族的。"说到这里，吉木子石大笑，笑得特别开心。

四、最末梢也有阵地

讲了一个女人，索性再讲一个和一群女人。

多日前我就对你说，而今的中国乡村，女人的事重要到几乎等同于乡村的事。以昭觉为例，1994年起，零星有人外出打工，到2001年后，打工潮全面形成，留守的基本是妇女儿童和老人。儿童小，老人老，妇女便成为家里的中流砥柱，里外操持不说，还要对大小事情做决定。她们像被猛然推了一把，由幕后推到前台。到前台才发现，脱贫攻坚要修房子，砌砖、和水泥、绑钢筋，包括出面跟老板交涉，这些历来是男人的活计，也都摆在了她们面前。于是，这群女人，种庄稼、砍柴、喂牲口、带娃娃、侍候公婆，然后汗水一抹，又出现在附近的工地上。相对于男人，她们文化程度更低，本是被扶助的对象，昭觉的贫困人口里，妇女占了47000多，可现在，这群被扶助的对象成了建设乡村的主要力量。"彝族聚居区的天是妇女顶着的，"从凉山州政府办到昭觉谷莫村任第一书记的余国华说，"她们的作用特别突出。生产劳动，环境卫生，移风易俗，都靠她们。"

辛苦换来话语权，换来地位的提升。先前办丧事，女人不能抬丧，不能侍弄肉食，到而今，她们不弄肉食，就没人能把肉食搬上席桌；不让她们抬丧，要是有男人回来还好，否则就无法把逝者送到火化场。世易时移，环境逼迫，凝固的传统松动了。同时，男人对女人的态度也与以往不同，男人知道尊重女人和女方家亲戚。大男子主义、家暴，不是没有，但很少了。

所以在考察打工对乡村带来的改变时，不能只着眼于务工者从外面带回了什么，还要注意乡村社会自身结构发生的变化。

妇联主席贾莉捕捉到这种变化，要把妇女们组织起来，形成更大的力量，做更切实的工作。这与县委书记子克拉格的指导和要求分不开。贾莉是2015年从民政局调到妇联的，上任之初，子克拉格特意把她叫去，对她说："你一直都有颗同情心，但现在你要把这种心放到更高的层面上去，格局要大，要考虑整个昭觉县的妇女工作怎么做，把妇女动员起来，发挥作用。"当时脱贫攻坚刚刚开始，年初还不甚紧，年底就紧起来。贾莉首先要厘清和形成自己的工作理念。她的理念是：不脱毒，就不能脱贫。这是长达20年对昭觉痛彻体察的结果。

而正是在禁毒方面，妇女大有可为。

于是，2016年，妇联即成立"妇女禁毒之家"，多达272个，称272支队伍，遍布全县各村，每支队伍里有15人左右。

昭觉的吸毒人员，妇女比男人少；比起吸毒，妇女贩毒的比例要大些。比方说100个吸毒者当中，有20个是妇女，100个贩毒者当中，就可能有40个妇女。鉴于此，"妇女禁毒之家"下面，又成立"妈妈禁毒队"，目的是"把家串起来，把妈妈串起来"，"有妈妈的地方就有家，有家的地方就有妈妈禁毒队"。如前所述，因为家支的干预以及两三倍赔偿彩礼钱的约定俗成，彝族婚姻牢固，女人到了某个家里，就全心全意为那个家；又因为一个朴实的信念，即无论男女，都是妈妈生的，因此妈妈最伟大，所以由妈妈出动，效果倍增。

"妇女禁毒之家"的必行事务，是"四必谈"：一、婚前必谈。动员婚检，吸毒的、艾滋的，结婚之前说清楚。二、丧事前必谈。彝族丧事大办，说是儿女的面子，要破除这种观念，不然一场丧事把人搞穷之后，包括贩毒在内的作奸犯科，也就敢做，所谓铤而走险。三、打工前必谈。某些毒贩专随打工潮走，引诱吸毒，待你上瘾，他就发财。要告诫打工者挣钱不易，千万抵制诱惑，不然染上毒瘾，得上艾滋，就把自己和家庭毁了。四、孕期必谈。妇联掌握着15个乡镇阳性育龄妇女的全部档案，对孕期妇女，对重点高危人群，摸清家底，做母婴阻断。以前有些妇女钻政策空子，专门怀起小孩去贩毒，抓到只能放，成本非常小，因此纷纷效仿。现在不放，关到禁毒所的"和谐家园"，指定居住。

"必谈"工作由当妈妈的去做。但并不是直杠杠地去做，否则人家反感，不仅达不到目的，还会强化抵触情绪，因此得讲究方法。于是又成立"妇女互助队"。全县有871支互助队伍。哪家有事，比如婚丧嫁娶，这些人就去帮忙，招待客人、揉粑粑、洗碗、理菜、照管牛羊……这样就把感情拉近了，可以说些体己话了。到这一步，这群帮忙的人就变了身份——由互助队变成了禁毒队，于是问：你家里是不是有吸毒的呀？是不是有贩毒的呀？是不是有得了艾滋病不去治的呀？情况是早就掌握的，这时是情感介入后的劝诫。彝人重情义，有了情义，接受和改正起来就顺当多了。"特别是我们庆恒，"贾莉赞赏地说，"那支队伍太可以了，往哪里一走，哪里就活了。"

但妇联的工作远不止于此。我前面提到的所有工作，妇联都有参与，比如调解纠纷、"洁美家庭"、"理鲁博超市"、杜绝超生、做养殖培训、绣品培训、烹饪培训、组建文化体育扶贫队，以及我即将讲述的"控辍保学"，无不有妇女们的身影。"妇联是姓党的，"贾莉说，"党某段时间重点抓什么，妇联就配合中心工作。"平时，哪里有困难，哪里需要帮助，同样能见到妇女们的身影，比如庆恒村有家人，老公死了，女人有残疾，她修房子，妇女互助队就去帮她搬砖，为她出力。来县城的四千余家搬迁户，妇联要去教他们，怎样冲马桶，怎样叠被子，怎样搞好家庭卫生，比如打了零工回来，脏衣服别乱扔，能洗就洗，不能天天洗的外套，放在一个地方，第二天出门干活继续穿。当然还包括垃圾不能随便丢，要丢进垃圾车或垃圾箱里，也包括怎样禁毒防艾。

做着这些工作的同时，妇女自身也在成长，也在改变。正像贾莉常在微信群里说的："我们在做，我们在改变，我们在见证改变。"以前下馆子，故意多点菜，剩一大堆，觉得这样才有面子。现在，副主席杨长秀说，连剩的凉粉也要打包。以前结婚离婚，都觉得是自己的事情，最多觉得是自己家支的事情，现在有了难处，知道找妇联。妇女的改变至关重要，她们是家风的主要构建者，有了良好的家风，才会支撑起良好的社会风气。不论汉族彝族，都有句俗话：一个媳妇影响三代人。国外也一样，犹太人假如只有100块钱，不能让儿女同时上学读书，就优先让女儿去，因为女儿会影响几代人。

昭觉的群团组织里，妇联的建制最为健全，每个村都有妇联，设主席1名，副主席2名，并有7名以上执委。这种建制，在凉山发端于昭觉。团委和团支部，本应发挥年轻的力量，但年轻人都打工去了，团委和团支部基本也就不存在了。而工会并没延伸到村级。有架构、有人而且有工资的，只有妇联。贾莉欣慰而自豪地说："妇联在最末梢也有自己的阵地。"

妇联办公室的墙上，挂着一长排奖状：凉山州禁毒工作先进集体（2016年）、四川省妇联系统先进集体（2017年）、四川省三八红旗集体（2018年、2019年）……贾莉个人，获得凉山州禁毒先进个人（2018年）和全国巾帼建功标兵（2019年），她的家庭也获得全州、全省"最美家庭"称号（2018年）。

2019年1月21日至23日，全国人大常委会副委员长、全国妇联主席沈跃跃赴凉山考察调研脱贫攻坚工作，出席1月22日在昭觉县开展的全国妇联"三下乡·送温暖"活动，慰问贫困户，看望村妇联干部和妈妈禁毒队成员[①]。县妇联全程参与并出色完成任务。2019年11月8日，四川省"党建带妇建工作先进示范现场会"在昭觉召开，会上提出，要给妇联更多的工作，更大的压力。

贾莉和她的姐妹们，也将由此发挥更大的作用。

---

① 《中国妇女报》2019年1月24日。

第十三章

语言桥

一、皮格马利翁效应

　　尽管是多年的朋友，我依然要对你说声感谢。我知道，倾听比诉说更难。这许多天来，我听别人，然后你听我，由此达成美妙的平衡。当你告诉我，说你被某些事某些人深深感动的时候，我看见的是你善良的心。有件事我一直没对你说，前些天听马海里根讲，你为这里的学生捐了500套冬装，他并不知道我们是朋友，只是陪我去采访的途中，说他刚收到一批捐赠物，还没来得及发下去，我顺口问起是哪里捐来，他在手机上查，说出了你的地址，又说出了你的名字。我没言声，只感觉到一种磐石般的心定。你手头比我宽松，但究竟也和我一样，靠工资过日子，接下来一段时间，你总该有些节衣缩食了。作为朋友，奇怪的是我一点也没心痛你的节衣缩食，全部感觉就是心定。

　　在以前的昭觉，相较于物质的短缺，梦想倒不缺，只是短，短到如一个墨迹般的圆点。你肯定也听说过"放羊娃的梦想"：长大干啥？结媳妇。结媳妇干啥？生娃娃。生娃娃干啥？放羊。很多人把这当成笑话，其实，它就是放羊娃心目中"理所当然"

的生活。在那里，时光的意义只是把人变老，换成下一茬人，因此从本质上讲，那里没有时光。精准扶贫初期，某些孩子的梦想，听了真如晴天霹雳，问："长大干啥？"答："我要当贫困户。"前两天看一个扶贫干部的文章，他问了孩子同样的问题，回答是："我要当精准贫困户。"确实是更"精准"了。这种梦想的贫困，比食不果腹衣不蔽体，更为荒凉。应该从中反思的，当然不是孩子。后来，再问："长大干啥？"答："出去打工。"这已是非常大的进步。难怪当孩子们回答徐振宇，说以后想出门打工，徐振宇听了很激动。更后来，有人说想当老师，有人说想当医生……昨天我从比尔乡回来的路上，碰到个八九岁的女孩子，就说自己想当医生，因为"我妈妈有病，老治不好"。

你知道"皮格马利翁效应"吗？

——皮格马利翁，古希腊神话中的塞浦路斯王，性情孤僻，钟爱艺术，尤擅雕刻。他用象牙刻出一尊女像，竟爱上了她。这种爱是绝望的，爱得越深，越是绝望，但皮格马利翁无法自拔。爱神阿佛罗狄忒被他感动，赋予女像以生命，她便活了过来，成为皮格马利翁的妻子。于是，后人把由梦想（或期望）而产生的实效，命名为皮格马利翁效应。命名者是美国心理学家罗森塔尔。1968年，罗森塔尔及其助手选定一所小学，做了个"预测未来与发展"的实验，一番虚张声势过后，随便划定几个学生，说他们是天才，自此，老师以天才视之，他们自己也以天才期许；十一个月后再行测试，几人的智力发展普遍高于平均值，且个个精神饱满，性格活泼。

再举两个更典型的案例：

美国纽约历史上第一位黑人州长罗杰·罗尔斯，出生于贫民窟,年少时正值嬉皮士流行,他似乎顺应时代,逃学、骂架、斗殴,无所不为。可有一天,校长皮尔·保罗对他说:"我一看就知道,你将来会成为纽约州州长。"这句话给了他巨大震动,从那以后,他走路把腰杆挺直,说话不再夹带污言秽语,"没一天不以州长的身份来要求自己的言行",终于在四十多年后梦想成真。我国明代抗倭名将戚继光,幼年时,父亲告诉他:"生你之前的那天晚上,我梦到了文天祥,所以你是文天祥转世。"由此,文天祥的浩然正气和光辉人格,植入了戚继光的心灵,成为他的人生灯塔,最终,他当真成了文天祥似的民族英雄[①]。

皮格马利翁效应的精髓在于:

梦想什么,就会得到什么。

换一种说法是,你得到的,是你所梦想的。

因此,积极梦想和强烈期待的态度,是赢家的态度。

其科学依据是,人有70%的潜能是沉睡的,梦想,能激发潜能。

一生如此,一生中的每一天也如此。早上起来,你对自己说:今天将有很美妙的事情发生。那么这一天你不仅心情愉悦,而且充满自信。

二、比短板更短

梦想不是平白无故地产生的,它源于教育。就凉山而言,如果说脱贫攻坚的山头是移风易俗,教育,就是山头上的旗帜。能

[①] 参见《MBA智库》及郦波《大明名臣系列·戚继光》。

不能把这面旗帜插上去，意味着能不能真正占领这个山头。因此习总书记视察凉山时特别强调："最重要的，教育必须跟上，决不能再让孩子输在起跑线上。"①

教育无非三种途径，或者叫教育的"三维"：家庭（比如戚继光）、学校（比如罗尔斯）和社会（比如韩信）。有人说，彝人的家庭教育是空白，这并不客观，先前的人们，吃完饭，围着锅庄，讲个故事，唱首老歌。那些故事和歌曲，讲善良、讲勤劳、讲勇敢，包括怎样分饭，大人吃哪碗、小孩吃哪碗、客人吃哪碗，有了肉食，怎样分给邻居。像前面说的，阿合木呷的父亲自己只喝汤，把尽量多的肉分给邻里吃，就是对孩子潜移默化的浸润。除了小家，还有家支，土司家支、黑彝贵族家支、白彝家支等，各有体系，而这种家支教育又和社会教育交叉，主要依赖的是千百年传下来的道德和行为准则，其中尽管有落后的成分，甚至有腐朽的成分，但目的还是想把人变得更好。反而是1990年代以后，上述两方面教育都走向脆弱。山外的风吹进山里，父母的话，在年轻一辈那里很可能如以水沃石，而毒品的泛滥，对本就孱弱的社会肌理又给予重创。

如此，要将那面旗帜扛上山头，学校教育成了唯一的肩膀。

若从历史考察，凉山的学校教育比家庭教育和社会教育还要贫薄，几乎就没创办过正规的学校。《凉山彝族自治州教育志》第三篇"科举教育"，也讲到官学，但针对的是土司家支，而且土司送子弟进儒学或国子监，很大程度是迫于朝廷压力，朝廷为使土司行为符合"规范"，对应袭子弟做出强制规定：不入学不

---

① 《习近平凉山之行，这5个细节令人感动》，中国网2019年8月25日。

准承袭。这样的所谓学习，从安学发身上即能想见效果。清乾隆年间，凉山创办了书院，但我早就说，彝族黑铁般的阶层固化，堵住了所有缺口，拆毁了所有桥梁，因此读书并不能成为改变命运的途径，入学者自然寥寥。

具体到昭觉，清宣统至民国年间，有过形式上的初等教育，但清时名为教学，实则传教，民国时学校少（一所），学制短（一年）。正规学校教育的兴起，是1950年以后的事。幼儿教育始于1955年，中等教育始于1958年[1]。

修幢房子能立竿见影，改变观念特别是教育观念，则须穿过历史沉厚的甲垢，因此往往如影撞墙。虽有了学校，却没有学习的渴望。

彝人对有知识的人非常尊敬，这一点李凯深有感触。他是研究生毕业后留在西南石油大学的，然后被派往昭觉日哈乡做驻村队员，在整个日哈乡，他是学历最高的人。"我自己并不看重这个，"他说，"只在意自己做了什么，留下什么。"可从乡党委书记到普通村民，知道他是研究生，都很敬重他。这种敬重，某种程度上类同于对毕摩的敬重，在他们心目中，知识具有通向神秘的力量，却又绝不敢于相信自己也能拥有那种力量。既然不能，也就不必白费工夫和钱财。

阿吉拉则年轻时曾在区乡教书，请学生上学，是他每天的苦工。要一个一个去请，要去得很早才行，不然学生就放羊去了。可去得再早，山路远，住户分散，待你走到，他多半已经跟羊子走了。请到一个学生，得把他带着，同去第二家，否则

---

[1] 《昭觉县志》（1999年版）。

请了第二个,前面那个又放羊去了。"这一趟请下来,吃饭的力气都没得了。"阿吉拉则说。头天把学生请来,放学的时候,再三叮嘱,叫第二天都来上学,可要是第二天不去请,老师就只能独守空庙。

比阿吉拉则年轻得多的东方红小学教师李兴梅,说六年制义务教育那阵,开学的前一个月,老师不干别的,只挨家挨户去动员娃儿读书,去时要打酒给家长,家长才可能同意。同意了又说没钱,书本费让你给垫着,这一垫,就永远也不会还你了。他同意娃儿来读书,就是给你面子了。

到九年制义务教育,该上初中的不来,乡上和学校想到用罚款来督促,可克惹伍沙说,他去告诫家长,说不让娃儿读书,罚款三千,结果人家顿都不打就把罚金交了,因为他娃儿出门打工,一个月能挣四千。这弄得克惹伍沙一时语塞,只好说:"我还要考虑一下,可能还要增加。"罚款不是目的。

直到目前,昭觉"人均受教育年龄仅4.4年"。因此,"教育已成为昭觉县脱贫攻坚短板中的短板"[①],也成为脱贫攻坚道路上,表面不像毒品、艾滋病那么凶险,实则为害甚剧的拦路虎。

凉山州的十一个深度贫困县,大抵如此。

三、二氧化碳和CO尼雀

对读书的轻视以及教育水平的低下,除前面说到的各种原因,还有一个重要症结:语言。

---

① 《锦绣凉山》2019年第三期。

语言是人类最重要的交际工具。在彝族聚居地区，特别是昭觉这种全国最大的彝族聚居县，社会交际使用彝语。不少农村彝人既不会讲汉语，也听不懂汉语，一旦走出彝族聚居区，就步履维艰。阿吉拉则说，有个人去西昌办事，顺便带了只鸡去卖，先不好意思，用擦尔瓦把鸡罩住，可想到一直这样，鸡就卖不掉，于是大起胆子，取出来，放在地上。果然有人来问了。卖主用手比画了价钱，可买主见鸡鸯奄奄的（被捂鸯的），说你这怕是瘟鸡哟。说了就走了。卖主听见瘟鸡两个字，记下了，后来再有人问，他就"很气派"地说："瘟鸡！瘟鸡！"结果不言而喻。

而语言不仅是外在形式，还是思维方式。彝族孩子从小习惯了用母语说，用母语想，但上学过后，接受的却是汉语教学，教材写的啥不知道，老师讲的啥也不知道，是俗话所谓的"读望天书""坐飞机"。学习兴趣严重受挫，厌学和逃学，势所必然。因此，这里就有更多的问题值得探讨。

首先是如何处理母语和通用语的关系。再往前推，是承不承认有通用语。不交流，不沟通，老死不相往来，通用语就没有必要，但问题是，那只是乌托邦，随着人类的发展，交流不仅成为日常，还成为能否进步的硬件。据德国出版的《语言学及语言交际工具问题手册》显示，世界上查明的语言有565种，谁也不可能掌握这么多，要彼此懂得，彼此理解，只能采用在长期生活实践中自然形成的、共同认知的语言系统；一国之内，该语言被广泛使用，从而成为国家法定语言。

在中国，由官方推广通用语言始于清朝。俞正燮编撰的《癸巳存稿》载，雍正六年（1728），福建、广东等地成立"正音书院"，对不谙官话者进行训导，只是收效甚微。教师本身就说不好,教导的言辞又是"朝廷、主子、我们都是奴才"之类,让一些汉族士子反感。到了清末,"普通话"三个字已经出现。1902年,学者吴汝伦去日本考察,日本人建议中国推行国语教育来统一语言,在谈话中就提到"普通话"这个名称。1904年,秋瑾与留日学生组织"演说联谊会",章程中即用了"普通话"这种说法。1906年,语言学家朱文熊在著作中对普通话作注:"各省通用之话。"1913年,民国召开读音统一会,决定在全国范围内推广"国音"[①]。但那时候,标准并不明确。直到中华人民共和国成立后的1955年,才真正为普通话下定义:"以北京语音为标准音,以北京话为基础方言。"普通话三个字的含义,即是"普遍"的、"共通"的,是中华人民共和国的法定语言。

一个民族要跟上时代步伐,不会法定语言,将寸步难行。我前面也讲了很多例子:因为不会普通话,彝人出门打工,车票不会买,厕所不会认,很难找到工作,等等。有人说这是就业歧视,其实不能这样去认识,而今分工越来越精细,协作越来越紧密,每个人都不能单独存在,某一环跟不上,整体工作就无法推进。由于自己的原因,不能融入主流社会,不能分享国家发展带来的机遇和成果,从而在竞争中被边缘化,这倒是真的。在凉山本地,想脱贫致富,需优化产业结构,引进农业技术,而对于凉山的农技推广员来说,最大障碍就是语言障碍,他们只能依靠翻译,而翻译往往词不达意。不要说从外地来的技术员,就是像张敏这种昭觉汉族干部,"下乡也很苦恼",她希望把自己的想法跟老百姓直接交流,可对方听不懂。我多次提到的悬崖村,去

[①] 参见郑子宁著《南腔北调:在语言中重新发现中国》。

了不少游客。当地居民想以此为契机挣些钱财,却一句汉语不会说,普通话更不会说,分明有钱挣,却力不从心。

要解决教育的短板,普通话教育必须打头阵。习总书记视察昭觉时也明确要求:"要加大推广普通话的力度,助力脱贫攻坚。"①

我特别能理解一些彝族文化的捍卫者,他们担心汉话和普通话的推广会淹没了彝语,并最终使彝语消失。我去喜德那天,在喜德小学参加了一个发布会——《彝族歌曲精选》发布会。编选者翁古木依说:"我是全中国目前唯一一个长期坚持用彝语教学的人。我们的很多彝语歌曲孩子都不会唱了,我想教他们,却发现没有真正意义上的教材,给了我非常大的触动。"于是,他费时十二年,"千里挑一,万里挑一",编成两本书,一为经典歌曲(六十首),一为校园歌曲(六十首)。挑选本身就很麻烦,许多歌曲还只是传唱,没有谱子,他得逐句记谱。

翁古木依艰苦卓绝的劳动值得尊敬,他的担心也并非没有道理。我到昭觉采访,在车上常听到放彝语歌,歌单是用汉语标注的,《达木呷》《海日乌芝》《阿依阿芝》……歌声里深藏着一个民族的记忆、情感和忧伤——这是曲调传达给我的,我想了解歌词大意,问身旁彝人,多是笑着摇头。

从古至今,世上有许许多多的语言消失了。

但彝语不同。彝语有文字,有文字的语言是刻下来的语言。正如老板萨龙所说,因为网络的推动,学习彝语的人不是更少了,而是更多了。何况昭觉是双语教学,根据侧重点不同,分为

---

① 《锦绣凉山》2019年第三期。

一类模式、二类模式。一类模式即以彝语教学为主,因此更不存在消失的忧虑。真正应该忧虑的是,社会不发展,语言也会停滞不前,因为语言本身就是适应社会的需要;换一种思路,社会发展了,语言也必须发展,否则,被淘汰是迟早的事。"彝语和彝族社会一样,落后了,"昭觉县教育局局长勒勒曲尔说,"这是我们必须承认的现实。"

当新生事物不断涌现,却坚持用没有发展的语言去表达,就像用一个碗去盛一桶水。对此,勒勒曲尔有切身体会。他读初中时,"非常痛苦,很多时候绞尽脑汁,结果弄出来的既不是汉语,也不是彝语"。比如二氧化碳,写成汉语二氧化碳,大家都知道,写成化学符号CO_2,大家也知道,但偏偏说不行,说那不是彝语;而彝语没有这个词,也没有这种符号,于是生造一个,是词加符号的混合体:CO尼雀。C是碳,O是氧气,尼是二,雀有音无义。"这个东西,只有上课的老师才晓得是二氧化碳,然后老师教给学生,学生也晓得,可是你拿出去,没有任何人晓得。彝族人不晓得,汉族人不晓得,外国人也不晓得。生活当中,没有这个东西,你上了大学,没有一个老师说二氧化碳是CO尼雀。你硬说二氧化碳是CO尼雀,老师和同学都会认为你不是个傻子就是个疯子。"如此,你这个CO尼雀就成了个废物。你最终还是要回到二氧化碳或CO_2。

事实上,在彝族民间社会,老百姓很能够与时俱进,借用词汇。我去习总书记曾去过的三河村节列俄阿木家,节列俄阿木七十岁的婆婆吉木子洛,深情地说起习总书记:"习总书记叫我家娃娃好好读书,好好建设家庭,要过上幸福生活。我们现在就过上幸福生活了,路修好了,房子也修好了,我大孙女在阿基社幼教点当辅导员,孙子在绵阳读书。习总书记给我们带来了光明吉祥,他来过后,猪瘟那么厉害,都不死我们家的。我每天都要打开电视看新闻联播,看习总书记。祝习总书记身体健康,幸福快乐!"当然,这段话是通过翻译我才懂的,但一口一个"习总书记",却听得明明白白。还比如遍布昭觉的标语:"精准扶贫瓦吉瓦,习总书记卡沙沙。""精准扶贫"和"习总书记",都是直接借用,"瓦吉瓦"和"卡沙沙"是音译,意思是"好得很""谢谢"。再比如手机、电视机这些词,以前没有,也借用过来。阿皮几体还讲了个笑话,说有个汉人问一个彝族老太婆:"刚才有一只巨大的铁鸟,张开翅膀,轰——飞过去了,你看见没有?"老太婆说:"我没看见铁鸟,我只看到有架直升机飞过去了。"

勒勒曲尔说,2016年,凉山州出了个文件,要求一类模式恢复到十多年前的样子:所有科目都必须用彝语教学。校长们去州上讨论,并为此吵架。勒勒曲尔认为,传承民族文化当然应该,母语教学也要跟上,但不是用极端的方式才算传承,多渠道都能传承。比如"巴莫姊妹彝学小组"。这个小组成立于1991年,由越西县巴莫三姐妹组成,与日本、美国、法国等汉学家和彝族文化专家合作,对彝文化进行挖掘、研究和传播,在美国开办彝族文化展览馆,组织中方学者参加国际彝学研讨会,为巴黎远东学院图书馆鉴定彝文典籍……使我国民族文化尤其是彝族文化快步走向世界。这种传承方式是沟通的方式。极端的方式是故步自封的方式。勒勒曲尔还举了吉狄马加的例子,说:"吉狄马加一句彝语不能写,可他对彝族文化的传承就没有贡献?除了巴莫三姐妹,谁能跟他比?"

所以他认为,推广普通话和学习彝语并不矛盾。为适应社会发展,让彝族有一个可以预期的未来,"彝族地区的娃儿就是要强化汉语教育,特别是自然科学,就是要用汉语来教"。但勒勒曲尔从没忘记自己是一个彝族人,对《勒俄特依》《玛牧特依》等彝族经典,心怀敬意。2015年他任昭觉县民族中学校长后(现在继续兼任),每天早上把学生集中起来,诵读其中的精粹段落,称"千人经典诵读",用老祖宗传下来的古老训诫和至理名言,从品德方面、为人处事方面,去影响和教育学生。但在现实层面,"我们彝族本身的师资不行,特别是到了高中,大部分是汉族老师,学生不懂普通话,只能读望天书";着眼未来,他说:"不大力推广普通话,没有任何出路。"

四、小手牵大手

2018年5月27日,民族地区"学前学会普通话"行动在昭觉县四开乡洒瓦洛且博村幼教点启动。该行动由国务院扶贫办、教育部和四川省委、省政府联合打造,意味着让凉山农村儿童不输在起跑线上已成为"国家大事",纳入了国家层面计划。将市州级学前教育纳入国家层面,在凉山历史上绝无仅有。国务院扶贫办主任刘永富在启动仪式上说:"学前学会普通话,是实现义务教育有保障的第一课,一定要打牢;是不让儿童输在起跑线的第一步,一定要迈好。"[1]道出了该行动的宗旨。具体目标是帮助儿童在上小学之前学会普通话,包括听懂、会说、敢说、会用,

---

[1] 《托起明天的希望——凉山州"学前学会普通话行动纪实"》,载《锦绣凉山》。

并形成普通话思维，顺利完成义务教育，为上高中和大学奠定基础，打破"贫困积累循环效应"，从根子上阻断贫困代际传递。

这方面，昭觉在凉山地区又是走在前面的。早在2013年，昭觉便探索推行"1年学前教育加9年义务教育"模式，学前教育不在于教幼儿知识，重点是教会普通话。从2015年起，又通过整合村社小学校舍资源、借用活动室、租用民房等途径，开办"一村一幼"，新建"一乡一园"，以扩大学前教育规模。子克拉格说，他们的设想和举措，最初并没得到同意，"认为占用了教育资源。但我们的情况是，学生入学前必须过汉语语言关。过了这一关，平均分长了30分。2016年国务院副总理刘延东来，说学前教育昭觉抓得好"。师资力量不足，就以兼职和聘请的方式解决。

"学前学会普通话"行动开展以来，"一村一幼"迅速壮大，遍地开花。但"一村一幼"只是方便的说法，昭觉全县271个村，村幼儿园却有291所，证明某些大村，包括住户太分散的村子，不只"一幼"，比如姐把娜打村，就是两幼，有些村还是三幼。如此，学前教育覆盖率达100%。

家长对这一举措十分欢迎，以前只听说城里和山外的孩子能读幼儿班，现在他们的孩子也能读了，以前是"羊子放到哪里，娃娃就带到哪里"，现在有老师为他们带了。因此村民花里日说："让孩子从小就到幼儿园读书是我们农村父母最盼望的一件大事。"国家的投入也让家长免除了后顾之忧，在园幼儿按700元每年的标准免保育保教费，农村幼儿按3元每天的标准提供午餐补助。

规模是前提，质量是根本。

刚建幼教点时,大多是村委会提供一间房子作教室,老师上课只有简单的幼儿读本,加上缺乏经验,只能摸着石头过河。随着行动的推进,学习环境大有改善。凉山州提出的口号是:发展教育的目标不是人人有学上,而是人人上好学。即是说,凉山教育要从以前的"有人教,进来学",到后来的"坐下来,住下来",到现在的"教得好,学得好"。用于教育基础设施建设的财政投入,占整个财政支出的14%。我去梭梭拉打村,见幼教点长方形的校舍里,有塑胶活动场,为幼儿做饭的食堂,中午休息的床铺,都非常干净整洁。而在几年前,校舍所在地还是个大荡子。日哈乡瓦衣村的幼教点,甚至还修了洗澡间。

最为切实的质量保证,是幼教点辅导员的教学能力。为提高他们的能力,对辅导员做全员培训。负责培训的是北京华言公司和北京三好公司,四川高校也对口支援。培训方式以网络授课和面对面集训相结合,且每月派专业老师下沉,指导教学,传授新理念、新方法。课后,专业老师和辅导员充分交流,指出需要完善的地方。公司随时投放学普音频和挂图,设计课程表,细到月课程、周课程,并对后期效果进行评估。多位辅导员反应,培训对他们帮助很大。与之相应,教学质量也跟着提升。老师们通过童谣、歌曲、画册、游戏等教学手段,充分营造普通话学习环境,孩子们愿意学,学得快。凡我碰到的孩子,普通话都说得很标准,也就是说,比我说得标准。而且都是自觉说普通话,我用四川话说,他们还是说普通话。在特布洛乡,我去马路边一家店子吃饭,店老板的侄女仅两岁,也是一口普通话,我问她跟谁学的,她说:"跟我姐姐学的。"

大的教小的,在昭觉已形成风气,谓之"大手牵小手"。

我从《锦绣凉山》（2019年第三期）上看到，有个叫安子你呷的孩子，放学回家，就教两岁的弟弟说普通话。安子你呷的妈妈勒尔有火说，孩子有天看动画片，突然大笑起来，她很奇怪，孩子怎么会无缘无故笑呢？原来是因为学了普通话，听懂了动画片里的内容——这真是令人心酸的喜悦。

如果说"大手牵小手"属自然行为，"小手牵大手"就特别动人。

我多次提到，许多彝人不懂汉话，更不懂普通话，使到手的生意做不成。现在孩子学了普通话，就回去教父母，每当夜幕降临，山村里便响起教读之声。与"传统"不同的是，孩子是老师，家长是学生。悬崖村的孩子，既教父母普通话，也充当起了游客和父母之间的纽带，当起了小翻译。

既然语言是思维的外壳，学会普通话，就必然影响到孩子的思维，并外化为行为习惯。在学校，见到老师，鞠躬问好。在家里，吃饭时主动端菜，吃完饭收拾碗筷，打扫卫生，成为"洁美家庭"的践行者和督促者。

前面提到的安子你呷，前去采访的记者让她唱歌，她唱的是："我有两只手，左手和右手，手儿举起真干净……"凉山轰轰烈烈开展的"五洗革命"，孩子们在幼儿班就懂了、会了，到他们这一代长大，"五洗革命"将成为历史，让后辈回望先辈们走过的路；甚至可以说，孩子本身就是"革命者"。

同是《锦绣凉山》载，有天，村民潘阿子莫上幼儿园的孩子对她说："妈妈，你好脏啊，该洗头洗澡了。"孩子自然是用普通话说，潘阿子莫竟然听懂了，她非常高兴，平时孩子教她，她以为很难学会，没想到这么快就有了进步。高兴之余，她愣在那里。从小没人教她刷牙洗脸,也没人让她洗头洗澡。她默默地进屋去,照孩子的话做了,"觉得舒服多了"。

当然,并不是学会普通话就自然地有了这些习惯,它离不开辅导员们的悉心培育。据《凉山日报》消息,2018年9月15日,新民村幼教点正式开学,简短的开学仪式后,家长离开了,却留下满地烟头、口痰、纸屑……放学后,幼教点负责人郑秋妮当即召集辅导员开会,重要议题之一,就是教会小朋友良好习惯,并以"小手牵大手"的方式,去影响他们的家庭。当时新民村幼教点有141个孩子,发动起来,就可以影响141个家庭。如此铺展到全县、全州,风气将为之一变。事实证明,良好愿望收到了良好效果,到而今,郑秋妮说:"家长到幼儿园,都知道有垃圾要扔进垃圾桶,也不随地吐痰了。"[1]这一方面得益于"五洗革命";另一方面,得益于"小手牵大手"的创意。

为巩固和强化"学前学会普通话"行动,各级党委政府,将其植入了脱贫攻坚中的"四好村""四好家庭"创建活动当中。

我多次说,为改变凉山、昭觉落后面貌,为拔掉"穷根",为取得脱贫攻坚的全面胜利,从上到下,都是实干加苦斗,而且动足了脑筋。

如今,"扶贫先扶智,扶智先通话",已成为普遍共识,而且取得很大成效。有天我在昭觉城中吃晚饭,见饭店墙上写着这样一句:"因服务员文化和语言能力有限,交流不方便,请用彝语或普通话,谢谢!"

---

[1] 陈治红:《学前学会普通话,小手来把大手牵,文明新风进万家》,《凉山日报》2019年12月22日。

第十四章

日月为明

一、根子

"一村一幼",学前学会普通话,是很关键的一步,但也只是第一步。

且是关涉未来的第一步。

第二步是"控辍保学"。

这第二步,其实应该看成第一步,它关涉当下。

控辍保学是简省说法,完整意思是:控制学生辍学,加大治理辍学力度,保证适龄儿童和少年完成九年制义务教育,提高"普九"质量和水平。适龄儿童和少年因身体状况需要延缓入学或休学的,父母或其他法定监护人应提出申请,由当地乡镇人民政府或县级人民政府教育行政部门批准。

在凉山,将治理超生、禁毒防艾和控辍保学并提,既见其重要性,也见其严重性。多位乡镇领导和帮扶干部,比如克惹伍沙、阿合木呷、戴自弦、张军等,谈到这话题时都会说:"控辍保学最恼火。"我理解,可能是教育关系到一个民族的未来,因而看得最重。正如勒勒曲尔所说:"教育本身是脱贫攻坚的重要组成部分，是最根子上的东西。教育没上去，根子上的问题没解决，你把房子修好了，公路修好了，只能管一阵，最终等于零。"——我以为他们说的"最恼火"是这个意思，而事实上，尽管包含上述意思，却又确确实实是真的"恼火"。

究其原因，民建四川省委在2019年省政协全会上提交的《关于凉山州控辍保学问题的提案》（被列为四川省政协2019年五件重点督办提案之一），做了基本总结：教育基础薄弱；缺乏资金保障；辍学存量多，历史欠账大；户籍管理漏洞，"黑户"儿童数量不清；部分县的乡镇和学校工作力度不够，相互配合不够[①]。由此，归纳出控辍保学的五种手段：依法控辍、管理控辍、质量控辍、情感控辍、程序控辍。

"依法"，放到了首要位置。

在昭觉多个村寨，都能看到如下标语：

"不送子女接受义务教育是违法行为。"

"放任接受义务教育的子女辍学是违法行为。"

"招用不满16周岁的未成年人做工是违法行为。"

但开始家长并不当回事，你去动员他，把话说出一条黄河，他还是那句："我娃儿在外头打工，一个月能挣几千，你要他回来读书的话，一个月也要给我几千。"遇到这种家长，办法是对不送孩子上学，经劝诫无效，采取法律手段。所谓法律手段，简单地讲，就是抓人，关进拘留所。要老师打酒来才答应孩子上学的好事没有了，给钱才让孩子上学的好事更不可能。除抓家长，也抓学生：把应该接受义务教育却不进校门的少年儿童送进学校里

---

① 四川在线 2019 年 8 月 21 日。

去。有些少年，去了江苏、浙江、广东、内蒙古、新疆、成都、重庆……或者打工，或者流浪，一旦知道行踪，乡上和村上，就派人去将他们抓回来。"乡村干部费了很多的辛苦。"提及这件事，阿吉拉则也不禁感叹。

每年彝族年，既是欢乐的时期，也是乡村干部高度紧张的时期，稍不留心，打工的回来，离开时就会带走一批学生。因此彝族年之前，村社都专门召开家长会，宣传政策，叮嘱不能放走自家孩子；同时，将学生的身份证没收，待彝族年过了，打工的都走了，再还回去。治理超生、禁毒防艾的一切办法，比如"六长制"、"九长制"、责任制、落实到人、"挂图作战"，包括先扣掉干部的部分工资、请家支头人和毕摩歃血盟誓等，全适用于控辍保学。针对民建四川省委的提案，四川省教育厅制定的措施当中，也明确要求"责任制+清单制+追究制"，并与公安机关建立户籍与学籍系统定期比对机制，对失辍学青少年信息实行动态管理，"强力控辍劝返"。治理超生和禁毒防艾，因其特殊性，只能动用部分社会力量，控辍保学可说是动员了全社会力量，除各级党政，还有学校、人民团体和万千家庭。

从管理上、经费上，应该都不成问题。特别是经费，国家投入很大，佛山和绵阳的帮扶很用力，省里也特别强调保证资金投入。不仅九年制义务教育，凉山还有个"木兰行动"，贫困户子女读高中，包括职业中学、中专，每人每年补助1000元，通过支付宝打到学生账户上；学校开证明，还可减免学费。如此，基本把义务教育延长到了12年。昭觉还有对本科大学生的扶持政策。阿皮几体说："这边娃儿读书，经济负担很小。"

"质量控辍"成为关键,也成为难点。

教学质量的核心是教师,而这正是凉山的短板,尤其是布拖、昭觉这种大凉山腹地,各方面人才是最稀缺的资源。省里要求解决凉山整体师资,做到"引得进,留得住,用得上","引得进"本身就难,但还不是最难,因为每年有那么多大学毕业生需要就业;最难的是"留得住"。

现任昭觉县卫健局局长的安理达,以前做教育局局长,他说和布拖相比,昭觉有引进人才的优势,但和其他地方就没法比,他现在负责的部门,医生中有高级职称的很少,全县正高职称只有一个。艰难地引进几个人,又差不多只把昭觉当成跳板,翅膀稍硬,就飞走了。"说待遇留人,别人的条件你没有,别人的待遇你给不起。说感情留人,很多时候是苍白的。"为留住人才,昭觉的校长们想了个办法:进人的时候,问你谈朋友没有?结婚没有?谈了,也结了,那好,就两个一起进来。你来这里结了婚,生了娃儿,就安心了。毕竟,两个人同时走出去很难,把一家人带出去更难。

四川省教育厅表示,实施贫困县义务教育3000名教师编制保障工程,公费师范生培养计划向贫困县倾斜,优先满足凉山州公费师范生和特岗教师招录招聘需求,为凉山州培养补充急需紧缺学科教师和"本土"教师,省域内优质普通高中,对口帮扶贫困县普通高中,推动落实内地1000所中小学对口帮扶深度贫困县中小学,等等。但最为切实的办法,还是凉山教师的"再教育",即对他们进行培训。省里每学期安排420余名教师结对帮扶凉山教师,提升他们的教学能力。同时,全国各地也派优秀教师赴凉山授课。我去昭觉民族中学那天,他们就正安排接待江苏教师培训队。

其实，如果深入了解凉山现状，现在谈教师质量是显得有些奢侈的。首先数量上就成问题。为解决这一问题，采取了多种办法，除公办老师，还有支教老师、代课老师和顶岗实习老师。所谓顶岗实习，是实习学生完全履行其实习岗位的所有职责，独当一面。国务院曾下发《关于大力发展职业教育的决定》，其中的"2+1"模式，是在校学习2年，第三年到专业对口的指定岗位带薪实习12个月。2019年，四川省组织四川师范大学、西华师范大学、绵阳师范学院等全省14所院校，实施师范生顶岗实习凉山州支教计划，向凉山州11个深度贫困县派出毕业年级学生1813名，有力缓解了凉山州基础教育师资不足问题[1]。除此，还有"银龄教师"计划，遴选一批退休优秀教师奔赴凉山，利用他们的丰富经验，迅速提升教学质量，并起到传帮带作用。

我到阿土列尔村小学时，听教导主任何强介绍，他们学校16个教师，公办9人，另7人就是那三种模式。我见到的几位，公办老师王瑶，毕业于四川文理学院；支教老师除前面提到过的广东云浮人、毕业于岭南师范学院的徐丽霞，还有沙富珍、杨燕玲，二人毕业于巴中职业技术学校；代课老师林么，阿坝人，藏族；顶岗实习老师马拉体，毕业于西昌学院。这几人中，就涵盖了汉族、彝族和藏族。除马拉体是小伙子，其余都是姑娘。这也是昭觉很多学校的基本构成：女教师多，男教师少。

---

[1] 《四川日报》2019年11月13日。

二、每朵花都开放

"有些娃儿也跟外头学，说减负，妈的，都落后成这样了，还减啥子负？你只要没学死，你就给我往死里学！他们6点钟就起来，确实苦啊。我在民族中学当校长的时候，每天比老师和学生要起得早，头天睡得再晚，也要比他们起得早，我站在一个地方，他们能看到我的背影，不敢迟到，心里也安。学校五千多人，我在校园听学生早读，我就自己说：娃儿呢，你们受苦了，可是就靠你们这代人啦！一想到我这五千多学生里头总要出些人才，我就在那里高兴。有时候哭，也不晓得是不是高兴得哭。"

说这段话的人是勒勒曲尔。

我不知道你听了有什么感想。我相信，绝大多数城里人，甚至不需要城里人，条件相对较好的汉族地区，听了这段话也会讲出一篇道理，指出那种做法的错误。但我想，如果你也被闷在水里，可能会换一种眼光，从中看到决心、苦斗和为重塑民族正相、为改变贫穷落后的面貌，昭觉人付出了怎样的努力。

勒勒曲尔出生于和喜德交界的比尔乡，小时候生活苦、求学苦，因而特别痛恨不负责任的老师，对自我要求更是十分严格。他组织教师开会，不是领导讲、老师听，而是反过来，先让老师讲，他从中收集意见，知晓老师的酸甜苦辣，供自己总结和反思。因律己过严，追求完美，"有人说我不像个彝族"。而在他看来，彝族落后了，彝族人恰恰更要提振精神。作为教育局局长，他希望呈现给教育管理者、教师和学生昂扬的气象，既有好风，就该乘势而上，既仰望星空，又脚踏实地。他要求老师比情怀，你的水平不一定很高，但情怀要高。要求学生比勤奋，比进步，你昨天是0分，今天得了0.5，你就成了全世界进步最大的人，因为你突破了0。无论老师还是学生，都要有精神风貌，"哪怕你走路，也给我捏起拳头走！"有了精神风貌，懂得自立自强，就能赢得做人的尊严。

对昭觉教育系统而言，人才流失不只教师，还有学生，成绩好的，家里又稍具条件，就跑到西昌读书去了。东方红小学是昭觉最好的小学，李兴梅说，生源也大不如前。勒勒曲尔兼任校长的民族中学，情形就更不堪些，昭觉最好的中学是昭觉中学，是省重点，可优先选择学生，昭中把学生筐过了，才轮到民中。虽地处县城，民中学生却都是乡下孩子，"新城镇片区的学生哪怕考零分，民中也得收"；除2019年有两个打工回来读书的是汉族，其余全是彝族。

整体生源弱，但也各有层次，为因材施教，头100名进雄鹰班，中100名进奋进班，末100名进自强班。勒勒曲尔到各班讲话，鼓励雄鹰班超过昭中，奋进班超过雄鹰班，说大家都是一个肩膀扛一个脑袋，只要敢于梦想，踏实肯干，梦想就能变成现实。最令他心痛的是自强班，他们是学校的弱势群体，被别人小看，被家长埋怨，没有一天过得开心，从小就不自信。因此首先是让他们从精神上站起来。通过考分的方式不现实，但你可以把卫生做好，把饭吃好，可以画画、唱歌、跳舞、加入小作家协会。学校用各类兴趣小组，培育和发现他们的长处。"你们要点起蜡烛找这群娃儿的长处！"勒勒曲尔对老师们说，"你们就不要用高难度的东西来折磨我的娃儿了。"他要求对自强班降低难度，学生能听懂，每天有点收获，慢慢就有自信了。同时鼓励他们阅读课外书，书目由语文老师把关，然后评选阅读王。阅读王获得的奖励是一本书，这个不重要，重要的是，扉页上有校长签名，并有校长亲笔写的励志语，盖着学校的公章。

无论是一个学校，还是一个社会，底层和对底层的安抚，都十分关键。"这是大头，"勒勒曲尔说，"大头丢了，整个就乱了。"曾有人提议去除城市"低端人口"，而没有低端人口清理垃圾，最多三天，长不过一个星期，城市将整体瘫痪；到那时，提议者不来做低端人口，他就活不下去。也曾有人提议压制民营经济，因为只需两家国有企业（比如中石化和中移动）创造的利润，就能超过500家颇有规模的民营企业；二者性质上的天差地别且不去说，单说全国7亿多就业人口，民营企业就承担了其中的6亿多，占92%左右，民营企业垮台，那6亿多人就要去你家里抢饭吃。

勒勒曲尔相信，成绩差的学生不守纪律，搞些破坏，不是他们想这样，而是对自己不满的一种表现方式，是寻找自身的存在感。所以要给予他们存在感：一旦发现学生的优点，就大张旗鼓地表扬。班级表扬不说，升旗仪式的时候，把那孩子叫到台上，全校师生给予掌声，雷动的掌声里，勒勒曲尔拥抱那孩子。孩子下去时，虽然脸红红的，不好意思，可三步并作一步，脚步下得山响。回去再一告诉父母，父母惊喜，"我的娃娃被校长拥抱了"。他们到处说，有面子，送孩子读书的热情也高涨起来。

在勒勒曲尔的理念当中，学校教育不只是领导和教师的事，学校的每一个从业者都是教育者，门卫、炊事员、清洁工，都首先要以教育者的身份要求自己，发现了学生的不对之处，要以关心的态度，给学生指出来。

"我希望每朵花都开放，"他说，"开得好不好看不要紧，先开起来。"

当然，要得到社会的认可，还必须有"开得好看"的花。

在这方面，民族中学成为昭觉的突破。

昭觉学校教育史上，中考从没有过上700分的，而民中2016级（1）班就有3个；该班英语平均分103，也是昭觉的峰值。其中沙古阿木被中央民族大学附中录取，成为昭觉本土培养的首位中央民大附中学生。

高中2013级（1）班学生子木果果，考上了四川师范大学，543分的成绩，破了全省一类模式办学以来高考文科最高分纪录。"在昭觉，这很不容易，考上重本很难。"子克拉格说。每年出高考成绩那天，几所学校都给子克拉格发信息，信息是慢慢出，他就一直等，等到深夜、凌晨。学校奖励子木果果5000，县上奖5万，大学四年，她就不用花家里的钱了。此外还有老师私人给的，几百上千的都有。勒勒曲尔让她把多余的钱用来买书，并对她说："把你初、高中没读的书在大学里给老子补回来！你大学四年没读完1000本书，不要回来见我！"勒勒曲尔相信，如果大学期间读过500本书，甚至1000本书，就不会差到哪里去。他认为彝族的差距正是书读少了，致使陋习改不掉，头脑打不开。

高中2014级（4）班学生勒伍布堵莫，以凉山州第一名的成绩考上了中央民族大学。"那天那娃儿抱到我哭啊，老子也哭！"勒勒曲尔至今说起，还激动不已。子克拉格也特别谈到这件事："听说上了中央民大，男女老师抱到一起哭，校长自己掏钱，买了一件五粮液，一件葡萄酒，狂欢到天亮。又不是自己的娃儿……每次说到这个,我都要流眼泪,今天你在这里,我压住没流。"其实泪水已在灯光底下亮闪闪的。勒勒曲尔说,那天他们就在办公室喝酒,酒量不好的也喝了很多,"但没有一个醉。高兴了不醉。大家喝着酒,就摆谈,说我们是咋个干的,我们在一起是咋个教的,说着这些事,哭的哭,笑的笑……"

三、烛炬成灰

　　为了朵朵花开,为了花开得艳,教师们过着艰苦的生活,付出了巨大心血。像阿土列尔村小学,出门即山,山高路陡,学生的家和学校之间,来去可能要一整天,为增加在学校的时间,减少在路上的时间,学生是住校的,连续上十多天课,再放三四天假。住校就得管理,清早,老师带着孩子洗漱,每顿饭吃完,带着孩子去水管边洗碗,夜里睡觉前,又带他们洗漱。刚升入小学的,半夜哭,找妈妈,老师就得像妈妈一样,去哄他们睡。哭闹的情形要持续半年左右才能习惯。学生放假的时候,老师不放,"老师要放大假才能回去",这是因为有些学生放假也回去不了。这时候,如果天气好,老师就带着孩子洗衣服、洗床单、做游戏,天气不好,就带他们学习。老师的住处,是简陋的上下铺床。老师们在校门内看见山,出了校门,抬眼所见还是山。当然,学校傍着美姑河,他们也能看见河,能听见山风与河吼。当地老师也就罢了,像徐丽霞这种支教老师,真是让人心生敬意。徐丽霞之前,还有个老师,并没通过组织,是自己来的,而且把老婆孩子都带来了,特别负责地在这里教了好几年才走。

　　前两天我还在电话上跟刘华说,我们是多么感谢在人类文明史上，有一个古希腊罗马时期，有一个春秋时期，那时候有一群人，不爱权力和金钱，爱真理，他们几乎讨论了人类心灵和思想的所有问题，从而形成人类精神的源头。"我们今天最好的东西无不源于古希腊的启示。"法国学者西蒙娜·薇依说。这个"古希腊"，不是地理界线，是时代界线。我们又是多么感谢人类有过那些艰苦卓绝的奉献时期，它们同样形成精神遗产。在中国，远的不说，中华人民共和国成立之初，改革开放之初，都在此列。现在又该添上脱贫攻坚了。

不过老实说，脱贫攻坚的参与者和奉献者，还并不被广泛认识，尽管宣传得多，同样没被认识，这是因为，他们的精神质地，与时代的另一种声音并没合流。另一种声音淹没了他们的沉默。因为他们的缘故，这些天我都在想，究竟是幸福还是追求幸福才是真正的幸福？现代人苦恼的秘密是否如萧伯纳所言只在于我们有闲工夫担心自己不幸福？当社会教育你别与陌生人说话，你还有多少空间去构建对爱的自信并在对他人的信任和奉献中创造幸福？消费型社会刺激出的消费欲望是幸福本身还是幸福的幻影甚至天敌？而且，在很多人的意识里，脱贫攻坚只是农村的事，更具体地说，是贫困农村的事，便自觉不自觉地将其与自己割裂开。薇依担心人类最终会丧失希腊精神，而我感到遗憾的是，脱贫攻坚的精神很可能根本就没有进入当代人的精神谱系。

回头说正题。再以昭觉民族中学为例。这学校人多，面积小，运动场只有个篮球场，但体育老师秦敢生硬是建了个女子足球队，是昭觉第一个，队员自愿报名，不交分文，服装都是苏州等地的爱心人士赞助，秦敢生的朋友赞助了球鞋。他的目标是：让学生快乐成长，学一技之长，为民族争光。为能在篮球场上训练，队员5点10分就得起床，不住校的也必须6点钟准时到校。秦敢生自然起来得更早。"我们每次来，老师都早就在那里了。"队长张丽说。

有天晚上，我和足球队的十多个孩子见面，她们个个意气风发的。张丽说，参加球队之前，她特别爱感冒，而且老半天好不了，现在很少感冒，即使感冒了也根本不算病，不用吃药，自己就好了。队员吉克史牛说，她以前学习一般，踢球之后进步了，出一身汗，学习效率更高。踢球还让她们有了集体荣誉感，认识到团结的力量，体会到成功（比如进球）的喜悦。当然也不只是成功，2019年8月，也就是队伍组建一年后，她们去西昌打比赛，惨败而归。但只要付出过，集体的胜利和集体的失败都让人感动，都是一种成长。

其他各科老师，任何时候给学生补课，都不收一分钱。山外把补课当成商品，他们不是不知道，但没那样做。老师上班普遍超过8小时，甚至远远超过，也无任何怨言。"我们的成绩是老师们拼出来的。"勒勒曲尔说。

四、"我就是你妈妈"

我提到过的高维荣，也就是2019年获得全国模范教师那位。那天我采访她，夜里11点多才结束，耽误了她休息，我很抱歉。她却毫不在意，因为这是她的工作常态：早上5点起床，正常情况，晚上也要近11点才回家，每天平均在校时间14个小时以上。学校离她家并不远，可经常是连回去吃饭的工夫也没有。她的办公室里总是备着点心和方便面。而今除了上讲台，高维荣还是学校教导处副主任,碰上招生之类,就住在学校,真正的以校为家。

她获得全国模范教师,当然主要是因为教学业绩,为昭觉带来突破的学生沙古阿木和子木果果,都是她班上的;带来突破的英语成绩,是她亲自教的。但在我看来,她如何育人,同样应该甚至更加应该受到关注。

沙古阿木当初所在的班,叫"美华爱心班"。这"爱心"二字,在教育者高维荣身上,是具体到一句话、一个眼神、一个举动,是每天扎扎实实的工作。

班上50个学生,单亲的有11个,也有父母俱亡的孤儿。其中有个名叫小年的学生,爸爸吸毒,荡尽家产,就向老婆要钱,老婆不给(也给不出来),他就逼老婆吸毒。他想的是,老婆染上毒瘾后,自然会想办法,找来的毒品也就有他的一份。这种家事,孩子是不愿意说的。读到初二,小年的成绩一天不如一天,高维荣把学习委员安排到他旁边,督促他学习,"他不但不领情,还吼人家"。通过耐心细致的工作,孩子才吐露实情。实情是:爸爸已经死了,爸爸一死,染上毒瘾的妈妈不知飘到哪里去了。没人管他了,饭也吃不起,穿的裤子是小学时候穿的,人长高了,裤子短了。高维荣对那个当父亲的很愤怒,可人都不在了,愤怒有什么用?只能祝他安息。她愣了一阵,对孩子说:"父母那一辈,你改变不了。你唯一可以改变的是你自己。你要振作起来。我已经有两个儿子了,再多一个也没关系,你妈不养你,我就是你的妈,我来养你。"

孩子失声痛哭。

从那以后,高维荣给自己儿子买套衣服,必然也给小年买一套，生活费和学费都给他打到卡上。"那娃儿争气，初中毕业考到昭中重点班去了。"

后来宣传部找到高维荣，想了解小年的情况，本来可以提供资料就是，但高维荣把他从昭觉中学喊了过来。好久没见他了，她想见他一面，请他下馆子打个牙祭，问他需要些啥书，好给他买。餐桌上就他俩，孩子什么话都给她说，他说他最盼望的，是妈妈回来。现在跟妈妈联系上了，但打十个电话去，接得了两三回。爸爸吸毒死了，虽然妈妈也吸毒，至少妈妈还在，这已经让他感到安慰。可要是妈妈愿意回家，回到他的身边来，该有多好……

不只是对小年。多年来，高维荣和家人省吃俭用，记不清给家境贫困的孩子支付了多少生活费和医药费，购买了多少书籍和衣物。每到期末，她都会给孩子们买牛奶，每逢节假日，还会让她自己的母亲为孩子们做好吃的。

我前面说，定娃娃亲在彝族聚居区已非常少，是非常少，并没绝迹。这也成为控辍保学的一大难题。"十四五岁就结婚的多得很，"高维荣说，"女娃儿如果成绩不好，婆家直接就不让你读，所以女学生拼命读书。你成绩好了，男家就不好意思来提这个事。"这倒也看出他们的纯朴。但还是有女学生早不早就要嫁给娃娃亲。高维荣就有个学生差点嫁了，准备出嫁后跟男方去新疆种棉花。她把她劝了回来，结果那孩子相当努力，还以自己的经历和成长史，去劝说与她有相似处境和心境的同学。她由被教育者，成了教育者，电视台还采访了她。

高维荣对学生们说："要尽量去帮助别人，帮助别人证明你有能力，没有能力是帮不到的。"这在她班上已形成风气，成绩好的主动提要求，希望把成绩差的调到自己身边，便于帮助他们学习。这让高维荣很感动。

"我没有放弃一个学生，因为他们都是有血有肉的人。"高维荣说。

把中下等学生变成一流学生，是她最大的满足。特别是在彝族聚居区，出来一个人是管一群人，改变一个人命运，也就是改变了一个家族的命运。

我曾说过高维荣带着学生去见识山外光景，途中夜宿，却找不到旅馆住的事。那是她讲一篇课文，文中说到现代化的交通工具和中国先进的路桥建设，发现学生听得茫然。她心里就想，与其空说，不如利用彝族年，每个小组选个代表（标准是孤儿、贫困户家庭、课代表），带他们去亲身感受一下，回来再与同学们分享。她选定的路线，是昭觉—西昌—成都—重庆。这一路上，雅西（雅安至西昌）高速路多么壮观，然后是成都地铁、重庆轻轨，除飞机不坐，所有交通工具都可见识了。此外还有城市的繁华、亚洲第一长梯、聂荣臻元帅故居……于是她回去和家人商量，由她出资，把孩子们的保险都买上，带着他们就上路了。

其间受到的教育是深刻的。有几位连西昌也没去过，更别说成都重庆，"坐在车上，睁起眼睛看！"等车时，孩子们爱蹲着，高维荣说，不能蹲，你蹲着就给人很疲惫很落魄的印象，你要朝气蓬勃的。带到她的家乡江津农村，因那边没什么亲人，房子没经管，只剩了断垣残壁。她就对学生们说，老师的家境也不好，但通过自己努力，照样能获得体面的工作，赢得做人的尊严，实现自己的价值。这样边走边教育。而学生们受到的最大教育，恐怕还是不让住旅馆的事。

移风易俗，需从学生抓起。高维荣班上的寝室，都弄得很漂亮。但最初，学生不会洗衣服，洗了也不会摊开晾，晾干穿在身上，"就像从坛子里摸出来的"。她教他们怎样洗，怎样晒，怎样叠，还把衣架拿到教室去教。包括晾衣服时注意色彩搭配，这样看起来就整洁而有美感，裤子不能挂在门的正上方，否则让人家从你裤裆底下钻，不礼貌。还包括怎样穿衣，怎样待人接物，你穿校服，别把领子竖起来，别敞着下襟，不然会给人邋遢的印象；领导和老师给你发奖，你不要单手去接，要双手。你站立的时候，不要勾脖子驼背；走路的时候，不要拖着鞋跟。他们习惯借东西不还，她教他们，哪怕借一根针，只要是借的，也必须还，这不仅是品德，还会影响到你将来的人生……

让高维荣深感自豪的是，她有天带着几个学生去外面的馆子吃午饭，饭吃完，学生不是抬起屁股就走，而是把桌子收拾干净，把凳子顺到桌子下边。老板是山外来的，惊奇地看着这一幕，那眼神仿佛在说："这群娃儿咋跟其他彝族娃儿不一样呢？"这时候，高维荣才对老板说："他们是我的学生。"对我说起这事，她眼睛发亮，"那时候，我很幸福，我的腰杆挺得直直的。"

自己做好了，受到校里校外的尊重，她的学生都很自信。有些人，在本校成绩好，很自信，出去到了大世界，跟别人比有差距，又融入不了，就又自卑起来，成绩又往下滑。但高维荣说，她的学生不会。他们懂得承认差距，并以良好的综合素养，以刻苦努力的学习，很顺利地度过"隔膜期"，翱翔在更广阔的天空。勒勒曲尔说，沙古阿木刚进民大附中时，成绩吊在尾巴上，月考200多名，两个月后，就冲到班上第8名了。

街上有些认识高维荣的人对她说:"你把学生教恁好,他们以后认不到你。"高维荣说那无所谓,那就是我的工作。她在昭觉民中,已送走四任领导,工作了21年。像她这种老师,如果往好地方走,不知走了多少回,但她没有。她知道工作不是功利,哪里需要,哪里能发挥她的作用,她就在哪里扎根。她班上出了好成绩,学校奖给她3.8万元,她又反捐给了学校。"没必要奖我,"她说,"我只是完成了自己的分内工作。哪怕你什么都不给我,这么多年来我也没说撂挑子。再说学校正处于发展阶段,可以把那笔钱花到更有用的地方。"

21年淡泊名利的坚守,使她获得全国模范教师称号。那天,她在办公室接到电话,她一个人,默默地站起身,默默地走到墙镜面前,看着镜子里的那个人,看着看着,只见那个人的眼泪哗哗流淌……

以高维荣为代表的昭觉教师们的付出,这只是冰山一角。

高维荣从北京领奖回来后,做过一个先进事迹报告,待我稍做整理,省掉我说过的内容,过两天发给你看看。

五、你听见了吗

你说得对,他们都是纯粹的人、高尚的人,是我们这个时代以及任何时代都特别需要的人。但我特别赞同吉木子石的观点:纯粹也好高尚也好,并非高不可攀,只要认认真真做好了自己的本职工作,就是纯粹的、高尚的。荀子在论职业时说:"将死鼓,御死辔,百吏死职,大夫死行列。"也是讲的各尽其职:你做将领的,擂鼓以令三军,不可弃鼓而走,死也要死在战鼓旁;

你驾战车的，不可弃了缰绳，死也要把缰绳抓牢；你做官吏的，不可弃了岗位，死也要死在岗位上……荀子并没要求你驾战车的去擂战鼓，也没要求你做文官的拼杀沙场，他只要你恪尽职守而已。我们以前提倡一种精神，叫"职业精神"，而今，这种精神提得少了，所以有时候，教师像商人，运动员像娱乐明星。

接着说学校教育的话题。

——即使是学校教育，昭觉也是全民参与。

政府、家支等，我前面已提及。我觉得很有意思的还有三点。

一是"学业补偿"。有些孩子并没完成义务教育，就出门打工去了，待强力推行义务教育的时候，他们已经十六七岁，龙沟乡、支尔莫乡这种特别偏远的地方，那群十六七岁的孩子，很多是从没上过学，从没读过书，因而出去处处碰壁。龙沟乡党委书记马比哈伍说："为了让他们会写自己的名字，认得厕所两个字，将他们招回来，重新编班入学。"当然不可能从头来了，年龄已经超了，只是让他们集中学习一个月，并发给结业证书。这叫"学业补偿"。"这是没有办法的办法。"虽如此，也见良苦用心。

二是"巾帼小课桌"。配合"一村一幼"，妇联组织"巾帼家教志愿者"，上至妇联主席，下至帮村干部，不管你的职业是警察、医生还是会计，只要有那个能力，大街小巷、房前屋后、田间地头，没有场合也没有时间限制，碰到孩子，都可以把他们叫过来，教几句普通话，教一个拼音，教两个汉字。如果在山上，教他们认识植物；如果在水边，教他们游泳的注意事项；如果在电线杆旁，教他们万一触电怎样自救和救人……这叫"巾帼小课桌"。贾莉说，曾有个孩子触到高压线，另一个孩子去救他，抱住他的腿，结果两个都死了。这让她们很痛心。现在不会那样了，知道用木棒把电线和触电人打开了。"零零散散地教些小知识，积少成多，说不定有一天就能用上。"

三是"实物教学"。这个当然不算创意，在许多国家和地区，图书馆、博物馆和名人故居，都是常用的教学资源，与课堂教学形成合力，且从教学效果论，课堂教学无法与之相比。因此布罗茨基才说："从这些建筑立面和立廊……我学到的关于世界历史的知识，比我后来从任何书本上得到的知识都要多。"（《小于一》）去年我去俄罗斯托尔斯泰庄园，见小学生、中学生，在老师的带领下成群结队地前往，看托尔斯泰在哪间屋写了《战争与和平》《安娜·卡列尼娜》《复活》，在哪间屋休息，在哪间屋待客；看托尔斯泰犁田的地方，和契诃夫、高尔基等人散步闲谈的地方。如此，托尔斯泰就变成了自己的邻居，他伟大的艺术和思想就像村旁的河流，能感知其渊深和澎湃。昭觉没有这样的条件，奴隶社会博物馆在西昌，博什瓦黑岩画和三比洛呷恐龙足迹化石虽在县境内，却又敛迹山野，路不好，学生不方便去。但他们有一个去处——戒毒所。他们把戒毒所当成教育基地，每届新生开学，都拉去走一圈，如勒勒曲尔所说："看看我们的同胞干了些什么，看看我们的上辈干了些什么。到你们这一辈，要永远不吸毒、不贩毒。哪怕你啥成就没有，你只老老实实做人，做一个有尊严的农民、市民，也是对国家和对地球的贡献。"

从这些细节，看出昭觉人是怎样在拼，而且拼得有多么聪明。

持续发力，成效显著。比如四开乡，前几年的入学率也只有50%，现在达89%，眼下全乡的32个辍学孩子当中，还包括超龄的在内。

最大的成效是，"家长送孩子读书的热情暴涨"。山野村寨，到处写着"少杀一只鸡，多送一个孩子上学堂"，何止少杀一只鸡，他们是卖猪卖牛送孩子读书。"我们这代人做出牺牲，日子过苦一点，换来下一代的希望。"你不要以为说这话的是某个领导，这是一个农民说的。在竹核乡，我跟这个名叫沙马阿则的农民站在田埂上摆谈，他说出了这句话。沙马阿则三十七八岁年纪，有一个儿子、两个女儿，全都在学校读书。"文凭高就干技术工，没文凭就干体力活，读了大学还可以参加工作，当老师、医生、考公务员。"这是他最朴实的见解。他说，他一直在外面打工，是最近家里有事才回来的，在家乡本来也可以打工，脱贫攻坚，到处修房子，有的就在家门口修，可是你没技术，只能干体力活，干体力活的工资没有外面高，如果懂技术，就比外面干体力活的收入高多了。"我要是有文化、懂技术就好了，不用东奔西跑，还能照顾家里头。"说着叹口气，"所以再难，都送娃儿进学堂，免得受我们受的苦。"

没文化会吃苦头，即使有甜头，没文化也尝不到，尝到了也不能持久。比如悬崖村，刚出名那阵，村里一帮男女青年，做起了网络直播。"打赏的不少，收入很不错，"帕查有格说，"但是他们文化低，翻来覆去就拍那几个镜头，不知道网络直播也要弄出些花样，讲究个层次，很快别人就看厌了。现在悬崖村做网络直播的只剩了个别人。"因此他们也懂得了：必须送娃儿进学堂。

不仅把娃儿送进学堂，还尽量送进好学堂，连贫困户也如此，比如吉木子石帮扶的一家，就带着孩子到西昌读书去了。

这从在校学生人数也能反映出来。李兴梅所教的班，有87个学生。一个班八九十个，是比较普遍的现象，甚至有上百的。包括阿土列尔村小学，每个班也有60来个。当地并没有那么多学生，因与美姑、雷波二县邻界，他们又把学校办出了名，那两个县的周边住户也把孩子送来了。

凉山和大凉山腹地昭觉县，琅琅的读书声正穿云透雾，迎向晴空。

你听见了吗？

附：全国模范教师先进事迹报告（节选）

昭觉民族中学 高维荣

尊敬的各位领导：大家好！

今天，根据县委的安排，让我在这里做先进事迹报告，实在不敢当。因为我在教育教学工作中没取得多大的成就，只是尽职尽责地做好了自己的本职工作而已，还有许多方面需要向大家学习。在这里我只是汇报一下北京之行的感受以及从教二十多年来的工作、学习情况。

作为一名普通教师，我感到非常荣幸：2019年9月10日，在第35个教师节到来之际，我作为深度贫困地区的一线教师，应国家教育部邀请，有幸作为四川省受表彰的代表之一，参加了在北京人民大会堂隆重举行的"庆祝2019年教师节暨全国教育系统先进集体和先进个人表彰大会"，同时我又荣幸地被选为四川省仅有的两名代表之一，上台接受党和国家领导人的颁奖，我是个人奖项四川省唯一代表。上午9时，大会在教育部部长陈宝生同志主持下，全体起立，高唱国歌，那一刻，作为一个中国人，我深深地感受到了在强大的祖国母亲怀抱里的温暖，激动得热泪盈眶。随后，中共中央政治局委员、国务院副总理孙春兰亲自为我颁发了荣誉证书。

上午11时，习近平总书记、李克强总理、王沪宁常委等党和国家领导人来到人民大会堂北大厅，全场响起热烈的掌声。习近平等党和国家领导人走到我们代表中间，同大家热情握手，不时交谈，并合影留念。这一切充分体现了党和政府对教育事业的高度重视，对广大教师的亲切关怀，尤其是对我们民族教育人的厚爱。我从未想到过我一个小小的山区教师，能够站在庄严的人民大会堂，得到党和国家领导人的亲切接见，激动的心情让我感觉眼前的一切都像做梦。

正如习总书记所说："一个人遇到好老师是人生的幸运，一个学校拥有好老师是学校的光荣，一个民族源源不断涌现出一批又一批好老师则是民族的希望。"上好课是好老师的第一要务，关爱学生是第一责任，我们要用我们内在的涵养、渊博的知识和独特的人格魅力，去引领学生成长。教师，不但要教书还要育人，要培养学生的品德，激发学生的潜质，让他们懂得爱、能够爱并养成良好的学习习惯。今天的学生就是未来实现中华民族伟大复兴中国梦的主力军，广大教师就是打造这支中华民族"梦之队"的筑梦人。

1998年，19岁的我从南充外国语学校经贸日语专业毕业，服从国家分配，怀揣着对神圣职业的美好向往，踏上了民族教育之路。可来到昭觉，看见县城内低矮破旧的建筑、街上的猪马牛羊、人们的衣着和精神面貌……这是一个县城吗？这里除了有清新的空气、淳朴的民风，剩下的就是交通不便，气候恶劣，各方面条件简陋粗疏。外地教师几乎都不愿到这里来任教，分配到这里来工作的，都有一种被发配边疆的"流放"感，总是千方百计往外调。因此，听说民中分来了个汉族地区的女老师，顿时成了县城各单位热议的话题，有的甚至悄悄来民中看是不是真的——这是我爱人后来告诉我的。

当时的民中非常缺英语老师，我这个学日语的，就成了全校"最不务正业的老师"，上了三个班的英语课；虽然念书时也学英语，但毕竟不是专业，为了提升自己的业务能力，我自学大学英语专业课程，连晚上做梦都在想哪些知识点没搞清楚，常常半夜起来查资料，直到弄明白才能安心入睡。

上班第一天，分管教学的宋校长对我说：小姑娘，我们民族地区的孩子有点调皮，做好心理准备啊，每个女老师都被学生气哭过的。我一听，怎么会有老师被学生气哭的道理？我想也没想就说：我不会守着学生哭的！之后的确像宋校长所说，在我上课前往我书袋里放刚出生不久的活老鼠，拿着一条小蛇进课堂，上课途中故意扰乱秩序……很多老师都遇到过这样的事，其实这是孩子在试探老师的性格，这时候再害怕也不能表现出来，否则以后就没法管理学生了。调皮的孩子和我过了几招后，发现这老师人小胆大，每次都以未达到预期效果而告终，也就没兴趣搞那些恶作剧了。孩子们也渐渐地喜欢上了英语课，很多学生对我说：高老师，你的课时间怎么过得那么快呀？

刚来昭觉，举目无亲，我也没别的爱好，最喜欢的就是上课，因为可以和孩子们在一起，孩子们就是我的亲人。晚上备课、批改作业直至深夜，但感觉不到累，每天晚上都是带着成就感进入梦乡。周末，我会把住校的孩子叫到宿舍补课，补完课又和大家一起交流，孩子们教我说彝语，我教他们说英语、说普通话，我们谈人生，谈理想，谈我读书的经历，谈外面的世界，谈国外的文化，孩子们总是听得津津有味，个个眼睛发光，不时地问这问那，充满了对美好的向往。我借机鼓励孩子们好好学习，通过自己的努力一定要考上大学，学到知识后再回来建设咱们的家乡。孩子们坚定地点着头。当时我的工资仅有300来块，但每个月我定会雷打不动地留几十块，为孩子们买些学习用品，鼓励他们。

英语在这里没有语言环境，刚开始孩子们记单词很困难。一次，一个男生因单词听写不合格被我点了名，他生气地站起来对我大吼一声："我不给你读书了！"说完夺门而去。我压根儿就没想到学生会说出这样的话，愣了两秒钟才反应过来，然后冲出教室追上那孩子，抓住他的后领拽回教室，我双手叉腰，严厉地对他说："老子的课不准跑！学也得学，不学也得学！一个都不能跑！"他当时被我的架势给吓住了，没想到这个年纪轻轻的老师脾气这么"烈"，跑也跑不过我，最后老老实实地待在教室里。课后，我耐心给他做思想工作，并单独给他辅导，教他学习方法，后来这孩子对英语产生了浓厚兴趣，英语成绩突飞猛进。而且从那以后，也没有人再跑了。

当初我住的宿舍门前是一张水泥乒乓球桌，每天下午，球桌周围总是围满了因作业不过关被我留下来的孩子，我陪着他们，一个一个辅导。一天下午，我一直在辅导学生，还没来得及做晚饭吃，又到了上晚自习的时候，临上课前，我把中午吃剩的饭菜一块儿放在电饭煲里热着，就这么空着肚子去了教室。9点钟放学，我早已饥肠辘辘，回宿舍的路上，想着马上可以吃到电饭煲里热着的饭菜，不由得加快了步伐。然而，在离宿舍门四五米远的地方，看见门怎么是开着的？赶快把门边的电灯打开，只见被砸坏了的锁还挂在门扣上，电饭煲也不见了踪影。脑袋里"嗡"的一下，心凉到了极点，眼泪花在眼睛里打转，心里一直在念叨：怎么会这样？那天晚上，我饭没吃成，一夜几乎没睡，想了很多，这地方我能待下去吗？对于刚参加工作的我，的确是一个严峻的考验。

第二天，我像往常一样走进教室，看着一张张天真活泼的脸蛋，一双双渴求知识的双眼，真的舍不得抛下这群山里娃。这里需要我。这里的孩子需要知识。昨晚发生的事，正是因为贫穷，因为没有文化。尽管那种情况后来还发生过多次，但我不像第一次那样惊愕。我知道了自己的使命。

我也是来自农村的孩子，是党和国家培养了我，是知识改变了我的命运，我非常珍惜工作的机会，这里的条件虽然艰苦，但对于贫困山区，只有知识才能摆脱贫穷的命运，才能改变落后的面貌。如果人人都往好地方走，那谁留下来呢？你不干，我不干，大家都不干，那谁来干呢？怀着一颗感恩之心，我把自己的青春奉献给了我的第二故乡——昭觉，把自己所学的知识无私地传授给了这里的孩子。无论条件多苦，我总是爱生如子，爱校如家，把教学工作放在首位，勤勤恳恳，兢兢业业，忠于职守，以身作则，言行一致，为人师表。

1999年9月，昭觉二中和民中合并，合并后老师多、学生少，因此老师面临淘汰分流。学校决定通过讲课的方式竞争上岗。我刚参加工作一年，想着和我竞争的都是老教师，难免有些心虚。我不敢告诉家人，做好了被淘汰的准备，讲课时反倒没了心理负担。我记得当时台下的评委有分管教育的副县长、宣传部部长、教育局局长、教研室的各科专家、昭中的骨干教师，总之不是领导就是专家的。我想：我在台上讲课，那坐在下面的就是我的学生，平时怎么上就怎么上。我也不落下和学生互动这一环节，随机抽到讲台边的同志和我互动，整堂课效果非常好，受到评委的一致好评，并以第一名的身份留在了民中至今。后来我才知道，课堂上和我互动的是当时的教育局局长何云松同志。

随着教育改革的深入，经济发达地区的办学条件、工资福利与山区学校相比，简直是天差地别，但怀着一颗赤诚的心，为了民族教育事业，我仍然坚守在深贫山区的三尺讲台上，用一支粉笔和满腔热血，为民族地区培养出一批又一批新人。我放弃一次次外调的机会，深深地扎根在这里，默默地耕耘，催笋成竹，无悔追求。勤劳的父母因长期劳作积劳成疾，我又是独生女，和爱人商量后，为方便照顾老人，干脆把远在重庆的父母接过来一起生活。

我校是全州规模最大的一类模式高完中寄宿制学校，招收来自全州17县市的学生。2010年秋季，学校考虑到国庆假期不长，外县学生来回的时间都不够，决定不放国庆假，等到彝族年多放几天补上。可有一天，我来到高一（3）班上早自习课，看到平时活泼的学生一改常态，个个没精打采，有的趴在桌子上，有的歪着脑袋靠着墙壁，完全没有学习的样子。我悄悄问旁边的女生，这是怎么回事？女生压低声音说：高老师，咱们出教室说吧。出去后她告诉我，班上好多住校男生已经一天没吃饭了，有个金阳的男生快两天没吃饭了；女生还好，饭量小，刚好够，只是早饭还没吃。男生就惨了，饭量大，加上不会计划，饭卡上早没钱了，他们又要面子，不好意思开口借。

听完，我转身回到办公室，把包里仅有的100多块钱交给班长，说：马上带几个同学把工农兵街所有的馒头买下，不够再去别的街道买，至少保证每个同学两个馒头。过了一会儿，班长带着同学提着两大袋馒头回来了，说两条街的馒头都被我们买光了，但只买到这些。班上60多人，显然不够。当时有几个走读生，我说：咱们先让给住校的同学吃吧！班干部们就开始分馒头。

　　站在讲台上，我抬头看见坐在教室中间那个男孩把头埋得好低，几乎埋到了桌子底下，两只抓着馒头的手交替着往嘴里塞，已为人母的我看到这原本在电影中才会出现的夸张镜头，活生生地出现在我的面前，我无法控制情绪，鼻子一酸，泪水夺眶而出，全班也哭成一片。这是我第一次在学生面前流泪。

　　下课后，我立刻向学校汇报了情况，迅速为全校学生垫充了生活费。

　　一晃9年过去了，当初饿肚子的孩子现在大部分参加了工作，有的还成了我的同事，他们对当时的情景记忆犹新，时常在班级群里提起。遗憾的是，我印象最深的那个金阳籍孩子在高一下学期辍学了，不知道他现在过得怎么样？

　　……

　　作为班主任，在工作中我用文字及照片记录孩子们成长的点点滴滴。由于学生来自农村，家长文化素质不高，家庭教育本身就弱，加上寄宿在学校，跟家长见面少，所有的教育任务都落在了我们班主任身上。我很重视学生的德育及综合素养，根据学生的实际情况，创造性地开展了"家风教育""礼仪培训"等活动。为了培养勤俭节约意识，我组织孩子收集矿泉水瓶、废旧书本筹集班费。为了培养有责任、有担当、大公无私、乐于助人等品格，每年我都会组织班上的孩子进行社会实践活动，给新入学的学弟学妹分享学习经验，帮助他们尽快适应新的学习环境。这活动已持续三年，还会继续下去。我还发动学生对其他班有辍学倾向的孩子结对帮扶，帮助他们树立知识改变命运的坚定信心，收到了显著效果，不久前中央广播电视总台还对此进行了报道。

由于周六其他班级不上课，因此每周六我班的课堂都对外开放，不管哪个年级，只要你愿意来体验都可以，但凡来听课的孩子我都有要求，不能只听，必须要和我班孩子交流，还要做笔记，要把好的学习经验带回到班上和同学们分享。有个高年级的孩子听完课并和我班孩子交流后，对我说：高老师，你班上的同学太热心了，我都不想走了！

我常在班上说：一个人成绩好不算好，一个班成绩好也不算好，全校成绩好才算好，我们要起引领带头作用，把好的学习方法和正能量传递下去，将全校都带动起来。老师手中的接力棒迟早要交给你们，希望你们珍惜机会，好好学习，你曾经的和现在的付出，都是一种沉淀，都在为你默默铺路，让你成为更好的自己。不要带着回报的目的去做任何事情，埋头苦干，务实求真，诚心待人，通过大家的共同努力，就能改变我们贫穷落后的面貌。

在寄宿制管理中，我始终认为，良好的生活习惯决定良好的学习习惯，大到寝室布置，小到洗漱用具的摆放，我都事必躬亲，耐心指导。现在学生们已经养成了注重细节的好习惯，并把这些好习惯带到了学习当中。2018年，我所带班级女生寝室被凉山州精神文明建设委员会评为"文明洁美寝室"，推动了学校寄宿制管理的进一步提升，在全州起到了示范作用。

除了班主任管理及教学工作，我在教导处负责全校几千学生的学籍管理、控辍保学、招生、高考及教学常规管理。教导处的工作相当繁杂，同时也是学校的形象窗口，我本着服好务的宗旨，为前来办事的所有人提供周到、细致的服务，得到了各界好评，为学校树立了良好的社会形象。教导处工作再忙，我也从未落下过一节课，从不耽误学生一分钟，外出开会、培训，我都会提前和老师们调好课，课比天大，学生的前途耽误不起。为了保证学校有条不紊的运转，平衡教学与教导处工作，我每天不得不早出晚归，有时甚至通宵加班，经常还来不及吃饭和睡觉，又该上课了。因此，我没有时间陪伴自家孩子，没时间照顾患病的丈夫和年迈多病的父母。我爱人看我忙成这样，心疼地对我说：孩子你不用管，家务事你也不用做，但有一条：一日三餐你必须给我按时吃！

2017年秋季开学时，我连续几天没见到家人，待抽空回去，发现平时健谈的丈夫一句话也不说，我以为他是因为我忙于学校工作顾不了家而生气，没多想，吃过晚饭又马上回学校加班，晚上10点多，我母亲着急地打来电话："赶快回来！他好像不对劲，说不出话来了，可能又是脑梗！"我匆匆跑回家，看到丈夫躺在沙发上，见我回来，想对我说话，却说不出来，那时候，对家人愧疚的泪水长流不止。之后在我同事的帮助下，连夜将丈夫送往医院。医生说：这是第二次脑梗了，再晚一点送来，脑部梗死面积增大，后果将不堪设想。

——我爱人第一次脑梗是在2011年，多亏了当时交通局的文古拉日局长和他的同事们，在得知情况后，他们第一时间赶到我家，送他去了医院，得到了及时治疗。借此机会，特别向我爱人所在单位的几任领导和他的同事表示衷心的感谢，感谢你们一直以来的关心和帮助，感谢你们！

我校学生不仅是农村孩子，还是农村的彝族孩子，汉语表达能力差，我结合学生实际，利用学生自身资源，充分发挥学生的潜力，以"生本教育"理念为指导，发动学生"斗"学生，发动学生"救"学生，钻研出符合我校学生实际的"小组合作"学习法，形成了行之有效的教学和管理风格，并取得了优异的成绩：在全国普通高考中，2009年、2010年、2011年、2013年、2016年全省一类模式第一名均在我所任教的班级。

2016年，为了给本校高中部输送良好生源，刚来一年的勒勒曲尔校长想尽办法，在爱心人士张书迎老师的联系下，由全美华人基金会出资，组建了美华爱心班，并指派最好的高中教师下来任教，从初一直接带到高三，长达6年的规划。曲尔校长亲自去各小学做招生宣传，但当时很多人对昭觉民中不信任，前来报名的仅有72名，成绩几乎都是中下等，有的家长给孩子报了名，后来又放弃了，送孩子去了别的学校。最后实在没办法，但凡来报名的都收下，其中有个学生，小学时被处分了6次，照样收。好不容易凑够50人，组成一个班。对于这些来之不易的"宝贝"，学校全力以赴，曲尔校长时常关注这些孩子的成长，经常摸摸这个的头，问问那个的近况，连出差在外也不忘关心他们的学习，对他们的表现及家庭情况更是了如指掌。通过3年的共同拼搏，迎来2019年凉山州中考，昭觉县700分以上有4名，我所带的美华爱心班就有3名，第一、二名均在我班，全县前5名中，我班占4名，全县前10名中，我班占7名。

我们的孩子底子薄，先天不足后天补，我们不比基础，比努力，不比成绩，比进步。班上勒伍木嘎同学的小学毕业成绩，排名全县第1219名，今年中考，总分成绩排名全县第83名，进步了1136名，英语单科成绩达到122分。现就读于州民中的瓦其伍牛同学，小学毕业成绩排名全县第737名，中考总分成绩排名全县第5名，进步了732名。这样"低进高出"的例子，还有很多。是全美华人基金会的资助，学校的大力支持，我班团队的共同努力，才取得了这样的成绩。由于我班团队的带动，现在的昭觉民中，已形成了你追我赶的良好学习氛围，成为人民满意的学校。

这些年来，我几乎没有休息时间，别人休息时，我静静地坐在办公桌前，把积累的教育教学经验撰写成文章，在全国各级教育刊物发表，共同分享，共同提高。作为英语教研组长，我积极指导青年教师，使大批青年教师迅速成长。

时光易逝，青春易老。在这21年里，我深深地感受到作为一位深度贫困地区老师在教学路上的艰难与困惑，酸甜与苦辣，同时更目睹了昭觉教育的发展历程：从以前的"我不给你读书"到现在的"老师，我要读书"；从以前一句汉语不敢说到现在操一口流利的普通话，甚至纯正的英语；从以前的家长不让孩子上学到现在的家长亲自送孩子上学……靠了党和国家民族教育政策的大力支持，各级党委政府和教育行政部门的正确领导，广大教育工作者的无私奉献，一只只雄鹰飞出了大山，飞到了北京，甚至飞出了国门。

扶贫先扶智，刚刚开学时国家教育部又下派了大批教育专家驻扎昭觉指导工作，这给我们民族地区的教育又吹送了东风，注入了新鲜血液，为阻断贫困代际传递，决胜脱贫攻坚，奠定了坚实基础。在这样的背景下，身为昭觉人，咱们没理由不好好干！

曾经，我们民族地区因为教育落后导致无知，让毒品乘虚而入，摧毁了一个又一个家庭，伤害了一个又一个孩子，毒品、艾滋病留下的后遗症让很多孩子成为孤儿，这个现象让人痛心！一直以来，党和国家各级领导心系昭觉人民，为我们民族地区出台好政策，大力投入人力、物力和财力。习总书记、"彭妈妈"更是亲临我们昭觉县，给予我们无限的厚爱与力量。我们当地党委政府加大了对毒品的打击力度，各级各类学校也利用校园这块主阵地，加大对毒品、艾滋病的宣传教育，努力让我们的孩子、我们的民族不再受到伤害。如今的昭觉日新月异，几十万干部群众正以前所未有的冲劲儿奔向美好的新时代。

改变一个孩子的命运就能改变一个家庭、甚至一个家族的命运，作为一名人民教师，我深知肩上的重任，五十六个民族，五十六个兄弟姐妹，我作为其中的一员，感到无上光荣，更是义不容辞！

多年来，我秉持：无私奉献、爱岗敬业、教书育人、诚实正直的座右铭，对党忠诚，对教育事业一往情深。我在教育教学中取得一点点成绩，党和政府却给了我众多荣誉和鼓励：在年度考核中我多次被评为优秀；2010年、2014年被昭觉县委、县政府评为"优秀教师"；2017年被昭觉县委、县政府评为"优秀班主任"；2018年荣获"四川省优秀教师"称号；2019年荣获"全国模范教师"称号，同时被昭觉县委、县政府评为"控辍保学先进个人"。

我取得的所有成绩，与各级领导的关心和同事们的帮助密不可分，是我们昭觉教育人共同努力的结果，是我们昭觉人共同的荣耀！在我们昭觉，有很多默默付出的优秀老师，不是我一个人优秀，只是我比他们幸运。

　　荣誉的另一面是责任，我将不忘初心，牢记使命，带着党和国家领导人的深深嘱托，一如既往地在平凡的工作岗位上，用实际行动发挥模范带头作用，为党育人，为国育才，以德施教，立德树人，做党和人民满意的有理想信念、有道德情操、有扎实学识、有仁爱之心的"四有"好老师。我将珍惜这份光荣的职业，珍惜今天的荣誉，严格要求自己，不断完善自己，以饱满的工作热情为我们的国家、为我们的民族培养更多优秀人才。

结 语

尊贵的朋友,这是我关于昭觉写给你的最后一封信了。本来以为我们春节可以见面,谁知新冠肺炎疫情,使你我都不能动身;春节后我也想再去趟昭觉,看来一时也难以成行。前些天我给昭觉的朋友打电话,得知他们上班虽有延迟,但2月10号就全员到岗了——包括本地干部和外地帮扶干部。好在昭觉没有病例。他们同时告诉我,悬崖村也要搬迁了,其中的84户精准贫困户,将在6月底前全部搬迁完成,通过抓阄的方式,分布到几个安置点,其中包括县城;但同样不是一刀切,青壮年可根据自愿原则,留在村里,参与旅游项目开发。

祝他们幸福安康,祝你万事如意。